Crônicas escol

MACHADO DE ASSIS nasceu em 21 de junho de 1839, no Morro do Livramento, nos arredores do centro do Rio de Janeiro. Seu pai, Francisco José de Assis, era "pardo" e neto de escravos; sua mãe, Maria Leopoldina Machado, era açoriana. Ainda criança, perdeu a mãe e uma irmã, e, mais tarde, o pai. Foi criado pela madrasta e cedo mostrou inclinação para as letras.

Publicou a sua primeira poesia pouco antes de completar quinze anos, no *Periódico dos Pobres*. Em 1855 passou a colaborar na *Marmota Fluminense*, editada pelo livreiro Francisco de Paula Brito, para quem Machado trabalhou como revisor e caixeiro. Em 1856 entrou para a Imprensa Nacional, como aprendiz de tipógrafo, onde conheceu o romancista Manuel Antônio de Almeida, que se tornou seu protetor. Passou então a colaborar em diversos jornais e revistas.

Lançou seu primeiro livro de poesias, *Crisálidas*, em 1864. *Contos fluminenses*, sua primeira coletânea de histórias curtas, saiu em 1870. Dois anos depois, veio a lume o primeiro romance, *Ressurreição*. Ao longo da década de 1870, publicaria mais três: *A mão e a luva*, *Helena* e *Iaiá Garcia*. Seu primeiro grande romance, no entanto, foi *Memórias póstumas de Brás Cubas*, publicado em 1881, marco da maturidade do escritor. Depois disso, publicou ainda outros quatro: *Quincas Borba*, em 1891; *Dom Casmurro*, em 1899; *Esaú e Jacó*, em 1904; e *Memorial de Aires*, em 1908. *Papéis avulsos*, de 1882, foi sua primeira coletânea de contos dessa nova fase.

Em dezembro de 1881, com "Teoria do medalhão", começou a colaborar na *Gazeta de Notícias*. Ao longo de dezesseis anos, até 1897, escreveria para esse jornal mais de quatrocentas crônicas. Além disso, escreveu ainda peças de teatro e páginas de crítica.

Em 1897, foi eleito presidente da Academia Brasileira de Letras, instituição que ajudara a fundar no ano anterior. Em 1904, tornou-se membro correspondente da Academia das Ciências de Lisboa.

Morreu em 29 de setembro de 1908, aos 69 anos de idade. É considerado o maior escritor da literatura brasileira.

JOHN GLEDSON nasceu em Beadnell, Northumberland, Inglaterra, em 1945. Doutor pela Universidade de Princeton, é professor aposentado de estudos brasileiros na Universidade de Liverpool. Publicou três livros sobre Machado de Assis no Brasil: *Machado de Assis: Ficção e história* (Paz e Terra, 1986), *Machado de Assis: Impostura e realismo* (Companhia das Letras, 2005) e *Por um novo Machado de Assis* (Companhia das Letras, 2006). Editou três volumes de crônicas e duas antologias de contos do mesmo autor, sendo a mais recente *50 contos de Machado de Assis* (Companhia das Letras, 2007). Traduziu diversos livros do português para o inglês, entre eles *Dom Casmurro* e o livro de contos *A Chapter of Hats and Other Stories*, de Machado de Assis; *Relato de um certo Oriente*, *Dois irmãos*, *Cinzas do Norte* e *Órfãos do Eldorado*, de Milton Hatoum; *Um mestre na periferia do capitalismo*, de Roberto Schwarz; e o roteiro do filme *Central do Brasil*.

Machado de Assis
Crônicas escolhidas

Organização, introdução e notas
JOHN GLEDSON

2ª reimpressão

COMPANHIA DAS LETRAS

Copyright da organização, da introdução e das notas
© 2012 by John Gledson

Grafia atualizada segundo o Acordo Ortográfico da Língua Portuguesa de 1990, que entrou em vigor no Brasil em 2009.

Penguin and the associated logo and trade dress are registered and/or unregistered trademarks of Penguin Books Limited and/or Penguin Group (USA) Inc. Used with permission.

Published by Companhia das Letras in association with Penguin Group (USA) Inc.

PROJETO GRÁFICO PENGUIN-COMPANHIA
Raul Loureiro, Claudia Warrak

PREPARAÇÃO
Leny Cordeiro

REVISÃO
Luciana Baraldi
Adriana Cristina Bairrada

Dados Internacionais de Catalogação na Publicação (CIP)
(Câmara Brasileira do Livro, SP, Brasil)

Assis, Machado de, 1839-1908.
  Crônicas escolhidas / Machado de Assis ; organização, introdução e notas John Gledson. — 1ª ed. — São Paulo: Penguin Classics Companhia das Letras, 2013.
  Bibliografia
  ISBN 978-85-63560-66-7

  1. Assis, Machado de, 1839-1908 2. Crônicas brasileiras I. Gledson, John. II. Título.

13-02581   CDD-869.93

Índice para catálogo sistemático:
1. Crônicas: Literatura brasileira 869.93

Todos os direitos desta edição reservados à
EDITORA SCHWARCZ S.A.
Rua Bandeira Paulista, 702, cj. 32
04532-002 — São Paulo — SP
Telefone: (11) 3707-3500
www.penguincompanhia.com.br
www.companhiadasletras.com.br
www.blogdacompanhia.com.br

Sumário

Introdução — John Gledson 9

CRÔNICAS ESCOLHIDAS 39

A história das edições das crônicas machadianas 313
Tabela das séries das crônicas 320
Cronologia 322
Bibliografia 331

Agradecimentos

O antologista agradece muito a ajuda de Regina M. A. Machado, de Hélio Guimarães e de Lúcia Granja, que deram várias sugestões para melhorar o livro e corrigiram meu português.

Introdução

JOHN GLEDSON

As crônicas de Machado de Assis são a parte menos conhecida de toda a sua obra. A maioria dos leitores terá lido as mais célebres, às vezes designadas por títulos: "O punhal de Martinha", "O autor de si mesmo" ou um punhado de outras — "O sermão do diabo", "Conversa de burros", "Pancrácio" talvez. Há explicações óbvias para essa ignorância relativa; são obras intencionalmente efêmeras, e (com meia dúzia de exceções) seu autor parecia achar que deviam permanecer sepultadas nos jornais onde foram publicadas. Seis anos depois da morte de Machado, Mário de Alencar publicou uma antologia de 109 crônicas da sua última série, a maior e a melhor, "A Semana", e argumentou que, se tivesse vivido, Machado talvez tivesse anuído ao projeto dele. Será? Não podemos saber. Mas com o enorme interesse que atraem todas as suas obras, não tenho dúvida de que temos o direito e até o dever de nos debruçar sobre esta parte fascinante e diferente da sua produção. Hoje em dia, há ótimas edições do jornalismo de, por exemplo, Dickens. Machado também merece.

Depois da antologia de Mário de Alencar, as crônicas foram completamente ignoradas. A edição das *Obras completas* da Editora Jackson, de 1937, foi a primeira a republicar algumas: muitas, de fato — preencheram sete volumes dos 31 dessa coleção. Mas era notoriamente incompleta e mal editada. Desde então, apareceram numerosas edições, e a situação melhorou bastante. O quarto e último volume da edição da Nova Aguilar, de 2008, compõe-se quase exclusivamente das crônicas (1200 páginas) e contém (quase) todas as crônicas que temos certeza de ser de Machado, com textos muito melhores, embora não perfeitos.[1]

Ao longo dos anos, tem havido progressos enormes. Publicaram-se boas edições, bem anotadas, e o interesse tem crescido bastante, não só no mundo acadêmico. Críticos dos mais respeitados, e de linhas e áreas diferentes, como Nicolau Sevcenko, Roberto Schwarz, José Miguel Wisnik e Luiz Costa Lima, têm se dado conta do interesse dessas pequenas obras, o quanto nos ensinam sobre Machado, sobre o Brasil e até sobre o resto do mundo, na segunda metade do século XIX, período de mudanças tão rápidas e desnorteadoras que até lembra o nosso.[2] As crônicas são divertidas, mas são também sérias, e o seu ponto de vista é único; está longe de ser uma repetição do mundo dos romances e dos contos, e às vezes são elas que iluminam estes. Sobretudo, além de ganhar o pão de cada dia, Machado usou o gênero à sua própria maneira, para seus próprios fins, e em pelo menos dois momentos contrastantes da sua vida criativa a crônica teve um papel central.

Esta antologia visa a ser uma introdução ao mundo das crônicas machadianas, e meu objetivo em parte é aguçar o apetite do leitor, e lançar as bases para novas explorações. Esta introdução tenta contar — creio que pela primeira

---

[1] No fim deste livro, há uma história comentada das edições das crônicas, que também guia o leitor curioso que deseje explorar além dos limites desta antologia.
[2] Na bibliografia, há uma lista de artigos e livros sobre as crônicas.

vez — a história da relação de Machado com a crônica, ao longo de mais de quarenta anos, e mostrar como essa história interage com a história do Brasil, da imprensa brasileira, e com a vida do autor. No fim do livro há uma tabela com todas as séries que produziu, ou para as quais contribuiu, em ordem cronológica, e que fornece os dados básicos de todas elas — em que jornal saíram, quando a série começou e findou, quantas crônicas escreveu, e o pseudônimo que usou (se usou).

Para cada crônica, também escrevi uma pequena introdução — mais curta ou comprida segundo as necessidades. Também anotei os momentos que podem parecer obscuros para o leitor de hoje: uma notícia de jornal, um *fait divers* que menciona o que hoje não dá mais para entender (mas que o leitor contemporâneo reconheceria); uma citação literária; um fato histórico mais ou menos obscuro etc. Uma dificuldade que não foi confrontada pelas antologias já existentes é que, sem esses guias, as crônicas são, em boa medida, ilegíveis. Espero, portanto, que o leitor os encare não como empecilhos à leitura, ou como imposições. Muito pelo contrário, estão aí para iluminar, para dar vida à crônica, e assim aumentar o prazer do leitor.

Devo dizer alguma coisa sobre o que incluí e o que excluí. Cinquenta crônicas podem parecer pouco numa produção de mais de seiscentas. Quis, porém, antes de tudo, fazer uma antologia coerente e de boa qualidade, e esse número de crônicas me parece bem suficiente para dar uma ideia da variedade e do interesse da produção machadiana. O leitor notará que (com uma exceção, uma das primeiras crônicas que escreveu, e que tem por assunto o próprio gênero) não escolhi nada antes de 1880, e que escolhi muitas — demasiadas? — da última série, "A Semana". Não foi uma decisão fácil; diversas crônicas das décadas de 1860 e 1870 são muito interessantes. Mas às vezes também são compridas, compostas de várias seções separadas, algumas de maior interesse que outras, e contêm muito material, referências a livros e peças de teatro, por exemplo, que necessitariam de muita explicação. Além disso, "A Semana" é, sem sombra de dúvida, não só a melhor, e mais ambiciosa, série, mas também a mais interessante para o leitor de hoje — é também de longe a maior, preenchendo quinhentas das 1200 páginas da edição da Nova Aguilar.

Um paradoxo final, antes de entrarmos na história das crônicas. Se algumas — não todas — destas obrinhas parecem difíceis à primeira leitura, o leitor deve ter paciência, reler, e até certo ponto esquecer a noção de que a crônica é facilmente digestível e descartável, a ser lida, e esquecida, no ônibus ou no metrô — ou, no caso de Machado, no bonde. Ele queria outra coisa — queria prender o leitor, claro, e sabia fazê-lo como ninguém, mas também queria forçá-lo a pensar, a sair da sua rotina mental. É assim que diz no dia 24 de março de 1895: "A ideia não é clara: lede-me devagar". Ou, novamente, no dia 31 de maio de 1896: "O que for saindo saiu, e tanto melhor se entrar na cabeça do leitor". Ou, ainda, no dia 21 de agosto de 1892: "Acabemos com este costume do escritor dizer tudo, à laia de alvissareiro". Só precisamos pensar no enredo escondido de *Dom Casmurro*, aquele em que Capitu bem possivelmente não é adúltera, para entender que essa ironia agressiva era visceral, estrutural. O leitor tem que entrar no jogo.

Quando Machado começou a escrever crônicas, ainda jovem, no fim da década de 1850, o gênero era ainda relativamente novo no Brasil, importado da França. Assim nos informa na primeira crônica que escolhi, que trata do assunto da crônica ela mesma, e do cronista (ou "folhetinista"). Foi escrita quando tinha apenas vinte anos, e publicada n'*O Espelho*. Incluí-a aqui porque, mesmo nessa idade, mostra uma grande compreensão das características e exigências do gênero, muitas das quais, a famosa "fusão admirável do útil e do fútil", a comparação com o beija-flor, que "esvoaça de caule em caule", e até a terrível pressão do prazo do jornal, continuaram valendo ao longo da carreira; serve, portanto, de ótima introdução à seleção. Pode ser que Machado exagere a novidade e a dificuldade da empresa — tinha antecessores ilustres como Francisco Otaviano e José de Alencar, que escreveram para os jornais mais importantes da época.[3] Mas o que fica clara é a determinação de abrasileirar o gênero, seguindo assim o exemplo do amigo Alencar, propósito que, num nível profundo, o caracteriza, seja no romance, seja no conto ou na crônica.

A primeira parte da sua produção, entre 1859 e 1867, apareceu em dois tipos de publicação. Primeiro, em duas revistas efêmeras, típicas do tempo, e produtos dos grupos que facilitaram a entrada de Machado no mundo literário. *O Espelho* foi uma continuação de *A Marmota Fluminense* (onde Machado publicara as suas primeiras poesias, em 1855, e que fora editada por Francisco de Paula Brito, figura admirável, que protegeu praticamente todos os escritores jovens do seu tempo). A segunda, *O Futuro*, foi dirigida por Francisco Xavier de Novaes, poeta português e amigo de Machado; mais tarde, após sua trágica morte, Machado casaria com sua irmã Carolina.

Em 1860, passou a participar da equipe do *Diário do Rio de Janeiro*. Como diz o próprio Machado muito mais tarde, "nesse ano entrara eu para a imprensa".[4] Como sabemos pelo ensaio "O jornal e o livro", escri-

---

[3] Ver Marlyse Meyer, "Voláteis e versáteis: De variedades e folhetins se fez a *chronica*", em *As mil faces de um herói canalha* (Rio de Janeiro: Editora UFRJ, 1998), pp. 109-97.

[4] Em "O velho senado", de 1898. Ver *Obra completa* (Rio de Janeiro: Nova Aguilar, 2008), v. 2, p. 591.

to em 1859, Machado acreditava no poder da imprensa como instrumento democrático, crença que modificaria ao longo dos anos, mas que nunca abandonou.[5] O *Diário* era importante e tinha uma clara orientação política. Era liberal e anticlerical, opiniões que Machado compartilhava, e que aparecem de vez em quando nas duas séries de crônicas, "Comentários da Semana" (1861-2) e "Ao Acaso" (1864-5), que escreveu no jornal. Nesses anos, o jornalismo era o seu ganha-pão.

Quando a equipe do *Diário* se dispersou, em 1867, sua colaboração terminou. Foi um momento crucial. Machado obteve um posto no *Diário Oficial* e entrou para o funcionalismo público, que seria o seu sustento pelo resto da vida. Também permaneceu no seu posto quando os conservadores subiram ao poder, "talvez graças à intervenção de José de Alencar", como diz Jean-Michel Massa.[6] Estes foram os anos em que se estabeleceu na vida, do seu casamento (1869), da primeira coletânea de contos, *Contos fluminenses* (1870), e do primeiro romance, *Ressurreição* (1872).

Ao longo do mesmo período, colaborava noutra publicação, a *Semana Ilustrada*. Fundada em 1860 por Henrique Fleiuss, desenhista alemão, essa revista popular durou até 1875. Imitava as revistas ilustradas europeias e foi mudando, com uma sofisticação cada vez maior de impressão e de ilustração.[7] O tom dominante era satírico e humorístico, e podemos ter certeza de que Machado encontrou aí uma saída para seus talentos. Não há dúvida de que contri-

---

5 Em Machado de Assis, *O jornal e o livro* (São Paulo: Companhia das Letras, 2011).
6 Em *A juventude de Machado de Assis*, 1839-1870 (São Paulo: Ed. da Unesp, 2008), p. 480.
7 Ver Nelson Werneck Sodré, *História da imprensa brasileira* (São Paulo: Martins Fontes, 1983), pp. 205-6.

buiu muito para essa revista, desde o seu começo.[8] Infelizmente, é impossível ter certeza a respeito de quais crônicas são de Machado. Em grande parte, isso se deve aos pseudônimos usados na revista, um dos quais, "Dr. Semana", passou de pena em pena, e assinou mais de uma série de crônicas.[9] Pode até ser que algumas crônicas, constituídas de pequenas seções humorísticas, fossem escritas por mais de uma pessoa. Contudo, é importante lembrar essa colaboração, em parte porque prova que, entre 1859 e 1897, a crônica foi um hábito (quase) contínuo de Machado. É bem provável que as suas contribuições tenham aumentado depois da saída do *Diário do Rio de Janeiro*.[10]

Quando a *Semana Ilustrada* fechou em 1875, os irmãos Max e Henrique Fleiuss embarcaram num novo projeto, a *Ilustração Brasileira*, revista quinzenal, nova tentativa de imitar a sofisticação da imprensa ilustrada europeia. Durou menos de dois anos — sinal, por certo, de que os tempos mudavam.[11] Machado, dessa vez, foi incumbido de

8 José Galante de Sousa, *Bibliografia de Machado de Assis* (Rio de Janeiro: MEC/INL, 1955), pp. 212-3
9 Ibid., p. 434.
10 No volume *Contos e crônicas* (Rio de Janeiro: Civilização Brasileira, 1958), Raymundo Magalhães Júnior publica mais de trinta crônicas, das séries "Pontos e Vírgulas" e "Badaladas", que acredita ser de Machado. Talvez, mas sem um estudo mais sistemático (e talvez até com ele) não podemos ter certeza.
11 Outro sinal das mudanças que operavam na imprensa nesse momento de transformações é o fim do *Jornal das Famílias*, onde Machado publicara muitos contos, e o começo de *A Estação*, revista feminina internacional sofisticada, de origem alemã (*Die Modenwelt*), mas traduzida e publicada no Brasil, com suplemento literário brasileiro, em que Machado foi figura central e onde publicou muitos contos nas décadas seguintes. Ver Ana Cláudia Suriani, *Machado de Assis's Philosopher or Dog?: From Serial to Book Form* (Londres: MHRA e Maney Publishing, 2010), pp. 38-55.

escrever a crônica, a "História de Quinze Dias", que virou "História de Trinta Dias" quando a revista estava nas últimas, entre fevereiro e abril de 1878. Foi um passo importante, que sem dúvida reflete sua reputação crescente. Era autor de dois, em breve de três, romances, e duas coletâneas de contos, e, junto com José de Alencar, era um dos líderes reconhecidos da literatura brasileira. Na *Ilustração*, tinha pseudônimo próprio, Manassés (que usara primeiro para assinar dois contos n'*A Época*, revista de vida curta, fundada por Joaquim Nabuco). Pouco a pouco, o cronista afirmava sua personalidade, e quando a *Ilustração* acabou, Machado encontrou acolhida no diário *O Cruzeiro*, onde publicou *Iaiá Garcia*, em episódios, entre janeiro e março de 1878. A partir de março publicou, no rodapé reservado ao folhetim, uma série de nove peças curtas, dificílimas de classificar, como "Filosofia de um par de botas", ou "Um cão de lata ao rabo", junto com seu famoso ataque a Eça de Queirós, "Literatura realista".

De junho a setembro, no mesmo espaço, publicou crônicas, as "Notas Semanais": todos esses itens variados foram assinados por Eleazar — pseudônimo, como Manassés, de origem bíblica. Essas duas séries, e sobretudo a segunda, "Notas Semanais", marcam um novo momento no uso que Machado faz da crônica. Não só era escritor de reputação considerável — com a morte de Alencar no fim de 1877, virou "líder" indisputado da literatura brasileira; era também um escritor que passava por uma crise profunda, que resultaria no grande Machado, o escritor "maduro" e genial das *Memórias póstumas de Brás Cubas*. O curioso é que, nesse momento de crise, lançou mão da crônica para se exprimir. As "Notas Semanais" contêm uma série de experiências estéticas que beiram a loucura. Contam histórias completamente desvairadas — do paço municipal de Macacu, que engravida em circunstâncias suspeitas, e vai dar à luz na rua do Ouvidor, por exemplo. Noutro momento, entra numas considerações complexas e estranhas sobre águas minerais falsificadas, que parecem ser uma alegoria sobre a influência europeia na literatura brasileira. Uma preocupação frequente, certamente crucial na transição para *Brás Cubas*, é a degradação do gosto artístico nacional, que vai de mãos dadas com a importação de espetáculos europeus — e que resulta, por exemplo, na falta de apoio ao bom teatro brasileiro, evidenciado no completo fracasso de *O jesuíta*, de Alencar.[12] De todas as séries escritas antes de 1880, essa é a que mais sinto ter tido que excluir, mas o tamanho e a dificuldade forçaram a decisão. Junto com Lúcia Granja, preparei uma edição bem anotada da série, com alentada introdução, que os curiosos podem consultar. Nenhuma explicação da "crise dos quarenta anos" que culminou nas *Memórias póstumas de Brás Cubas* pode ignorar essas crônicas.

Entre 1878 e 1883, podemos ter certeza de que Machado não escreveu crônicas — não há pseudônimos a ser desvendados. Nesse momento da sua vida, sem dúvida, suas necessidades criativas imperavam, e a convulsão que deve ter envolvido a composição de *Memórias póstumas* e dos contos de *Papéis avulsos* (publicado em 1882) não

---

12 Eis um exemplo do sarcasmo machadiano, sobre esse assunto, da crônica do dia 16 de junho de 1878:

> Na verdade, os prazeres intelectuais hão de sempre dominar nesta geração. Atualmente, é sabido que o teatro, copioso, elevado, profundo, puro Sófocles, tem enriquecido quarenta e tantas empresas, ao passo que só quebram as que recorrem às mágicas. Ninguém ainda esqueceu os ferimentos, as rusgas, os apertões que houve por ocasião da primeira récita do *Jesuíta*, cuja concorrência de espectadores foi tamanha, que o empresário do teatro comprou, um ano depois, o palácio Friburgo.

deixava lugar para outras atividades. Já em dezembro de 1876, recusara um convite da *Gazeta de Notícias* para se responsabilizar especificamente pelas crônicas. Nesse mês, escreveu ao seu velho amigo, Francisco Ramos Paz, que, instigado por Elísio Mendes, o convidara: "São tantos e tais os trabalhos que pesam sobre mim, que não me atrevo a tomar o folhetim da *Gazeta*. Dize da minha parte ao Elísio que me penaliza muito a resposta".[13]

Sem dúvida estava sendo sincero, porque a *Gazeta* era uma novidade na imprensa brasileira, e teria uma importância enorme para Machado. Quando, em 1883, começou a escrever para o jornal com certa regularidade, achou sua "casa" espiritual. Todas as 480 crônicas, muito mais que a metade do total, que escreveu entre 1883 e 1900 foram publicadas na *Gazeta*. Fundada em 1875 por José Ferreira de Araújo, figura muito popular no jornalismo carioca, admirador e amigo fiel de Machado, foi o primeiro jornal a ser vendido avulso (e barato), na rua, e não por subscrição — um avanço democrático que Machado certamente aprovaria, e que o teria atraído a colaborar nela.

Para se ter uma ideia da *Gazeta* e da sua importância, o leitor pode ler a crônica do dia 6 de agosto de 1893, incluída neste livro. Machado cita o historiador Capistrano de Abreu, "excelente membro da casa", que, ao sair da festa de aniversário de dezoito anos do jornal, disse que "os dois maiores acontecimentos dos últimos trinta anos [nesta cidade] foram a *Gazeta* e o bonde". Evidentemente, ambos operavam no mesmo sentido democrático — "pão partido em pequeninos", como diz Machado, citando o título de um antigo livro português. Como tal, foi precursor da participação política crescente, sobretudo a partir

---

13 Ver Sergio Paulo Rouanet (coord. e orient.), *Correspondência de Machado de Assis* (Rio de Janeiro: Academia Brasileira de Letras, 2009), v. 2, p. 127, carta 147.

de 1880, com a explosão do movimento abolicionista. O jornal oferecia "a notícia, o anúncio, a pilhéria, a crítica, a vida, em suma, tudo por dois vinténs escassos". À medida que cresceu em importância, o número e a qualidade dos seus colaboradores também cresceram — além de Machado e Capistrano, por exemplo, Carlos de Laet, Raul Pompeia, e os portugueses Eça de Queirós, Ramalho Ortigão, Oliveira Martins etc. O próprio Ferreira de Araújo participou muito ativamente. Além de suas colunas regulares, sempre com um toque de humor, "Macaquinhos no Sótão" e "Às Quintas", toda segunda-feira publicava "Cousas Políticas", que ainda hoje se lê com prazer, pelo raro poder de ver debaixo da superfície dos acontecimentos, e além das circunstâncias imediatas.

Depois de 1880, Machado deixou de usar a crônica como meio de expressão ou especulação estética. Agora, os distintos gêneros — romance, conto, crônica etc. — tinham seu lugar fixo e mais ou menos convencional. Também ocupavam lugares diferentes nas prioridades criativas do autor, que, estas sim, mudavam ao longo dos anos. É significativo que, quando começou a colaborar na *Gazeta* em 1883, o tenha feito como parte de uma equipe, que produzia crônicas irregulares e curtas, mas frequentes e muito populares: as "Balas de Estalo". Machado usou o pseudônimo Lélio, que sem dúvida teve origem em Lélie, personagem de *L'Étourdi* [O desmiolado] de Molière, um dos seus autores preferidos. O título da série continha uma espécie de jogo de palavras, que convinha admiravelmente, a crônica podendo ser uma espécie de míssil explosivo ou de doce. Por isso também eram curtas, "rápidas", como para competir com as mudanças rápidas do tempo. Às vezes, os vários colaboradores dialogavam entre si, como podemos ver, por exemplo, na crônica de 12 de julho de 1885, incluída aqui, em que Machado responde à crônica do dia anterior, da autoria de "João Tesourinha", pseudônimo do próprio Francisco Ramos Paz.

A primeira crônica da série, assinada "Mercutio" — o nome do amigo volúvel ("mercurial" em inglês) de Romeu em *Romeu e Julieta* —, era do próprio Capistrano. Vale a pena citar:

> [...] os tempos mudaram. Veio o movimento político, que deslocou a atenção. Veio a imprensa jornalística com sua polêmica acerba, a mofina, o folhetim, o apedido, o romance. Veio o teatro, a mágica, o acréscimo da população. Veio o vapor, o trato frequente com a Europa, colocar os dois continentes na situação de vasos comunicantes que por fim se nivelam. Veio o bonde, a imensa, a maior força de transformação que já incidiu sobre esta cidade. Sentimentos, ideias, ações, pontos de vista, intuitos, foi tudo mudando com maior ou menor lentidão.[14]

Podemos facilmente imaginar que essa série, com a qual Machado contribuía de modo irregular, mas com bastante frequência, lhe calhava admiravelmente — escreveu mais de 120 crônicas em pouco mais de dois anos e meio. Não lhe interessavam mais o controle e a independência que exercera nas "Histórias de Quinze Dias", e nas "Notas Semanais". Pelo contrário: neste momento, entre 1883 e 1886, boa parte da sua energia se concentrava numa explosão de contos (muitos deles também publicados na *Gazeta*).[15]

14 Citado em Ana Flávia Cernic Ramos, "Política e humor nos últimos anos da monarquia: A série 'Balas de Estalo'", em Sidney Chalhoub, Margarida de Sousa Neves e Leonardo Affonso de Miranda Pereira (orgs.), *História em cousas miúdas* (Campinas: Ed. da Unicamp, 2005), p. 87.
15 Ver "O machete e o violoncelo: Introdução a uma antologia dos contos de Machado de Assis", em John Gledson, *Por um novo Machado de Assis* (São Paulo: Companhia das Letras, 2006), p. 53.

Escolhi cinco "Balas de Estalo", duas das quais dizem respeito ao bonde, companheiro da "revolução democrática" a que Capistrano se refere. A terceira, sobre o tratamento dos mendigos recolhidos no Asilo de Mendicância, é de uma ironia ferina, digna de Swift. A quarta — confesso que minha preferida — é um relato sarcástico, que guarda uma pequena surpresa para o leitor, sobre a paixão brasileira pela música. A quinta é um ataque engraçado ao espiritismo, ao qual Machado tinha um ódio ferrenho.

As "Balas" acabaram em 1886, e a última contribuição de Machado foi publicada em 22 de março. Só no fim desse ano voltaria a escrever crônicas: é bem possível que a composição de *Quincas Borba*, que começava a ser publicado n'*A Estação*, ocupasse então suas energias. Quando voltou à crônica, no fim do ano, foi com a série mais curta de sua carreira — sete crônicas ao todo —, "A+B", assinada "João das Regras", nome do famoso ministro português da Idade Média, que defendeu a candidatura de João d'Avis (d. João I) ao trono de Portugal, na crise de 1385, quando os castelhanos ameaçavam invadir o país. Essa pequena série é uma das mais difíceis de compreender. É um diálogo entre duas pessoas, A e B, sobre os últimos escândalos, políticos e financeiros. Esse formato faz com que, pelo menos para o leitor moderno, os textos sejam bastante obscuros. Os contemporâneos sem dúvida compartilhavam o "segredo" em parte, mas mesmo assim chega a ser uma espécie de agressão contra o leitor, uma conversa até certo ponto excludente. Faz falta uma leitura aprofundada da *Gazeta*, e talvez de outros jornais, para entendê-las: o que sem dúvida valeria a pena, porque essas crônicas marcam uma nova mudança da relação de Machado com o gênero. Tinha novamente sua própria série, com novo pseudônimo, e introduziu o diálogo, em que algumas coisas são entendidas por alguns e não por outros. Numa forma diferente, voltaria a ensaiar essa agressão em "Bons Dias!", como veremos. Infelizmente, as duas edições anotadas da série, de Raymundo Magalhães Júnior e Mauro Rosso, não se beneficiaram das informações que os jornais sem dúvida providenciariam.[16]

Logo após o fim dessa curta série, no dia 1º de novembro de 1886, Machado começou uma outra, muito diferente, e que duraria até o início de 1888: a "Gazeta de Holanda", que assinou Malvólio, o pretensioso alvo da sátira de *A noite de reis* (*Twelfth Night*), de Shakespeare. O título e a epígrafe que encabeça cada crônica ("*Voilà ce que l'on dit de moi/ dans la 'Gazette de Hollande'*" [Eis o que dizem de mim/ na "Gazeta de Holanda"]) são de uma famosa opereta, *La Grande Duchesse de Gérolstein* (1867), de Jacques Offenbach; as crônicas participam da alegria desse gênero popularíssimo na segunda metade do século XIX. É uma série em geral despreocupada e cômica, mais para o lado "fútil" do gênero crônica. Sobretudo, estão em verso. Segundo Magalhães Júnior, a crônica rimada era a moda do momento, e ele especula que Ferreira de Araújo teria sugerido esse formato a Machado.[17] Pode ser. Em todo caso, Machado se mostra um gênio do verso cômico, aproveitando-se, com a mesma desenvoltura da sua prosa, de cada virada da frase, e sobretudo da rima — até brinca descaradamente com as dificuldades a que esta o obriga. Será sacrílego sugerir que Machado é um poeta maior, mais à vontade, na sátira e na comédia, do que nas ocasiões sérias?

---

16 Há uma tentativa de interpretar a primeira crônica da série em Sidney Chalhoub, "A arte de alinhavar histórias: A série 'A+B' de Machado de Assis", em Sidney Chalhoub, Margarida de Sousa Neves e Leonardo Affonso de Miranda Pereira (orgs.), op. cit., pp. 74-83.
17 *Diálogos e reflexões de um relojoeiro* (Rio de Janeiro: Civilização Brasileira, 1956), p. 3.

A "Gazeta de Holanda" continua sendo imperfeitamente estudada — novamente, não há edição que ajude, que lance mão da *Gazeta* e de outros jornais. Mas são muito curiosas, e até pode ser que reflitam a história de um jeito indireto. Duas das três crônicas que escolhi (de um total de 48) refletem sobrevivências sutis ou teimosas da cultura africana, numa cidade que, no seu aspecto físico, era bastante colonial, e onde ainda havia escravidão. Uma é a capoeira, tópico frequente nos jornais (e que remontava pelo menos a 1824, como diz Machado), por causa das maltas de capoeiras que andavam soltas pelas ruas, cometendo assaltos; a segunda é uma peça interessantíssima acerca das polcas populares do momento, que não eram exatamente... polcas, mas que continham elementos africanos, um ritmo que, como diz Machado, "até discute e memora/ coisas velhas e intrincadas". Há uma conexão aqui com o conto "O homem célebre", publicado em 1888, que é óbvia no jogo com os títulos, divertidos e muitas vezes lascivos.[18] É como se, nessa sociedade em mudança, Machado tivesse certo prazer em relembrar as tradições que sobreviveram. Mais de uma vez, também, estas crônicas lembram os contos de sua época — minha terceira escolha, a história de uma onça que foge ao cativeiro, é quase, em si, um continho.

A "Gazeta de Holanda" acabou no dia 24 de fevereiro de 1888, sem que o fim da série fosse anunciado — acabou, sem mais. A razão é clara: os acontecimentos políticos e sociais chegavam a um clímax, e era certo que a abolição da escravidão, de um jeito ou de outro, estava próxima. Pouco mais de um mês depois, uma nova voz seria ouvida na *Gazeta de Notícias*: uma pessoa na aparência polida, mas que logo se revelava bastante agressiva, que começa a crônica por um "Bons Dias!" formal,

---

18 Ver José Miguel Wisnik, "Machado maxixe", em *Sem receita* (São Paulo: Publifolha, 2004), pp. 54-6.

levantando o chapéu, mas logo ameaça insultar o leitor se ele não o cumprimentar do mesmo jeito. Diz que é um relojoeiro que deixou de acreditar nos relógios, já que mostram a hora errada: por que, por exemplo, não chamaram o Partido Liberal ao poder, quando a Abolição, medida essencialmente liberal, está chegando daí a pouco?

Assim começa uma das séries mais interessantes e individualizadas que Machado escreveu, e que durou pouco menos de dezessete meses e 49 crônicas. Ao contrário de todas as outras séries, a autoria de Machado só foi descoberta na década de 1950 — a prova está numa lista de pseudônimos consultada por José Galante de Sousa. Mas é um episódio crucial na nossa história; é a série mais abertamente "política" que Machado escreveu. Por isso mesmo, a anonimidade era vital (as crônicas terminavam com "Boas Noites", e quando se precisava do "nome" do autor, lançavam mão dessas duas palavras). Nas primeiras nove crônicas da série (cinco das quais incluí), Machado olha para a escravidão e sua abolição de vários ângulos. Todas mostram que ele estava em completa desarmonia com a atmosfera de euforia (embora, como nos diz cinco anos mais tarde, tenha se juntado às manifestações de júbilo no próprio dia 13 de maio, na carruagem aberta de Ferreira de Araújo). Sabia que a vida dos ex-escravos mudaria pouco, compreendia o processo político, mais passivo do que ativo, uma aceitação do inevitável, e — o que pode surpreender — sabia, nesse momento, que a mudança de regime, de Império para República, era inevitável. Como acreditava que a República levaria ao poder as oligarquias estaduais, lideradas pelos cafeicultores paulistas, essa não era uma mudança que lhe apetecia — mas sabia que ia acontecer. Uma sexta crônica, escrita pouco mais tarde, em junho de 1888, é um ataque aos fazendeiros, sobretudo do vale do Paraíba do Sul, que queriam ser indenizados pela perda dos seus pertences; essa crônica usa o enredo do romance *Almas mortas*, de Nikolai Gógol.

Essa série, que no começo era mais ou menos regular, foi ficando menos frequente perto do seu fim, em agosto de 1889, quando foi escolhido um governo liberal, do visconde de Ouro Preto, depois de tentativas cada vez mais desesperadas de manter um governo conservador, o que evitaria a necessidade de eleições; a escolha de Ouro Preto aproximou o fim do regime. Nesse momento, Machado enveredou por outros assuntos menos políticos: incluí duas crônicas bastante engraçadas e perspicazes, a primeira sobre o filólogo inventivo e pedante (inventor da palavra "cardápio") Antônio de Castro Lopes e a segunda sobre curandeiros, tópico recorrente nas crônicas. Machado era cético em relação a todos os tipos de medicina — "Em todas as escolas se morre", como diz José Dias, de *Dom Casmurro* — e assim, paradoxalmente, a favor dos direitos da medicina popular, e contra as condenações da "ciência".

Entre agosto de 1889 e abril de 1892, Machado não publicou crônicas: nessa segunda data é que começou a série que seria a última, e também a melhor e a mais célebre, "A Semana"; sempre, é claro, na *Gazeta de Notícias*. Junto com o hiato entre 1878 e 1883, trata-se da única interrupção considerável na sua carreira de cronista. Se tenho razão, esses dois intervalos têm origens muito diferentes. O primeiro, podemos ter certeza, resultou da reviravolta na sua ficção que produziu *Memórias póstumas de Brás Cubas*, e que está ela mesma refletida nas crônicas escritas logo antes, as "Notas Semanais", com a sua experimentação estética e suas preocupações culturais. O vácuo entre 1889 e 1892 é diferente.

Pode ser que a luta com a ficção tenha influído: estava acabando *Quincas Borba*, romance que lhe deu muitos problemas, e que apareceu finalmente em forma de livro em novembro de 1891. Não pode haver dúvida, porém, de que os problemas fundamentais eram políticos — em sentido lato, e profundo. Crônicas, em algum nível, e sobretudo na ótica de Machado, são conversas com os leitores, e a conversa se tornara tensa, difícil. Em "Bons Dias!", não só o tom ficara mais agressivo — chama o leitor de "grosseirão de borla e capelo", desafia-o a ler um trechinho em alemão (depois de certificar-se de que o leitor não sabe essa língua!) que chama o Brasil de "oligarquia absoluta" etc. E não devemos esquecer que Machado não queria ser identificado como autor. A posição política de Machado é fácil de definir, embora cheia de tensões. Era monarquista liberal, e quando, em 1870, alguns amigos seus formaram o Partido Republicano, ele se recusou a juntar-se a eles. Mas sua lealdade à coroa não o impediu de ver que estava fadada à extinção — em *Quincas Borba*, ele a associa à loucura crescente de Rubião.[19]

O advento da República, por mais que o temesse, resultou bem pior do que esperava. Sobretudo, desencadeou o boom mais extraordinário da bolsa, que foi seguido pelo *crash* mais estrondoso da história do Brasil — o Encilhamento, assim chamado para compará-lo a uma corrida de cavalos, porque tinha toda a ansiedade dos jogos de azar. A *Gazeta* teve que se expandir, de seis páginas para dez, a fim de dar espaço a todos os prospectos de companhias novas, a grande maioria para "melhoramentos", muitos deles caminhos de ferro. Imprimir dinheiro se tornou muito mais fácil depois do decreto de 19 de janeiro de 1890, de Rui Barbosa, e toda espécie de práticas duvidosas se alastrou, até que finalmente, no fim de 1891, a bolha estourou, com todas as consequências profundas e duradouras de tais eventos: o mil-réis descera a um terço do valor que tivera durante o Império em relação à libra esterlina. O fim foi marcado pela renúncia do presidente,

---

19 Ver meu *Machado de Assis: Ficção e história* (São Paulo: Paz e Terra, 2003), 2. ed., p. 87.

Deodoro da Fonseca, e sua substituição pelo vice-presidente, Floriano Peixoto, o que, por sua vez, acabaria levando o país à guerra civil.[20]

Não podemos duvidar de que, ao longo desses dois anos, Machado poderia ter voltado a escrever crônicas no momento em que quisesse, e sem dúvida sofria pressão amigável de Ferreira de Araújo. Com *Quincas Borba* finalmente no prelo, pode ser que houvesse razões criativas, além das financeiras, para dependurar de novo a pena. Mas ele ficou aguardando, e escolheu o momento de recomeçar. Escolheu também o formato que queria, e que sem dúvida foi aprovado com entusiasmo pelo editor-amigo. Do lado político, pode ser que se sentisse um pouco constrangido — seu monarquismo não era segredo — mas, do lado jornalístico-literário, seu prestígio só fizera crescer, e, em parte protegido pelo jornal mais reputado e popular do Rio de Janeiro, pôde empreender uma série nova e ambiciosa: "A Semana".

É importante notar que, nesse momento, Machado não tinha outras saídas criativas dominantes. Continuava a produzir contos, mas num ritmo bem mais espaçado, e é provável que só tenha começado a composição de *Dom Casmurro*, seu romance seguinte, em 1896: em novembro desse ano, publicou uma primeira versão de um capítulo do romance na revista *República*. São essas circunstâncias que fazem com que "A Semana" seja a série mais importante, mais fascinante, como também de longe a mais extensa, que escreveu. Foi o apogeu da sua carreira de cronista. São, ao todo, 247 crônicas semanais, e a série durou quase cinco anos, de abril de 1892 a fevereiro de 1897.

---

20 Para uma ótima descrição (sarcástica) do Encilhamento, ver *Esaú e Jacó*, cap. LXXIII ("Um eldorado").

Não há dúvida de que a empreendeu com certa ambição. Como que refletindo isso, Artur Azevedo disse, na revista *O Álbum*, em janeiro de 1893, que "atualmente escreve Machado de Assis, todos os domingos, na *Gazeta de Notícias*, uns artículos intitulados 'A Semana', que noutro país mais literário que o nosso teriam produzido grande sensação artística".[21] Machado levou muito a sério seu dever semanal. Achou que valia a pena republicar seis das crônicas — ajustadas para que tivessem relativa independência do seu contexto imediato — em *Páginas recolhidas*, coletânea de 1899, com o título coletivo de "Entre 1892 e 1894". Que os leitores achavam que valia a pena relê-las está provado pela publicação em 1914, da já mencionada antologia *A Semana*, organizada por Mário de Alencar (filho de José de Alencar, e muito amigo de Machado), que continha quase a metade da série.

Além dessas questões, podemos especular que havia uma razão mais profunda para empreender essa nova série, e tentar entender a ambição que lhe era subjacente. Na raiz da questão está a própria natureza da crônica, sua existência efêmera, e a própria natureza do tempo, como Machado o entendia nesse momento de crise econômica e política. A crônica tem uma relação íntima com o tempo — *chronos*, claro, significa "tempo" em grego antigo — e o próprio tempo parece que se acelerava, como Machado nos diz mais de uma vez. Na crônica de 25 de março de 1894, diz: "Mas então que é o tempo? É a brisa fresca e preguiçosa de outros anos, ou este tufão impetuoso que parece apostar com a eletricidade? Não há dúvida que os relógios, depois da morte de López, andam muito mais depressa".[22] E, como diz mais

---

21 Ver Galante de Sousa, op. cit, p. 34.
22 Crônica de 25 de março de 1894. Francisco Solano López, ditador do Paraguai, morreu no fim da Guerra do Paraguai, em Cerro Corá, em 1º de março de 1870.

tarde, o próprio ritmo de aceleração parece acelerar-se: "A verdade é que temos vivido muito nestes seis anos, mais que nos que decorreram do combate de Aquidabã à revolução de 15 de novembro, vida agitada e rápida, tão apressada como cheia de sucessos".[23]

O Encilhamento, que aumentou a penetração do capitalismo ocidental, também aumentou a confusão.[24] Nesse contexto, a crônica, tal como Machado a concebia, terá parecido o gênero ideal, um jeito de segurar, ainda que precariamente, o tempo e a história. A sua estrutura era livre e fluida, e não dependia de um enredo, ou de um narrador — tinha a imediatez dos eventos comentados. Se a década de 1880 fora a década do conto (e de *Quincas Borba*, que ficcionaliza o capitalismo mais simples dos últimos anos do Império), os anos 1890 foram a década da crônica, que agora mostra todas as suas possibilidades para o autor.

É importante notar que o interesse da crônica pelo "mínimo e o escondido", e a defesa machadiana da sua miopia (literal, além de metafórica), na última crônica que escreveu, de 11 de novembro de 1900, deve ser entendido sempre como em boa parte irônico. Quando Machado empreendeu "A Semana", o mundo estava num processo que podemos chamar de "globalização", com novas invenções, e novas preocupações comuns — como a corrida armamentista, e o resultante medo de uma guerra terrivelmente destrutiva —, que Machado

---

23 Crônica de 7 de julho de 1895. Aquidabã é nome alternativo da batalha de Cerro Corá.
24 Para uma boa descrição da época, que vê o valor das crônicas como documento histórico de uma sutileza fora do comum, ver o ensaio de Nicolau Sevcenko "A capital irradiante: Técnica, ritmos e ritos do Rio", em Nicolau Sevcenko e Fernando A. Novais (orgs.), *História da vida privada no Brasil* (São Paulo: Companhia das Letras, 1998), v. 3, pp. 514-619.

reflete de um jeito imediato (ver, por exemplo, a crônica de 18 de fevereiro de 1894). Porém, quase sempre há uma lição brasileira, um contato com a realidade local — que tinha sido seu objetivo na crônica, como noutros gêneros, desde o começo, como já vimos aliás. O que caracteriza estas crônicas é menos o "mínimo e o escondido" em si do que uma espécie de tensão dialética entre o mínimo e o universal, que não se resolve a favor de nenhum dos dois, mas que dá às melhores crônicas parte do seu poder e do seu fascínio.[25]

Um bom exemplo se encontra na crônica de 28 de novembro de 1894 ("O momento é japonês..."), inspirada pela vitória dos japoneses sobre a China na primeira guerra sino-japonesa, que chocou o mundo inteiro, e anunciou a chegada do Japão à posição de potência mundial. Machado consegue considerar esse evento de quatro ou cinco perspectivas no espaço de uma só crônica. Fala da possível imigração japonesa ao Brasil (que só se faria realidade na década seguinte), da experiência real da imigração chinesa no século XIX, da complexidade da cultura e da língua japonesas, na perspectiva de um jesuíta português no século XVI, a moda da *japonaiserie* na França na década de 1860, que os brasileiros mais tarde imitaram. Toda essa variedade é resultado de uma preocupação escondida mas implícita: como é que o Brasil deve se adaptar às pressões que vêm do mundo exterior, ao imperialismo que nessa década chegava ao auge? O medo íntimo que tinha (e que motivou, por

---

25 No seu artigo sobre "O punhal de Martinha" (a crônica de 5 de agosto de 1894), Roberto Schwarz argumenta que "as experiências locais deixam mal a cultura autorizada e vice-versa, num amesquinhamento recíproco e de grande envergadura, que é um verdadeiro 'universal moderno'". Ver "Leituras em competição", em *Martinha versus Lucrécia: Ensaios e entrevistas* (São Paulo: Companhia das Letras, 2012), p. 43.

exemplo, sua oposição ao federalismo exacerbado) é que o Brasil não teria o poder de resistir, teria mais em comum com a China do que com o Japão.

"A Semana" era publicada aos domingos e no começo encabeçava a primeira página da *Gazeta*: só mais tarde é que seria precedida pelos telegramas, uma inovação — fundamental — de 1874, que se faziam cada vez mais longos e essenciais para o jornal moderno. Evidenciavam sua ligação imediata com a Europa, mas também com os estados e o interior do Brasil. A crônica vinha sem assinatura, mas não se deve pensar que era, em qualquer sentido útil do termo, anônima. Muito pelo contrário, era desnecessário assinar, porque era de conhecimento público que Machado era o autor — as palavras de Artur Azevedo que citamos são um indício mínimo desse fato. Assim, naturalmente, sem acanhamento, ele menciona fatos e acontecimentos da sua vida mais ou menos íntima: a reação à Abolição, já mencionada, as conversas com José de Alencar na Livraria Garnier, o encontro com Carolina em 1868, no Cassino Fluminense.

Sem dúvida, essa posição de destaque comportava certos perigos. Sua desaprovação ao regime republicano não era segredo, e tinha que tomar cuidado, porque abandonar inteiramente o direito ao comentário político seria uma abdicação, algo — apesar da discrição — alheio à sua natureza. Ao longo da série toda (mas sobretudo nos primeiros três anos), sente-se essa tensão; mais de uma vez, ele evita o uso da palavra "república", para não dar margem a nenhum mal-entendido.[26]

---

26 Ver, por exemplo, as crônicas de 8 de abril de 1894 e 5 de agosto de 1894.

Vamos, para terminar, a uma história de "A Semana", na medida em que essa série a tem. Até certo ponto, as crônicas acompanham os acontecimentos externos no Brasil nessa década conturbada, e são afetadas por eles. Há um começo, um meio e um fim, que têm todos suas explicações.

A primeira crônica, de 24 de abril de 1892, é uma das mais brilhantes e sutis, com seu misto de sinceridade e diplomacia. Não pode haver dúvida de que Machado decidiu começar três dias depois do dia de Tiradentes, porque o mártir da Inconfidência era um objeto de veneração que compartilhava com o novo regime (e que a monarquia ignorara). Ele usa o alferes, homem humilde e patriota, para comentar o assunto do momento — a falta de votantes nas eleições para um lugar no Senado, natural num regime que se tornava cada dia mais ditatorial — e para discutir temas mais abrangentes — no caso, as características nacionais, boas e ruins. Será que os brasileiros desconhecem "aquele fogo que Tiradentes legou aos seus patrícios?". Na verdade, esta pergunta — a culpa é do regime ou do povo? — não tem resposta simples; é o mesmo que saber qual nasceu primeiro, o ovo ou a galinha. O que parece certo é que faltam as bases de uma democracia madura, na população e na organização política (e nesse sentido, para Machado, a República era um passo para trás). "Nós fazemos tudo por vontade, por escolha, por gosto; e, de duas uma: ou isto é a perfeição final do homem, ou não passa das primeiras verduras", como diz pouco mais tarde, em 29 de maio de 1892.

No clima cada vez mais tenso de 1892 e 1893, Machado tinha que tomar cuidado. Muitas vezes, sua raiva toma como alvo o próprio Encilhamento (culpa, podia-se argumentar, do governo de Deodoro). O caso mais famoso é o "Sermão do Diabo", de 4 de setembro de 1892, que ele republicou em *Páginas recolhidas*. O desgosto e o nojo são genuínos e abrangentes, e ecoam ao longo da série inteira, não só no seu começo: "o ano terrível", ele o chama, mais de uma vez. Responsabiliza-o pela desmoralização da sociedade, uma total corrupção e falta de valores morais, que começaram na desvalorização do próprio dinheiro e na inflação, que afetou toda a população, sobretudo os mais pobres. Numa crônica particularmente fascinante, de 1º de setembro de 1895, até liga um caso terrível de canibalismo ocorrido em 1890, no interior de Minas, com os eventos da capital nesse ano "em que se perdeu e ganhou tanto dinheiro que não pude ler mais nada". Há uma sensação persistente, em muitas crônicas, que o século XIX, "ágil, destro, vibrante, cheio de si, um pouco difuso, audaz, sabedor mas ao cabo tão miserável como os primeiros"[27] está chegando a um fim ignominioso, e que as coisas ameaçam piorar.

Em parte, trata-se da famosa sensação do "fin de siècle", que invadiu a civilização ocidental nesses anos: escritores como Max Nordau (que contribuía com umas "Cartas da Alemanha" regulares para a *Gazeta*), autor do famoso livro *Degenerescência*, viam a decadência em toda parte. Muito frequentemente, Machado serve-se da expressão "fim de século" — embora, sendo quem era, até estas palavras venham com um toque de humor, de ironia ou sarcasmo: "Todas as crenças se confundem neste fim de século sem elas", como diz. Ou, em 9 de abril de 1893, comentando um projeto municipal "que manda tratar os criados com bondade e caridade", diz: "Na crise moral deste fim de século, a decretação da consciência é um grande ato político e filosófico"! Por mais que use a frase com aspas invisíveis, porém, há momentos em que parece quase temer um apocalipse, o fim

---

[27] A citação é das *Memórias póstumas de Brás Cubas*, cap. VII ("O delírio").

dos tempos: "Talvez a terra esteja grávida. Que animal se move no útero desta imensa bolinha de barro, em que nos despedaçamos uns aos outros?", pergunta em 1º de outubro de 1895.

No fim de 1893, as tensões dentro do regime, exacerbadas pelo desastre econômico, chegaram a um clímax político e levaram à guerra civil no Rio Grande do Sul (a Guerra Federalista) e à Revolta da Armada, na própria baía de Guanabara, quando a capital do país foi bombardeada pela Marinha de guerra brasileira. O regime florianista endureceu. Muitos foram encarcerados ou banidos para o interior. Machado e a própria *Gazeta* conseguiram, a duras penas, manter um equilíbrio, mesmo se fosse evitando o assunto dos bombardeios de um jeito tão óbvio que todo mundo perceberia que eram efeitos da censura. No fim, em dezembro de 1893, Ferreira de Araújo perdeu a paciência, e, especulando às claras que a vitória dos rebeldes era uma possibilidade, provocou o fechamento da *Gazeta* por um mês. A crônica de Machado, publicada excepcionalmente numa segunda-feira, abriu o ano novo de 1894: as crônicas escritas dos dois lados desse intervalo forçado na vida do jornal são geniais, cada uma à sua maneira, exemplos de como dizer alguma coisa numa situação em que era quase impossível dizer algo de importância. O horror de Machado à guerra civil (que já antes da queda do Império temia que fosse uma das consequências do novo regime) deu força à crônica de 18 de fevereiro de 1894, em que salienta os perigos da intensificação do conflito, numa espiral sangrenta de vingança. O pessimismo do fim da crônica (AQUI JAZ A CRÔNICA...) é perfeitamente genuíno. No contexto da *Gazeta* desse dia, ganha mais relevância — logo abaixo da crônica, na primeira página, Euclides da Cunha protestava contra as ameaças (de um senador partidário do regime) de matar os prisioneiros políticos em represália por uma suposta tentativa de dinamitar a sede de um jornal florianista.

Pouco a pouco, e sobretudo depois da posse do primeiro presidente civil da República, Prudente de Moraes, em 15 de novembro de 1894, a situação se acalmou. Isso se sente, por exemplo, na crônica de 28 de outubro de 1895, em que Machado lembra os protagonistas dos primeiros anos do regime, Deodoro e Floriano, ambos (felizmente?) mortos. Mas até aqui os detalhes e o tom da linguagem evidenciam uma distância, um "pé-atrás" em relação ao regime.

No fim de 1896, porém, surgiram novos problemas, de um lugar inesperado — do interior da Bahia, de Canudos. Em que medida os acontecimentos, e sobretudo a histeria que envolveu a organização da terceira expedição, calamitosa, de Moreira César, contra os "fanáticos" afetaram Machado? Não podemos saber: o fato é que a última crônica da série é de 28 de fevereiro de 1897, pouco antes da derrota de 6 de março.

Há várias razões possíveis para o fim dessa última série de crônicas. No final da penúltima, Machado faz esta queixa não muito característica (e comovente, à sua maneira) ao leitor:

> Além da confusão da alma, imagina que me dói a testa em um só ponto escasso, no sobrolho direito; a dor, que não precisa de extensão grande para fazer padecer muito, contenta-se às vezes com o espaço necessário à cabeça de um alfinete.[28]

A rigor, não precisamos de outra explicação. Numa carta a Carlos Magalhães de Azeredo, de 25 de abril de 1897, também diz: "Ultimamente tenho estado assaz fatigado, tanto que deixei por uns três meses a minha *Se-*

---

28 Crônica de 21 de fevereiro de 1897.

mana da *Gazeta de Notícias*".[29] Tencionava realmente continuar? Também não podemos saber: estava envolvido com os trabalhos da fundação da Academia Brasileira de Letras[30] — pode ser também que a composição de *Dom Casmurro* monopolizasse sua energia criativa. Resta a pergunta especulativa: será que os eventos do começo de 1897 trouxeram de volta aquela desarmonia com o clima da opinião pública que sem dúvida sentiu em 1890 e 1891, durante o Encilhamento? Os monarquistas eram suspeitos de apoiar a revolta, num ambiente de "caça às bruxas". Como diz na crônica do dia 14 de fevereiro de 1897, Canudos "não é nada fim de século", e parece que até o frágil esteio para a compreensão da história representado por essa frase já não servia. Só escreveria mais duas crônicas (ambas incluídas aqui) em 1900, quando Olavo Bilac, o cronista que o substituíra em 1897, estava ausente. A rigor, não fazem parte da série "A Semana": o título no jornal era apenas "Crônica". Se tenho razão, sente-se, sobretudo na segunda e última, uma perda de força, uma diminuição da "garra" que tantas vezes exibiu na década de 1890 — são curiosas até por isso mesmo.

A variedade dos assuntos das crônicas nesta série é muito grande e resiste a qualquer generalização. É hora de deixar o leitor em sua companhia, ao humor e ao gênio machadiano de "mergulhar coluna abaixo" e vir à tona com alguma pérola, de humor, de sabedoria humana — e de fascínio, distanciado ou não, simpático ou

---

29 Em Sergio Paulo Rouanet (coord. e orient.), op. cit., v. 3, p. 227, carta 390.
30 Antonio Dimas, em *Bilac, o jornalista: Ensaios* (São Paulo: Edusp/Imprensa Oficial/ Ed. da Unicamp, 2006), p. 37, acredita que Machado "redistribuía seu tempo" nesse sentido.

não, pelos que não se encaixam nas nossas convenções e normas. Que o digam Pancrácio, Martinha, Abílio, os canibais mineiros, Abdul-Hamid II, Ambrosina Cananeia, John Mowat, Manuel da Benta Hora, Custódio Serra, os burros dos bondes cariocas...

Crônicas escolhidas

Aquarelas

30 de outubro de 1859

Esta crônica-artigo foi publicada em O *Espelho*, periódico semanal que durou dezenove números, entre setembro de 1859 e janeiro de 1860. É do maior interesse, pois mostra que Machado tinha aguda consciência, já na idade de vinte anos, da natureza e da história do "folhetim", publicado no rodapé dos jornais, frequentemente aos domingos, e que abordava os acontecimentos da semana num tom leve e divertido. A palavra, e a coisa em si, tinha suas origens na imprensa francesa (no *feuilleton*, palavra que também se aplicava aos romances publicados por episódios nesse mesmo lugar do jornal). Tinha sido imitado e adaptado primeiro no *Jornal do Commercio*, por Francisco Otaviano, entre 1852 e 1854, e logo a seguir por vários outros, sendo José de Alencar o mais notável. Alencar até usa a imagem do cronista como colibri, ou beija-flor, esvoaçando de caule em caule. Tudo lhe pertence, "até mesmo a política", como diz Machado, mas tudo é tratado sem seriedade, ao menos na superfície.

O estilo deste artigo pode ser hesitante e "juvenil", mas algumas coisas muito características do autor ressaltam. Uma é a preocupação, que compartilha com Alencar, em dar às obras produzidas no Brasil uma "cor nacional", um sabor brasileiro; o que implica também certa originalidade, e uma aversão ao plágio ("porque para alguns há [...] certos livros a explorar, certos colegas a empobrecer"). Também sublinha o lado prático e pouco sublime desse gênero "menor", que ata o escritor aos seus deveres semanais, nem sempre agradáveis. Mesmo assim, porém, o escritor deve escrever com certa isenção — crônica não é lugar para autopromoção, bajulação, ou ataques aos desafetos.

AQUARELAS
O FOLHETINISTA

Uma das plantas europeias que dificilmente se têm aclimatado entre nós, é o folhetinista.

Se é defeito de suas propriedades orgânicas, ou da incompatibilidade do clima, não o sei eu. Enuncio apenas a verdade.

Entretanto eu disse — *dificilmente* — o que supõe algum caso de aclimatação séria. O que não estiver contido nesta exceção, vê já o leitor que nasceu enfezado e mesquinho de formas.

O folhetinista é originário da França, onde nasceu, e onde vive a seu gosto, como em cama no inverno. De lá espalhou-se pelo mundo, ou pelo menos por onde maiores proporções tomava o grande veículo do espírito moderno; falo do jornal.

Espalhado pelo mundo, o folhetinista tratou de acomodar a economia vital de sua organização às conveniências das atmosferas locais. Se o tem conseguido por toda a parte, não é meu fim estudá-lo; cinjo-me ao nosso círculo apenas.

Mas comecemos por definir a nova entidade literária.

O folhetim, disse eu em outra parte, e debaixo de outro pseudônimo,[1] o folhetim nasceu do jornal, o folhetinista por consequência do jornalista. Esta íntima afinidade é que desenha as saliências fisionômicas na moderna criação.

O folhetinista é a fusão admirável do útil e do fútil, o parto curioso e singular do sério, consorciado com o frívolo. Estes dois elementos, arredados como polos, he-

---

[1] Não localizei esta publicação, a não ser que se refira ao artigo "O jornal e o livro", publicado no *Correio Mercantil* em 10 e 12 de janeiro de 1859, mas que foi assinado com o nome do autor.

terogêneos como água e fogo, casam-se perfeitamente na organização do novo animal.

Efeito estranho é este assim produzido pela afinidade assinalada entre o jornalista e o folhetinista. Daquele cai sobre este a luz séria e vigorosa, a reflexão calma, a observação profunda. Pelo que toca ao devaneio, à leviandade, está tudo encarnado no folhetinista mesmo; é capital próprio.

O folhetinista, na sociedade, ocupa o lugar do colibri na esfera vegetal: salta, esvoaça, brinca, tremula, paira e espaneja-se sobre todos os caules suculentos, sobre todas as seivas vigorosas. Todo o mundo lhe pertence; até mesmo a política.

Assim aquinhoado pode dizer-se que não há entidade mais feliz neste mundo, exceções feitas. Tem a sociedade diante de sua pena, o público para lê-lo, os ociosos para admirá-lo, e as *bas-bleus*[2] para aplaudi-lo.

Todos o amam, todos o admiram, porque todos têm interesse em estar de bem com esse arauto amável que levanta nas lojas do jornal, a sua aclamação hebdomadária.

Entretanto apesar dessa atenção pública, apesar de todas as vantagens de sua posição, nem todos os dias são tecidos de ouro para os folhetinistas. Há-os negros, com fios de bronze; à testa deles está o dia... adivinhem? o dia de escrever!

Não parece? pois é verdade puríssima. Passam-se séculos nas horas que o folhetinista gasta à mesa a construir a sua obra.

Não é nada, é o cálculo e o dever que vêm pedir da abstração e da liberdade — um folhetim! Ora, quando há matéria e o espírito está disposto, a coisa passa-se

---

2 Mulheres com interesses literários e intelectuais (literalmente, meias azuis).

bem. Mas quando à falta de assunto se une aquela morbidez moral, que se pode definir por um amor ao *far niente*, então é um suplício...

Um suplício, sim.

Os olhos negros que saboreiam essas páginas coruscantes de lirismo e de imagens, mal sabem às vezes o que custa escrevê-las.

Para alguns não procede este argumento; porque para alguns há provimento de matéria, certos livros a explorar, certos colegas a empobrecer...

Esta espécie é uma aberração do verdadeiro folhetinista; exceções desmoralizadoras que nodoam as reputações legítimas.

Escritas porém as suas tiras de convenção, a primeira hora depois é consagrada ao prazer de desforrar-se de uma maçada que passou. Naquela noite é fácil encontrá-lo no primeiro teatro ou baile aparecido.

A túnica de Nesso[3] caiu-lhe dos ombros por sete dias.

Como quase todas as coisas deste mundo, o folhetinista degenera também. Algumas das entidades que possuem essa capa, esquecem-se de que o folhetim é um confeito literário sem horizontes vastos, para fazer dele um canal de incenso às reputações firmadas, e invectivas às vocações em flor, e aspirações bem cabidas.

Constituído assim *cardeal-diabo* da cúria literária, é inútil dizer que o bom senso e a razão friamente o condenam e votam ao ostracismo moral, ausência de aplausos e de apoio.

Não é este o único abuso que se dá. É costume de outros levantarem o folhetim como a chave de todos os corações, como a foice de todas as reputações indeléveis.

E conseguem...

---

3 Um vestido que só causa sofrimento: do mito grego de Héracles, que por engano veste uma túnica embebida no sangue do centauro Nesso, que matara.

Na apreciação do folhetinista pelo lado local, temo talvez cair em desagrado negando a afirmativa. Confesso apenas exceções. Em geral o folhetinista aqui é todo parisiense; torce-se a um estilo estranho, e esquece-se nas suas divagações sobre o *boulevard* e *Café Tortoni*,[4] de que está sobre *mac-adam* lamacento e com uma grossa tenda lírica no meio de um deserto.

Alguns vão até Paris estudar a parte fisiológica dos colegas de lá; é inútil dizer que degeneraram no físico como no moral.

Força é dizê-lo: a cor nacional, em raríssimas exceções tem tomado o folhetinista entre nós. Escrever folhetim e ficar brasileiro é na verdade difícil.

Entretanto, como todas as dificuldades se aplanam, ele podia bem tomar mais cor local, mais feição americana. Faria assim menos mal à independência do espírito nacional, tão preso a estas imitações, a esses arremedos, a esse suicídio de originalidade e iniciativa.

M-AS.

---

4 Famoso café parisiense, no Boulevard des Italiens.

Balas de Estalo

4 de julho de 1883

Os primeiros bondes sobre trilhos, a tração animal, foram introduzidos no Rio de Janeiro pela Companhia Ferro-Carril do Jardim Botânico, em 1868. Na crônica de "A Semana" de 6 de agosto de 1893, incluída nesta antologia, Machado explica a revolução social que operaram, dando uma liberdade maior às mulheres e forçando à convivência mais "democrática", para usar um adjetivo desta mesma crônica. Aqui, em tom de comédia, aparece o lado negativo desta revolução.

BALA DE ESTALO

Ocorreu-me compor umas certas regras para uso dos que frequentam bondes. O desenvolvimento que tem tido entre nós esse meio de locomoção, essencialmente democrático, exige que ele não seja deixado ao puro capricho dos passageiros. Não posso dar aqui mais do que alguns extratos do meu trabalho; basta saber que tem nada menos de setenta artigos. Vão apenas dez.

ART. I

Dos encatarroados

Os encatarroados podem entrar nos bondes com a condição de não tossirem mais de três vezes dentro de uma hora, e no caso de pigarro, quatro.

Quando a tosse for tão teimosa, que não permita esta limitação, os encatarroados têm dois alvitres: ou irem a pé, que é bom exercício, ou meterem-se na cama. Também podem ir tossir para o diabo que os carregue.

Os encatarroados que estiverem nas extremidades

dos bancos, devem escarrar para o lado da rua, em vez de o fazerem no próprio bonde, salvo caso de aposta, preceito religioso ou maçônico, vocação etc. etc.

ART. II

Da posição das pernas

As pernas devem trazer-se de modo que não constranjam os passageiros do mesmo banco. Não se proíbem formalmente as pernas abertas, mas com a condição de pagar os outros lugares, e fazê-los ocupar por meninas pobres ou viúvas desvalidas, mediante uma pequena gratificação.

ART. III

Da leitura dos jornais

Cada vez que um passageiro abrir a folha que estiver lendo, terá o cuidado de não roçar as ventas dos vizinhos, nem levar-lhes os chapéus. Também não é bonito encostá-los no passageiro da frente.

ART. IV

Dos quebra-queixos

É permitido o uso dos quebra-queixos em duas circunstâncias: a primeira quando não for ninguém no bonde, e a segunda ao descer.

ART. V

Dos amoladores

Toda a pessoa que sentir necessidade de contar os seus negócios íntimos, sem interesse para ninguém, deve primeiro indagar do passageiro escolhido para uma tal confidência, se ele é assaz cristão e resignado. No caso afirmativo, perguntar-se-lhe-á se prefere a narração ou uma descarga de pontapés. Sendo provável que ele prefira os pontapés, a pessoa deve imediatamente pespegá--los. No caso aliás extraordinário e quase absurdo, de que o passageiro prefira a narração, o proponente deve fazê-lo minuciosamente, carregando muito nas circunstâncias mais triviais, repetindo os ditos, pisando e repisando as coisas, de modo que o paciente jure aos seus deuses não cair em outra.

ART. VI

Dos perdigotos

Reserva-se o banco da frente para a emissão dos perdigotos, salvo nas ocasiões em que a chuva obriga a mudar a posição do banco. Também podem emitir-se na plataforma de trás, indo o passageiro ao pé do condutor, e a cara para a rua.

ART. VII

Das conversas

Quando duas pessoas, sentadas à distância, quiserem dizer alguma coisa em voz alta, terão cuidado de não gastar mais de quinze ou vinte palavras, e, em todo caso, sem alusões maliciosas, principalmente se houver senhoras.

ART. VIII

Das pessoas com morrinha

As pessoas que tiverem morrinha, podem participar dos bondes indiretamente: ficando na calçada, e vendo-os passar de um lado para outro. Será melhor que morem em rua por onde eles passem, porque então podem vê-los mesmo da janela.

ART. IX

Da passagem às senhoras

Quando alguma senhora entrar o passageiro da ponta deve levantar-se e dar passagem, não só porque é incômodo para ele ficar sentado, apertando as pernas, como porque é uma grande má-criação.

ART. X

Do pagamento

Quando o passageiro estiver ao pé de um conhecido, e, ao vir o condutor receber as passagens, notar que o conhecido procura o dinheiro com certa vagareza ou dificuldade, deve imediatamente pagar por ele: é evidente que, se ele quisesse pagar, teria tirado o dinheiro mais depressa.

LÉLIO

15 de julho de 1884

O maçador, no transporte público e alhures, é um dos alvos preferidos de Machado, que certamente gostava da sua privacidade. Reaparece na figura do major Siqueira, em *Quincas Borba*, e sua última encarnação talvez seja o "poeta do trem", no primeiro capítulo de *Dom Casmurro*.

BALA DE ESTALO

O sr. Ferreira inventou um processo para escrever tão depressa como se fala ou pensa. A taquigrafia, inventada com esse intuito, é puramente nada ao pé do invento do sr. Ferreira, que por esse motivo pediu e obteve privilégio do governo, e espera naturalmente a glória universal.

Eu, se o governo e o sr. Ferreira desejarem ouvir-me, entendo que um e outro devem ser executados como inimigos públicos. E eis aqui os fundamentos da minha opinião. O poeta Simônides achou um dia um processo para conservar na memória as coisas passadas e foi dizê-lo a Temístocles. Que lhe respondeu o grande capitão? Respondeu isto que Camões pôs em verso:

> *Oh! ilustre Simônides...*
> *Pois tanto em teu engenho te confias*
> *Que mostras à memória nova via;*
>   *Se me desses uma arte que, em meus dias,*
> *Me não lembrasse as coisas do passado,*
> *Oh! quanto melhor obra me farias!*[1]

---

[1] Versos 16 a 21 da elegia 4 da Primeira Parte das *Rimas* de Camões: "O poeta Simônides, falando...". Temístocles foi capitão ateniense, responsável pela derrota do rei persa Xerxes na batalha de Salamis; Simônides de Ceos, poeta de mesma época.

O mesmo digo eu ao sr. Ferreira e ao governo que privilegiou. Céus que me ouvis, nesta vida tão cheia de amarguras, se há alguma coisa que pode consolar a gente é a quantidade enorme de pensamentos e palavras que ficam pelo chão. Não nego que ainda há muita coisa que se salva, que se escreve, que se imprime, que se lê, que entra na economia, que mata, que esfola: mas, em suma, a convicção de que podia ser pior ajuda-nos a carregar a cruz.

Sai a gente de casa, mete-se no bonde, encontra um sujeito que está justamente espreitando um conhecido. O sujeito chama-nos, encolhe os joelhos para deixar passar, paga-nos o bonde e fala-nos; desde então podemos dizer que toda a liberdade pessoal desapareceu. Não somos nós, não somos um ente livre, dotado de razão, feitos à imagem do Criador; somos um receptáculo. O sujeito tem duas ou três ideias na cabeça e um oceano de palavras nos gorgomilos. Dilui as duas ideias nas palavras, sacoleja e despeja aos cálices. Engole-se o primeiro; creio mesmo que o segundo ainda vai; mas o terceiro é o diabo. Vem o quarto, vem o quinto, vem o sexto, vem a garrafa, vem a pipa, vem o Atlântico.

A gente olha para a frente a ver se o bonde está chegando. Não chega; em geral os burros são aliados do algoz e andam devagar. De quando em quando para o bonde; é um freguês que vem lá no meio de uma rua transversal; ou então é uma passageira que sai, uma senhora gorda, com um pequeno, uma bolsa, um embrulho, e sai primeiro a senhora, com a bolsa, depois o pequeno, finalmente o embrulho. Durante esse tempo continua o nosso castigo, lento, bárbaro, sem uma esperança de trégua. Nada; é apanhar calado.

Até aqui, porém, restava sempre uma consolação; a consolação ou a ilusão do inédito. Com o sr. Ferreira dissipou-se essa coisa. Já não haverá inédito; tirar-se-ão cem, duzentos, trezentos exemplares da mesma amolação. O autor terá cuidado de recolher as belas coisas que distribuiu, para dá-las depois em almaço ou pergaminho às outras criaturas humanas.

Não, Ferreira! não, governo imperial! Nada de tal processo; nada de dar mais asas à asneira. Basta as que tem. A asneira anda de bonde, de carro, a cavalo, a pé, tem as asas da fama, e vós ainda lhe quereis dar as do privilégio! Odioso privilégio, Ferreira.

Escuta, patrício. Olha uma coisa: Lope de Vega escreveu as suas mil e tantas peças sem o teu processo; Voltaire e Rousseau não precisaram dele. Nem Shakespeare nem João de Barros, nem o nosso jornalista C. B. de Moura, que há trinta e três anos ou mais acompanha assiduamente as *evoluções* de uma política *bastarda* e os *protestos* mais *intencionais* que *eficientes* dos nossos partidos.[2]

Nas câmaras? Quem é que sente necessidade de apressar mais a reprodução das ideias e palavras que se dizem nas câmaras? Quem? Elas aí vêm todas nos jornais, e às vezes todas e mais algumas; o que prova que a taquigrafia é um processo excessivo, pois não se limita a tomar o enunciado. A ciência é uma pessoa demorada e prudente; não precisa de máquinas para falar e escrever depressa. No comércio uma invenção dessas seria um perigo; na diplomacia uma inutilidade.

A conclusão é a do princípio. Governo e Ferreira são dois inimigos públicos, dignos da fogueira, neste mundo, e do inferno no outro. Que os diabos os levem e mais a tal máquina; é o meu voto, e será o de toda a gente que (modéstia à parte) enxerga dois palmos adiante do nariz.

LÉLIO

2 Carlos Bernardino de Moura (1826-?) foi editor de *A Pátria*, "folha democrata", entre 1854 e 1890. Aqui, como noutros lugares, Machado exagera um pouco a idade do jornal, com fins cômicos.

22 de setembro de 1884

O Asilo de Mendicância, situado na Cidade Nova (onde, que eu saiba, Machado nunca morou), teve um funcionamento precário, preso nas contradições da escravidão, pois abrigava apenas "os mendigos absolutamente impossibilitados de trabalhar". Cotegipe, que era defensor da escravidão, também queria que os donos de escravos se responsabilizassem por seus "pertences", e não os abandonassem quando não pudessem mais trabalhar.

BALA DE ESTALO

Peço ao sr. barão de Cotegipe e ao meu amigo Laet,[1] sejam menos injustos com o Asilo de Mendicidade. Nenhum deles frequenta esse estabelecimento, ao passo que eu morei defronte dele, e se ainda está como estava há anos, é um dos primeiros da América do Sul. Se decaiu é outro caso.

Os mendigos vivem ali uma vida relativamente boa. Desfiam estopa, é verdade; mas a gente alguma coisa há de desfiar neste mundo. Em compensação, não pagam casa, nem mesa. Mesa, ainda que queiram pagá-la, não poderiam fazê-lo: comem, nos joelhos, um prato de estanho com dois ou três bocados de feijão. É pouco, é quase nada; mas a consideração de não ser um pão mendigado de porta em porta é o seu melhor tempero. Ninguém ignora que o pouco com alegria vale mais do que o muito com desonra.

Não procede o fato de andarem esquálidos, com os ossos furando a calça e a camisa. São esquálidos, concordo; cada um deles é um cadáver ambulante; mas, afi-

---

[1] João Maurício Wanderley, barão de Cotegipe (1815-89), um dos mais importantes políticos do Império, e presidente do Conselho de 1885 a 1888. Carlos de Laet (1847-1927), jornalista e polemista conservador e monarquista.

nal, a gente não os foi buscar ao Banco do Brasil ou às fazendas de Cantagalo.[2] Se algum entrou para ali menos magro, não sei; em todo caso, entrou para não morrer de fome, e uma vez que viva, também cá fora há gente magra, com a diferença: — que é magra e muita dela endivida-se, coisa que não acontece àqueles homens.

No tempo em que morei defronte ao Asilo, eles apanhavam frequentemente; mas ninguém será capaz de dizer que o chicote tinha pregos nas pontas, ou mesmo alfinetes: era um simples nervo de boi, ou coisa que o valha, e se lhes doía, é porque os chicotes fizeram-se para isso mesmo. Não quererão convencer-me de que chicote e cama de plumas é a mesma coisa.
Que eles tinham um ar triste, abatido, mais próximos de bestas que de homens, isso é verdade; mas perscrutou alguém as causas desse fenômeno? Seguramente, não; entretanto, as coisas do mundo vão de tal maneira que bem se pode atribuir a melancolia daqueles homens a uma causa propriamente filosófica, estranha à administração do Asilo.

Em compensação tinham eles recreios de toda a sorte, que de certo modo lhes fariam esquecer a residência em tristes cubículos. Aos domingos de tarde, vinham para o pátio, não digo infecto, e ali sentados de volta, encostados à parede, olhavam uns para os outros. Às vezes olhavam para o chão — outras para o ar. Não falavam; mas o velho adágio oriental de que a palavra é prata e o silêncio é ouro justifica essa falta de comunicação obrigada, que afinal era uma riqueza para eles.

Em vindo a noite, recolhiam-se todos e iam para os seus cubículos, onde os que não dormiam catavam pulgas ou piolhos. Cá fora nem mesmo isso faziam.

2 São os extremos opostos da sociedade brasileira: as fazendas de Cantagalo tinham a reputação de ser as mais brutais do país, e a pior ameaça que se podia fazer a um escravo rebelde era "mandá-lo para Cantagalo".

Outro recreio, que, segundo me consta (e só hoje o soube) se lhes dá é a leitura da parte comercial das folhas públicas.

Parece que é uma sugestão médica: consolar da miséria, lendo o preço das apólices.

Eu até aqui andava persuadido de que a parte comercial era lida pelos comerciantes. Simples ilusão. Nenhum lê a parte comercial. Daí o fato de terem os jornais de 12, dando notícia da reunião da Associação Comercial de 11, anunciado que a assembleia unanimemente aceitou a demissão que o sr. Wenceslau Guimarães deu do lugar de diretor.[3] Era inexato; a assembleia rejeitou-a, também unanimemente; foi o que o presidente da reunião retificou em data de 19, nas folhas de 20. Sete dias depois! Em seis fez Deus o mundo, e descansou no sétimo! façamos a mesma coisa, que é domingo.

LÉLIO

---

[3] Trata-se de uma briga nesta associação — as informações dadas aos jornais vinham dos dois partidos opostos, e por isso se contradiziam.

12 de julho de 1885

Nesta crônica sobre as contradições do caráter brasileiro, Machado começa pela música, pela qual morre "A nossa população maviosa e entusiasta" (palavras de um capítulo projetado de *Dom Casmurro*). A história de Conceição de Macabu — que não encontrei nos jornais, mas que certamente lá estará — mostra outro aspecto menos simpático do mesmo Brasil, sobretudo do interior, mas que paradoxalmente combina com a melomania. Os chamados "princípios" políticos, disfarces para motivações mais mesquinhas, são um alvo preferido de Machado (ver a figura de Camacho em *Quincas Borba*).

BALA DE ESTALO

Não acabo de entender a raiva de João Tesourinha[1] contra o pianista e o piano da esquina fronteira.

> *Tudo dança: só Marília*
> *Desta lei da natureza*
> *Queria ter isenção?*[2]

---

1 Pseudônimo de Francisco Ramos Paz (1838-1919), colaborador na série "Balas de Estalo" e amigo de longa data de Machado. Na "Bala" do dia anterior, 11 de julho, ele se tinha queixado de um pianista que "se foi alojar no botequim de esquina da rua Nova do Ouvidor, ali defronte", e tocava até altas horas da manhã "quadrilhas, valsas, polcas remexidas, lundus langorosos, a Marselhesa, o Hino Nacional, o Boccaccio, a Boa Noite, o Carnaval de Veneza, o *Miserere*...".
2 Estribilho (adaptado) da Lira VIII, Livro I de "Marília de Dirceu", de Tomás Antônio Gonzaga. No original é "Todos amam: só Marília...".

Em primeiro lugar, não há botequim que se respeite, que não tenha um piano e um pianista para consolar os fregueses. Não há rua digna deste nome, que não possua uma ou duas sociedades de música, e ensaio todas as noites, ou seis vezes por semana, sem contar os domingos. Há cem clubes coreográficos. Hoje mesmo, para não ir mais longe, dança-se e toca-se em diferentes sociedades, sendo que o baile dos Progressistas da Cidade Nova, segundo o seu grandioso anúncio, é refrigerante e estomacal.

João Tesourinha, em relação aos bailes, tem o recurso de lá não ir, porque a entrada em todos é o recibo do mês, e o meu colega não é sócio. Uns chamam-lhe *calunga*, outros *espanta-bilontra*: tudo isso exprimido quer dizer o recibo do mês anterior, para evitar que os amigos se divirtam sem pagar. Quanto, porém, aos pianos e filarmônicas, ouça-os João Tesourinha, como eu os ouço, como os ouvirão os nossos sobrinhos, pois que a vocação pública é a polca.

Olhe, agora mesmo houve uma revolução na Conceição de Macabu, freguesia do município de Campos, e fez-se a revolução a poder de música. O vigário daquela freguesia é o padre Antônio Chiaromonte. Quem é o padre Antônio Chiaromonte? É o vigário daquela freguesia. Não sei outra coisa do padre, nem do vigário; mas este homem não é homem, é um princípio, como ides ver.

A população da paróquia estava dividida em dois partidos irreconciliáveis: um que queria que a provisão do vigário fosse renovada, outro que não. Quando um princípio separa os homens, e as paixões acendem-se, dá-se uma consequência que recebe um desses dois nomes, segundo o ponto de vista em que o narrador se coloca: tragédia ou sarrabulho. Foi o que ali se deu, em circunstâncias que merecem ser confiadas à memória dos séculos.

Chiaromonte, como simples vigário, podia sacrificar-se à paz pública; mas Chiaromonte é um princípio, e a natureza dos princípios é a inflexibilidade e a imutabilidade. Chiaromonte ficou. Minto; Chiaromonte não ficou, retirou-se para a Barra de S. João, à espera que a provisão lhe chegasse. Chegada a provisão, meteu-a no bolso e voltou para a Conceição de Macabu.

Agora tu, Calíope,[3] me ensina o que é que aconteceu depois que esse princípio novamente provisionado por um ano voltou às fronteiras da paróquia.

Os seus partidários ergueram-se como um só homem para recebê-lo, precedidos da fama e de uma banda de música, não menos imortal que os princípios, e a verdadeira figura risonha dessas solenidades. Chiaromonte entrou assim na freguesia, não sei se bailando como o rei Davi, diante da arca,[4] mas bailando-lhe a alma com certeza. Entrou na igreja, disse missa, que os seus partidários ouviram, e foi dali para casa acompanhado por eles e pela banda.

Até aí tudo andou bem. Mas, ou fosse da música, ou de outra coisa, não se contentaram os vencedores com a manifestação. Saíram dali a arruar um pouco, música à frente, e passaram pela porta de um partidário adverso, Nepomuceno chamado, que ali estava com a senhora. Então pediram-lhe o menos que um vencedor pede nestes lances: que desse vivas ao vigário. Nepomuceno recusou. Um dos vencedores, Mesquita, pegou de uma garrucha de dois tiros e apontou-a ao peito de Nepomuceno; era o menos que podia fazer. A música tocava um dobrado.

Foi nesse momento que a natureza fez ouvir um grito sublime e consolador. A esposa de Nepomuceno, ao ver a arma apontada ao marido, bradou que antes a matassem. Mesquita hesitou um pouco, mas um tal Serpa

---

3 Citação do primeiro verso do canto terceiro de *Os lusíadas*. Calíope é a musa da poesia épica.
4 Na Bíblia, 2º Samuel 6,14.

emendou a mão ao Mesquita, pegando da garrucha e desfechando um tiro no peito da senhora. O marido recebeu o segundo tiro.

Vejo daqui o nariz do leitor um pouco atônito. Não leu provavelmente a notícia, e está pasmado com um tal desfecho: é o castigo dos narizes descuidados. Eu, no seu caso, espirrava; não conheço outro modo de botar fora o espanto.

Compreendem agora a vantagem da banda de música? Dados os tiros, a manifestação recompôs a ordem anterior, e foi andando ao som do oficleide, cujas notas, unindo-se de longe ao grito das vítimas, parece que formavam a mais deleitosa coisa deste mundo.

Os que acharem que a consequência parece maior que a causa, devem advertir (e apelo para todos os partidos) que não basta, na vitória, mostrar a força dos princípios; é preciso mostrar também a força dos pastéis. Foi o que aconteceu em Conceição de Macabu. É o que pode acontecer na freguesia da Glória, onde dizem que já há um partido Honorato e outro anti-Honorato.[5] Para evitar o conflito quando se renovar a provisão não vejo outro recurso senão acabar com todas as filarmônicas do bairro.

Sem banda de música, o entusiasmo perde cinquenta por cento, e os vencedores, se quiserem mostrar a força dos pastéis, hão de fazê-lo com pastéis de verdade, coisa muito mais superfina. Pastéis e Xerez! é menos trágico e menos grotesco, e pesa menos no estômago que uma bala, ainda que esta seja de estalo e do

LÉLIO

---

5 Não encontrei referência a esta outra briga.

5 de outubro de 1885

Desde cedo, Machado abominava o espiritismo da linha de Allan Kardec, que entrara no Brasil na década de 1860 e se difundia muito na sociedade carioca. Em boa parte, esse ódio se devia à "lei do progresso", segundo a qual os espíritos progrediam sempre em direção à perfeição — daí a rejeição da existência do Diabo. Ver *Os intelectuais e o espiritismo: De Castro Alves a Machado de Assis*, de Ubiratan Machado.

BALA DE ESTALO

Mal adivinham os leitores onde estive sexta-feira. Lá vai; estive na sala da Federação Espírita Brasileira, onde ouvi a conferência que fez o sr. M. F. Figueira sobre o espiritismo.

Sei que isto, que é uma novidade para os leitores, não o é menos para a própria Federação, que me não viu, nem me convidou; mas foi isto mesmo que me converteu à doutrina, foi este caso inesperado de lá entrar, ficar, ouvir e sair, sem que ninguém desse pela coisa.

Confesso a minha verdade. Desde que li em um artigo de um ilustre amigo meu, distinto médico, a lista das pessoas eminentes que na Europa acreditam no espiritismo, comecei a duvidar da minha dúvida. Eu, em geral, creio em tudo aquilo que na Europa é acreditado. Será obcecação, preconceito, mania, mas é assim mesmo, e já agora não mudo, nem que me rachem. Portanto, duvidei, e ainda bem que duvidei de mim.

Estava à porta do espiritismo: a conferência de sexta-feira abriu-me a sala de verdade.

Achava-me em casa, e disse comigo, dentro d'alma, que, se me fosse dado ir em espírito à sala da Federação, assistir à conferência, jurava converter-me à doutrina nova.

De repente, senti uma coisa subir-me pelas pernas acima, enquanto outra coisa descia pela espinha abaixo; dei um estalo e achei-me em espírito, no ar. No chão jazia o meu triste corpo, feito cadáver. Olhei para um espelho, a ver se me via, e não vi nada; estava totalmente espiritual. Corri à janela, saí, atravessei a cidade, por cima das casas, até entrar na sala da Federação.

Lá não vi ninguém, mas é certo que a sala estava cheia de espíritos, repimpados em cadeiras abstratas. O presidente, por meio de uma campainha teórica, chamou a atenção de todos e declarou abertos os trabalhos. O conferente subiu à tribuna, traste puramente racional, levantaram-lhe um copo d'água hipotético, e começou o discurso.

Não ponho aqui o discurso, mas um só argumento. O orador combateu as religiões do passado, que têm de ser substituídas todas pelo espiritismo, e mostrou que as concepções delas não podem mais ser admitidas, por não permiti-lo a instrução do homem; tal é, por exemplo, a existência do diabo. Quando ouvi isto, acreditei deveras. Mandei o diabo ao diabo, e aceitei a doutrina nova, como a última e definitiva.

Depois, para que não dessem por mim (porque desejo uma iniciação em regra), esgueirei-me por uma fechadura, atravessei o espaço e cheguei a casa, onde... Ah! que não sei de nojo como o conte! Juro por Allan Kardec, que tudo o que vou dizer é verdade pura, e ao mesmo tempo a prova de que as conversações recentes não limpam logo o espírito de certas ilusões antigas.

Vi o meu corpo sentado e rindo. Parei, recuei, avancei e disse-lhe que era meu, que, se estava ocupado por alguém, esse alguém que saísse e mo restituísse. E vi que a minha cara ria, que as minhas pernas cruzavam-se, ora a esquerda sobre a direita, ora esta sobre aquela, e que as minhas mãos abriam uma caixa de rapé, que os meus dedos tiravam uma pitada, que a inseriam nas minhas ventas. Feitas todas essas coisas, disse a minha voz:

— Já lhe restituo o corpo. Nem entrei nele senão para descansar um bocadinho, coisa rara, agora que ando a sós...
— Mas quem é você?
— Sou o diabo, para o servir.
— Impossível! Você é uma concepção do passado, que o homem...
— Do passado, é certo. Concepção vá ele! Lá porque estão outros no poder, e tiram-me o emprego, que não era de confiança, não é motivo para dizer-me nomes.
— Mas Allan Kardec...[1]
Aqui, o diabo sorriu tristemente com a minha boca, levantou-se e foi à mesa, onde estavam as folhas do dia. Tirou uma e mostrou-me o anúncio de um medicamento novo, o *rábano iodado*, com esta declaração no alto, em letras grandes: "*Não mais óleo de fígado de bacalhau*".[2] E leu-me que o rábano curava todas as doenças que o óleo de fígado já não podia curar — pretensão (acrescentou ele com um sorriso diabólico) — pretensão de todo medicamento novo. Talvez quisesse fazer nisto alguma alusão ao espiritismo. O que sei é que, antes de restituir-me o corpo, estendeu-me cordialmente a mão, e despedimo-nos como amigos velhos:
— Adeus, rábano!
— Adeus, fígado!

LÉLIO

---

[1] Pseudônimo de Hippolyte Rivail (1804-69), fundador da linha mais difundida do espiritismo e autor do *Livro dos espíritos*.
[2] Este anúncio, de Grimault et Cie., aparecia na *Gazeta* com muita frequência.

Gazeta de Holanda

20 de janeiro de 1887

Nesta crônica engraçada e engenhosa, Machado trata da maneira como os brasileiros adaptam e modificam as importações estrangeiras. Sobretudo, fica fascinado com a polca, dança de origem polonesa, mas que, por influência de ritmos africanos longamente radicados no país ("coisas velhas e intrincadas"), no Brasil virou outra coisa. Em 1888, Machado publicaria o conto "Um homem célebre", em que volta aos assuntos desta crônica — as polcas, os títulos engraçados e aleatórios com que são batizadas, e, simbolizada na figura do compositor Pestana, a mistura racial que representam. Ver o artigo de José Miguel Wisnik, "Machado maxixe".

GAZETA DE HOLANDA

Voilà ce que l'on dit de moi
Dans la "Gazette de Hollande"

Coisas que cá nos trouxeram
De outros remotos lugares
Tão facilmente se deram
Com a terra e com os ares,

Que foram logo mui nossas
Como é nosso o Corcovado,
Como são nossas as roças,
Como é nosso o bom-bocado.

Dizem até que, não tendo
Firme a personalidade,
Vamos tudo recebendo
Alto e malo, na verdade.

Que é obra daquela musa
De imitação, que nos guia,
E muita vez nos recusa
Toda a original porfia.

Ao que eu contesto, porquanto
A tudo damos um cunho
Local, nosso; e a cada canto
Acho disso testemunho.

Já não falo do quiosque,
Onde um rapagão barbado
Vive... não digo num bosque,
Que é consoante forçado,

Mas no meio de um enxame
(É menos mau) de cigarros,
Fósforos, não sei se arame;
Parati para os pigarros;

Café, charutos, bilhetes
Do Pará, das Alagoas,
Verdadeiros diabretes,
E outras muitas coisas boas.[1]

Mas a polca? A polca veio
De longes terras estranhas,
Galgando o que achou permeio,
Mares, cidades, montanhas.

---

1 Na crônica de "A Semana" de 6 de novembro de 1892 (p. 152), Machado também fala dos quiosques — de origem chinesa, segundo ele, mas que se adaptaram a usos locais.

Aqui ficou, aqui mora,
Mas de feições tão mudadas,
Que até discute ou memora
Coisas velhas e intrincadas.

Pusemos-lhe a melhor graça,
No título, que é dengoso,
Já requebro, já chalaça,
Ou lépido ou langoroso.

Vem a polca: *Tire as patas,
Nhonhô!* Vem a polca: *Ó gentes!*
Outra é: — *Bife com batatas!*
Outra: — *Que bonitos dentes!*

— *Ai, não me pegue, que morro!*
— *Nhonhô, seja menos seco!*
— *Você me adora?* — *Olhe, eu corro!*
— *Que graça!* — *Caia no beco!*

E como se não bastara
Isto, já de casa, veio
Coisa muito mais que rara,
Coisa nova e de recreio.

Veio a polca de pergunta
Sobre qualquer coisa posta
Impressa, vendida e junta
Com a polca da resposta.

Exemplo: já se sabia
Que esta câmara apurada,
Inda acabaria um dia
Numa grande trapalhada.[2]

2 Havia uma querela complexa na nova câmara municipal,

Chega a polca, e, sem detença,
Vendo a discussão, engancha-se,
E resolve: — *Há diferença?*
— *Se há diferença, desmancha-se.*

Digam-me se há ministério,
Juiz, conselho de Estado,
Que resolva este mistério
De modo mais modulado.

É simples, quatro compassos,
E muito saracoteio,
Cinturas presas nos braços
Gravatas cheirando o seio.

— *Há diferença?* diz ela.
Logo ele: — *Se há diferença,
Desmancha-se*; e o belo e a bela
Voltam à primeira avença.

E polcam de novo: — Ai, morro!
— Nhonhô, seja menos seco!
— Você me adora? — Olhe, eu corro!
— Que graça! — Caia no beco!

Desmancha, desmancha tudo,
Desmancha, se a vida empaca.
Desmancha, flor de veludo,
Desmancha, aba de casaca!

MALVÓLIO

---

que acabava de ser eleita, sobre a apuração dos votos no segundo escrutínio da eleição. Alegava-se que a nova câmara não podia pronunciar-se sobre a questão.

1º de agosto de 1887

Ao longo de todo o século XIX no Rio de Janeiro, os capoeiras, muitos deles escravos, formaram gangues, armados de facas e navalhas para ataque e defesa, e resistiram a todas as tentativas de acabar com eles. Muitas vezes, como aqui, Machado zomba de leis e posturas que pretendem melhorar a sociedade, mas que ficam no papel.

GAZETA DE HOLANDA

Voilà ce que l'on dit de moi
Dans la "Gazette de Hollande"

Anda agora toda a imprensa,
Ou quase toda, cuidando
De alcançar que, sem detença,
Acabe um vício nefando.

Na brasileira linguagem,
Essa nacional usança
Chama-se capoeiragem;
É uma espécie de dança,

Obrigada a cabeçadas,
Rasteiras e desafios,
Facadas e punhaladas,
Tudo o que desperte os brios.

Há formados dois partidos,
Dizem, cada qual mais forte,
De tais rancores nutridos,
Que o melhor desforço é morte.

Ora, os jornais que desejam
Ver a boa paz nas ruas,
Reclamam, pedem, forcejam
Contra as duas nações cruas.

Referem casos horrendos,
Já tão vulgares que soam
Como simples dividendos
De bancos que se esboroam.

E zangam-se as tais gazetas,
Enchem-se todas de tédio,
Fazem caras e caretas
Por não ver ao mal remédio.

Vou consolá-las. É uso
Das alminhas bem-nascidas
Dar, contra o pesar intruso,
Consolações repetidas.

Eu (em tão boa hora o diga,
Que me não minta esta pena!)
Tenho aquela corda amiga
Que, em pena, dá eco à pena.

Inda quando a rima saia,
Como essa, um pouquinho dura,
(Ou esta da mesma laia)
É rima que dói, mas cura.

As consolações, — ou antes
A consolação é uma;
Trepa tu pelas estantes,
Busca, arruma, desarruma;

E, se tens livros contendo
Decisões de Vinte e Quatro
(Há sessenta anos!) vai lendo
Um aviso áspero e atro.[1]

Lê isto: "Para que cessem
De uma vez os capoeiras,
Que as ruas entenebrecem,
Com insolentes canseiras,

"Manda o imperador, que sabe
E quer pôr a isto cobro,
Dar a pena que lhes cabe,
E se for preciso, em dobro.

"Recomendo neste caso
Que haja a maior energia,
Para que em estreito prazo
Acabe a patifaria;

"E seja restituída
A paz aos bons habitantes,
De modo que tenham vida
Igual à que tinham dantes".

Ora, se este aviso expresso
(Que é de vinte e oito de maio)
Teve tão ruim sucesso
Que inda fulge o mesmo raio,

---

[1] Parece que Machado possuía este livro: numa crônica de "Bons Dias!" cita outra lei do mesmo ano, de 7 de janeiro. Provavelmente se trata da *Coleção das decisões do governo do Império do Brasil de 1824* (Imprensa Nacional, 1886).

Concluo que a capoeira
Nasceu com a liberdade,
Ou deu a nota primeira
Se tem mais que a mesma idade.

Valha-nos isto, que ao menos
Consola a gente medrosa,
E faz de alguns agarenos
Cristã gente gloriosa.[2]

Sete de abril, a Regência
Depois a Maioridade,
Partidos em divergência,
Barulhos pela cidade.

Guerras cruas e compridas,
Exposições, grande festa,
Paradas apetecidas,
Tudo viu a faca e a testa...

MALVÓLIO

---

[2] Agarenos são os descendentes de Agar, a concubina de Abraão, rejeitada e exilada com seu filho Ismael, mas que o anjo de Deus disse que seria a origem de uma grande nação (Gênesis 16;21).

18 de outubro de 1887

Esta crônica engraçada, que trata de um acontecimento trivial e sem dúvida real, não precisa de explicação.

GAZETA DE HOLANDA

Voilà ce que l'on dit de moi
Dans la "Gazette de Hollande"

Tudo foge; fogem autos,
Fogem onças, foge tudo.
Ó guardas moles e incautos!
Ó corações de veludo!

Uma onça, que vivia
Em casa de uma senhora,
Viu aberta a porta um dia
Da gaiola, e foi-se embora.

Na roça? Não, na cidade.
Que cidade? É boa! a tua.
Dou mais esta claridade:
Era na rua... na rua...

Rua da América... Pronto!
Mas, se não leste a notícia,
Cuidarás que é isto um conto,
E talvez conto e malícia.

Não, amigo. Era uma onça,
Tinha aos três anos chegado;
Vivia discreta e sonsa
Em casa, num gradeado.

Vai senão quando — um descuido —
Deixaram-lhe aberta a porta,
E a onça sentiu um fluido
Que não sente onça já morta.

Sentiu passar-lhe no lombo
O fluido da liberdade,
E, ligeira como um pombo,
Deixou a casa da grade.

Nenhum liberal, que o seja
Como deve, achará livro
De tantos da sua igreja
Que condene este carnív'ro.

Pois se foge o papagaio,
O macaco, a patativa,
Seja outubro, seja maio,
Tenha ou não tenha mãe viva,

Que muito é lá que uma nobre
Onça das brasílias matas,
Logo que possa, recobre
O uso das suas patas?

Lá por viver entre gente
E canapés delicados,
Não acho suficiente
Para condená-lo a brados.

Certo é que fugiu. Bem perto,
Duas casas logo abaixo
Achou como que um deserto,
E resolveu: "Lá me encaixo".

Era casa em obras. Passa
Todo o sábado e domingo,
Sem comer sombra de caça,
Sem beber de sangue um pingo.

Na segunda-feira, cedo
Sobe ali um operário,
Despido de qualquer medo:
Vai ganhar o seu salário.

Casualmente (bendito
Seja Deus!) o desgraçado
Vê o olhar da onça fito
De dentro de um tabuado.

Foge; muita gente acode
Armada, e com laço e rede,
A ver se apanhá-la pode;
Ela, com fome e com sede,

Fere o pé a um bom valente,
Mas é já laçada, e morre
À faca da demais gente
Que ali bravamente corre.

E porque não era grave
A ferida recebida,
Fechou-se com dura chave
A história, e mais a ferida.

E disse alguém, que não erra
Ocasião de uma vaza:
— "Que há mais natural na terra
Que criar onças em casa?

"Quando muito, demos graças
Aos deuses, que esta podia
Matar duas ou três praças,
E toda uma inspetoria.

"Não há onças espanholas?
Não há onças desgraçadas?
Estas não rugem nas solas
Das botas acalcanhadas?[1]

"Virá tempo em que não ande
Pessoa que se respeite
Sem uma onça já grande,
Ou, pelo menos, de leite.

"Que toda uma senhora fina
De passeio ou de passagem,
Tenha uma onça menina
Ao lado, na carruagem.

"Que algumas fujam, que trinquem
O pé de qualquer pessoa,
Ou por mal, ou porque brinquem...
Pode acontecer, é boa!

"Mas quem já viu neste mundo
Progresso sem sacrifício?
Sangue que corre é fecundo,
E há virtude que foi vício.

---

[1] Trata-se de outros significados, ou de usos metafóricos, da palavra "onça": no primeiro caso, será a antiga moeda usada em países de fala espanhola (que aparece também na segunda crônica desta série, de 5 de novembro de 1886, junto com "gatos-pingados") — confesso que não entendo as "onças desgraçadas" com as suas "botas acalcanhadas".

"Cavalo que anda direito
Já foi bravio e inquieto;
Onça que morde um sujeito,
Talvez não lhe morda o neto.

"Vamos, pois, encomendemos
Onças, muitas onçazinhas,
E nos quintais as criemos,
Como se criam galinhas".

MALVÓLIO

Bons Dias!

5 de abril de 1888

Nos primeiros dias de abril de 1888, pouco mais de um mês antes da aprovação da Lei Áurea, não havia certeza sobre o que ia acontecer. O governo escravagista do barão de Cotegipe fora demitido, e o novo gabinete de João Alfredo Correia de Oliveira, igualmente conservador, era a favor da Abolição, e tinha sido escolhido por essa razão. Mas os proprietários de escravos, por exemplo, seriam compensados pela perda da sua propriedade? No "recente discurso proferido no Beethoven", que é o motivo imediato desta crônica, Antônio Ferreira Viana, ministro da Justiça no novo governo, dissera que a Abolição era iminente, o que levou a protestos veementes dos escravagistas. (O Clube Beethoven, do qual Machado era membro, promovia concertos de música clássica, e o discurso foi proferido num banquete em honra do ministro.)

Num momento dos mais extraordinários, no segundo parágrafo, Machado se refere ironicamente ao papel do imperador nesse processo. Pedro II supostamente ficava acima da luta política, mas, como estava pessoalmente a favor da Abolição, presumia-se que influenciava o processo, mas em segredo, "calado". Machado parece estar a ponto de referir-se a ele — "nisto pareço-me com o príncipe" —, mas nesse momento abre um parêntese enorme, em que se refere ao imperador, para logo voltar à frase principal, e revelar que de fato se refere a Bismarck, o famoso "chanceler de ferro" e criador do Império Alemão! Seria d. Pedro menos empenhado, ou menos efetivo, do que se pensava?

Quando caiu Cotegipe, e sabia-se que a Abolição estava próxima, parecia natural que o mais abolicionista dos dois partidos monarquistas, o Liberal, formasse o governo — "a hora pingava", como diz Machado. Na verdade, não era isso que o imperador queria, pois implicaria novas eleições, o que não só retardaria o processo, mas poria à mostra a artificialidade, e o desgaste, do próprio regime, em que as escolhas imperiais eram ratificadas por eleições corruptas. Mesmo se os liberais tivessem sido escolhidos, o novo primeiro-ministro (presidente do Conselho, como se dizia) teria sido ou Manuel Pinto de Sousa Dantas ou José Antônio Saraiva: mas o comentário de que ambos pertencem à "Chapelaria Aristocrata" não encoraja o leitor a confiar neles (a loja existiu, na rua do Ouvidor, e anunciava diariamente na *Gazeta*).

BONS DIAS!

Hão de reconhecer que sou bem-criado. Podia entrar aqui, chapéu à banda, e ir dizendo o que me parecesse; depois ia-me embora, para voltar na outra semana. Mas não, senhor; chego à porta, e o meu primeiro cuidado é dar-lhe os bons dias. Agora, se o leitor não me disser a mesma coisa, em resposta, é porque é um grande malcriado, um grosseirão de borla e capelo; ficando, todavia, entendido que há leitor e leitor, e que eu, explicando-me com tão nobre franqueza, não me refiro ao leitor, que está agora com este papel na mão, mas ao seu vizinho. Ora bem!

Feito esse cumprimento, que não é do estilo, mas é honesto, declaro que não apresento programa. Depois de um recente discurso proferido no Beethoven, acho perigoso que uma pessoa diga claramente o que é que vai fazer; o melhor é fazer calado. Nisto pareço-me com o príncipe (sempre é bom parecer-se com príncipes, em alguma coisa, dá certa dignidade, e faz lembrar um sujeito muito alto e louro, parecidíssimo com o imperador, que há cerca de trinta anos ia a todas as festas da Capela Imperial, *pour étonner le bourgeois*;[1] os fiéis levavam a olhar para um e para outro, e a compará-los, admi-

1 "Para pasmar o burguês."

rados, e ele teso, grave, movendo a cabeça à maneira de Sua Majestade. São gostos) de Bismarck. O Príncipe de Bismarck tem feito tudo sem programa público; a única orelha que o ouviu, foi a do finado imperador,[2] — e talvez só a direita, com ordem de o não repetir à esquerda. O Parlamento e o país viram só o resto.

Deus fez programa, é verdade (E Deus disse: Façamos o homem à nossa imagem e semelhança, para que presida etc. Gênesis 1,26); mas é preciso ler esse programa com muita cautela. Rigorosamente, era um modo de persuadir ao homem a alta linhagem de seu nariz. Sem aquele texto, nunca o homem atribuiria ao criador nem a sua gaforinha,[3] nem a sua fraude. É certo que a fraude e, a rigor, a gaforinha são obra do diabo, segundo as melhores interpretações; mas não é menos certo que essa opinião é só dos homens bons; os maus creem-se filhos do céu — tudo por causa do versículo da Escritura.

Portanto, bico calado. No mais é o que se está vendo; cá virei uma vez por semana, com o meu chapéu na mão, e os *bons dias* na boca. Se lhes disser já, que não tenho papas na língua, não me tomem por homem despachado, que vem dizer coisas amargas aos outros. Não, senhor; não tenho papas na língua, e é para vir a tê-las que escrevo. Se as tivesse, engolia-as e estava acabado. Mas aqui está o que é; eu sou um pobre relojoeiro que, cansado de ver que os relógios deste mundo não marcam a mesma hora, descri do ofício. A única explicação dos relógios era serem iguaizinhos, sem discrepância; desde que discrepam, fica-se sem saber nada, porque tão certo pode ser o meu relógio, como o do meu barbeiro.

---

2 O imperador alemão, Guilherme I, de quem Bismarck era chanceler, falecera no dia 9 de março.
3 Cabeleira basta, em aparente desalinho, moda no século XIX — de Isabel Gaforini, cantora italiana, que se apresentou em Portugal no início do século.

Um exemplo. O Partido Liberal, segundo li, estava encasacado e pronto para sair, com o relógio na mão, porque a hora pingava. Faltava-lhe só o chapéu, que seria o chapéu Dantas, ou o chapéu Saraiva (ambos da Chapelaria Aristocrata);[4] era só pô-lo na cabeça, e sair. Nisto passa o carro do paço com outra pessoa, e ele descobre que ou o seu relógio estava adiantado, ou o de Sua Alteza é que se atrasara. Quem os porá de acordo?

Foi por essas e por outras que descri do ofício; e, na alternativa de ir à fava ou ser escritor, preferi o segundo alvitre; é mais fácil e vexa menos. Aqui me terão, portanto, com certeza até à chegada do Bendegó, mas provavelmente até à escolha do sr. Guaí,[5] e talvez mais tarde. Não digo mais nada para os não aborrecer, e porque já me chamaram para o almoço.

Talvez o que aí fica, saia muito curtinho depois de impresso. Como eu não tenho hábito de periódicos, não posso calcular entre a letra de mão e a letra de fôrma. Se aqui estivesse o meu amigo Fulano (não ponho o nome,

4 Manuel Pinto de Sousa Dantas (1831-94), político liberal, presidente do Conselho em 1884 e 1885, quando tentou conseguir a liberdade sem indenização para os escravos com mais de sessenta anos; José Antônio Saraiva (1823-95), político liberal, presidente do Conselho entre 1880 e 1882 e em 1885. No seu primeiro governo, promulgou-se a reforma eleitoral, chamada Lei Saraiva, e no segundo, a libertação dos escravos idosos proposta por Dantas, de quem era aliado político.
5 O meteorólito de Bendegó caiu no sertão da Bahia no século XVIII, e foi trazido, com grande dificuldade e demora, para o Rio de Janeiro. Figura novamente na crônica de 27 de maio de 1888, incluída nesta antologia (ver p. 106). Joaquim Elísio Pereira Marinho, barão de Guaí (1841-1914): político e banqueiro baiano, provavelmente mencionado aqui porque proporcionou dinheiro para o transporte do meteorólito. Foi ministro da Marinha em 1889 e mencionado como possível candidato a um ministério já em 1888.

para que cada um tome para si esta lembrança delicada), diria logo que ele só pode calcular com letras de câmbio — trocadilho que fede como o diabo.[6] Já falei três vezes no diabo em tão poucas linhas; e mais esta, quatro; é demais.

BOAS NOITES.

---

[6] Aqui, Machado parece referir-se ao antigo estilo de escrever crônicas, vigente, por exemplo, no tempo de Alencar, em que os trocadilhos eram muito frequentes. Esta maneira ultrapassada de escrever "federia", portanto.

11 de maio de 1888

Estamos a dois dias da proclamação da Lei Áurea, e Machado olha, não para o passado ou o presente, mas para o futuro. Estamos em plena transição de um sistema econômico para outro, do trabalho escravo para o trabalho pago; o aluguel dos escravos, muito comum antes da Abolição, foi parte natural dessa transição. Pode parecer que os fazendeiros de Ouro Preto que empregam, e pagam, escravos fugidos, estejam operando contra seus próprios interesses, pois estão reconhecendo a liberdade dos que, pela lei, são ainda escravos. Na realidade, é claro, estão aprendendo a operar o novo sistema. Do aluguel vamos para o trabalho temporário.

Fingindo aceitar o inevitável de bom grado, e descartando a virtude e a generosidade ("eu, em todas as lutas, estou sempre do lado do vencedor"), Machado pode focalizar os vários processos em marcha, o que o conduz — o que talvez surpreendesse o leitor contemporâneo — ao assunto do regime político. Este novo sistema econômico significa que a república é inevitável, porque o poder estará abertamente com os que têm de fato as rédeas na mão: a oligarquia, os fazendeiros. As palavras citadas em alemão do *Rio-Post* devem ter tido um eco forte em Machado, pois datam de quase um ano antes (Machado aprendia a língua desde 1883). Significam: "Seria fácil provar que o Brasil é mais uma oligarquia absoluta do que uma monarquia constitucional".

BONS DIAS!

Vejam os leitores a diferença que há entre um homem de olho alerta, profundo, sagaz, próprio para remexer o mais íntimo das consciências (eu em suma), e o resto da população.

Toda a gente contempla a procissão na rua, as bandas e bandeiras, o alvoroço, o tumulto, e aplaude ou censura, segundo é abolicionista ou outra coisa; mas ninguém dá a razão desta coisa ou daquela coisa; ninguém arrancou aos fatos uma significação, e, depois, uma opinião. Creio que fiz um verso.

Eu, pela minha parte, não tinha parecer. Não era por indiferença; é que me custava a achar uma opinião. Alguém me disse que isto vinha de que certas pessoas tinham duas e três, e que naturalmente esta injusta acumulação trazia a miséria de muitos; pelo que, era preciso fazer uma grande revolução econômica etc. Compreendi que era um socialista que me falava, e mandei-o à fava. Foi outro verso, mas vi-me livre de um amolador. Quantas vezes me não acontece o contrário!

Não foi o ato das alforrias em massa dos últimos dias, essas alforrias *incondicionais*, que vêm cair como estrelas no meio da discussão da lei da abolição. Não foi; porque esses atos são de pura vontade, sem a menor explicação. Lá que eu gosto da liberdade, é certo; mas o princípio da propriedade não é menos legítimo. Qual deles escolheria? Vivia assim, como uma peteca (salvo seja), entre as duas opiniões, até que a sagacidade e profundeza de espírito com que Deus quis compensar a minha humildade, me indicou a opinião racional e os seus fundamentos.

Não é novidade para ninguém, que os escravos fugidos, em Campos, eram alugados. Em Ouro Preto fez-se a mesma coisa, mas por um modo mais particular.[1] Estavam ali

---

1 Vale a pena citar a notícia que Machado deve ter lido, do *Jornal do Commercio* de 19 de abril:

Nos municípios vizinhos de Ouro Preto tem sido grande a agitação abolicionista. Na capital cresceu diariamente o número dos fugitivos, embora sejam muitos mandados para diversos pontos da província, às vezes com destino a estabelecimentos agrícolas.

muitos escravos fugidos. Escravos, isto é, indivíduos que, pela legislação em vigor, eram obrigados a servir a uma pessoa; e fugidos, isto é, que se haviam subtraído ao poder do senhor, contra as disposições legais. Esses escravos fugidos não tinham ocupação; lá veio, porém, um dia em que acharam salário, e parece que bom salário.

Quem os contratou? Quem é que foi a Ouro Preto contratar com esses escravos fugidos aos fazendeiros A, B, C? Foram os fazendeiros D, E, F. Estes é que saíram a contratar com aqueles escravos de outros colegas, e os levaram consigo para as suas roças.

Não quis saber mais nada; desde que os interessados rompiam assim a solidariedade do direito comum, é que a questão passava a ser de simples luta pela vida, e eu, em todas as lutas, estou sempre do lado do vencedor. Não digo que este procedimento seja original, mas é lucrativo. Alguns não me compreenderam (porque há muito burro neste mundo); alguém chegou a dizer-me que aqueles fazendeiros fizeram aquilo, não porque não vissem que trabalhavam contra sua própria causa, mas para pregar uma peça ao Clapp.[2] Imagina-se bem se arregalei os olhos.

— Sim, senhor. Saiba que o Clapp tinha o plano feito de ir a Ouro Preto pegar os tais escravos e restituí-los aos senhores, dando-lhes ainda uma pequena indenização do seu bolsinho, e pagando ele mesmo a sua passagem da estrada de ferro. Foi por isso que...

— Mas então quem é que está aqui doido?

— É o senhor; o senhor é que perdeu o pouco juízo que tinha. Aposto que não vê que anda alguma coisa no ar.

Os abolicionistas já lutam com dificuldades para colocá-los e vão procurando libertar-se deles, mandando-os apresentar às autoridades. Não tardará que o desabrigo e a fome os dispersem ou afugentem.

2 João Fernandes Clapp (?-1902), presidente da Confederação Abolicionista.

— Vejo; creio que é um papagaio.
— Não, senhor; é uma república. Querem ver que também não acredita que esta mudança é indispensável?
— Homem, eu, a respeito de governos, estou com Aristóteles, no capítulo dos chapéus.[3] O melhor chapéu é o que vai bem à cabeça. Este, por ora, não vai mal.
— Vai pessimamente. Está saindo dos eixos; é preciso que isto seja, senão com a monarquia, ao menos com a república, aquilo que dizia o *Rio-Post* de 21 de junho do ano passado. Você sabe alemão?
— Não.
— Não sabe alemão?

E, dizendo-lhe eu outra vez que não sabia, ele imitando o médico de Molière, dispara-me na cara esta algaravia do diabo:

— *Es dürfte leicht zu erweisen sein, dass Brasilien weniger eine konstitutionelle Monarchie als eine absolute Oligarchie ist.*
— Mas o que quer isto dizer?
— Que é deste último tronco que deve brotar a flor.
— Que flor?
— As

BOAS NOITES.

---

3 Aqui e duas linhas adiante, Machado usa a comédia de Molière, *Le Médecin malgré lui* [O médico apesar de si mesmo]. Sganarelle, disfarçado de médico, aconselha seu paciente a levar um chapéu, e cita Hipócrates (não Aristóteles, errinho do cronista). Quando o paciente lhe pergunta em que capítulo Hipócrates diz isso, responde que "no capítulo dos chapéus" (*"dans le chapitre des chapeaux"*). Mais tarde, quando o mesmo paciente confessa que não sabe latim, ele solta uma algaravia em falso latim para impressionar.

19 de maio de 1888

Nesta crônica, Machado volta ao Rio de Janeiro e à realidade da escravidão doméstica. O sarcasmo é implacável. Vale a pena notar que, quando o nosso proprietário diz que está libertando "um molecote que tinha, pessoa de seus dezoito anos, mais ou menos", pode ser que Pancrácio seja de fato um pouco mais novo, e que o caritativo senhor tenha escondido o fato. Se tivesse dezoito anos, teria nascido antes da Lei do Ventre Livre (28 de setembro de 1871), e portanto valeria mais. Sendo mais novo, estaria livre de qualquer maneira quando fizesse 21 anos. O "salário" mensal que lhe concede compraria (por exemplo) duas ou três camisas.

BONS DIAS!

Eu pertenço a uma família de profetas *après coup*, *post facto*, *depois do gato morto*, ou como melhor nome tenha em holandês. Por isso digo, e juro se necessário for, que toda a história desta lei de 13 de maio estava por mim prevista, tanto que na segunda-feira, antes mesmo dos debates, tratei de alforriar um molecote que tinha, pessoa dos seus dezoito anos, mais ou menos. Alforriá-lo era nada; entendi que, perdido por mil, perdido por mil e quinhentos, e dei um jantar.

Neste jantar, a que os meus amigos deram o nome de banquete, em falta de outro melhor, reuni umas cinco pessoas, conquanto as notícias dissessem trinta e três (anos de Cristo), no intuito de lhe dar um aspecto simbólico.

No golpe do meio (*coup du milieu*, mas eu prefiro falar a minha língua),[1] levantei-me eu com a taça de

---

1 O *coup du milieu* era uma bebida, às vezes acompanhada de brindes, que se tomava no meio de um banquete. Deveria ser

champanha e declarei que, acompanhando as ideias pregadas por Cristo, há dezoito séculos, restituía a liberdade ao meu escravo Pancrácio; que entendia que a nação inteira devia acompanhar as mesmas ideias e imitar o meu exemplo; finalmente, que a liberdade era um dom de Deus, que os homens não podiam roubar sem pecado.

Pancrácio, que estava à espreita, entrou na sala, como um furacão, e veio a abraçar-me os pés. Um dos meus amigos (creio que é ainda meu sobrinho), pegou de outra taça, e pediu à ilustre assembleia que correspondesse ao ato que eu acabava de publicar, brindando ao primeiro dos cariocas. Ouvi cabisbaixo; fiz outro discurso agradecendo, e entreguei a carta ao molecote. Todos os lenços comovidos apanharam as lágrimas de admiração. Caí na cadeira e não vi mais nada. De noite, recebi muitos cartões. Creio que estão pintando o meu retrato, e suponho que a óleo.

No dia seguinte, chamei Pancrácio e disse-lhe com rara franqueza:

— Tu és livre, podes ir para onde quiseres. Aqui tens casa amiga, já conhecida e tens mais um ordenado, um ordenado que...

— Oh! meu senhô! fico.

— ... Um ordenado pequeno, mas que há de crescer. Tudo cresce neste mundo; tu cresceste imensamente. Quando nasceste, eras um pirralho deste tamanho; hoje estás mais alto que eu. Deixa ver; olha, és mais alto quatro dedos...

— Artura não qué dizê nada, não, senhô...

— Pequeno ordenado, repito, uns seis mil-réis; mas é de grão em grão que a galinha enche o seu papo. Tu vales muito mais que uma galinha.

— Eu vaio um galo, sim, senhô.

"brinde do meio", portanto. Nosso herói mostra um patriotismo ridículo ao traduzir essa frase, e ainda por cima traduz mal.

— Justamente. Pois seis mil-réis. No fim de um ano, se andares bem, conta com oito. Oito ou sete.

Pancrácio aceitou tudo; aceitou até um peteleco que lhe dei no dia seguinte, por me não escovar bem as botas; efeitos da liberdade. Mas eu expliquei-lhe que o peteleco, sendo um impulso natural, não podia anular o direito civil adquirido por um título que lhe dei. Ele continuava livre, eu de mau humor; eram dois estados naturais, quase divinos.

Tudo compreendeu o meu bom Pancrácio; daí para cá, tenho-lhe despedido alguns pontapés, um ou outro puxão de orelhas, e chamo-lhe besta quando lhe não chamo filho do diabo; coisas todas que ele recebe humildemente, e (Deus me perdoe!) creio que até alegre.

O meu plano está feito; quero ser deputado, e, na circular que mandarei aos meus eleitores, direi que, antes, muito antes da abolição legal, já eu, em casa, na modéstia da família, libertava um escravo, ato que comoveu a toda a gente que dele teve notícia; que esse escravo tendo aprendido a ler, escrever e contar (simples suposição) é então professor de Filosofia no Rio das Cobras; que os homens puros, grandes e verdadeiramente políticos, não são os que obedecem à lei, mas os que se antecipam a ela, dizendo ao escravo: *és livre*, antes que o digam os poderes públicos, sempre retardatários, trôpegos e incapazes de restaurar a justiça na terra, para satisfação do céu.

BOAS NOITES.

20 e 21 de maio de 1888

Esta crônica não foi publicada na *Gazeta de Notícias*, mas no único número da *Imprensa Fluminense*, de 20 e 21 de maio de 1888, uma semana após o fim da escravidão. Para esse periódico contribuíram as figuras mais conhecidas da imprensa carioca. Em linguagem bíblica, "Boas Noites" conta a história do processo *político* que levou à Abolição, e que não lisonjeia nenhum dos "protagonistas". As notas a esta crônica são particularmente extensas, porque, se não se entendem certos fatos e certas malícias, perdem-se uns 50% da graça ferina.

Começamos pelo governo conservador, escravagista, do barão de Cotegipe, que chegou ao poder no fim de 1885, escolhido pela Regente, a princesa Isabel, a "Redentora", aqui vista como cúmplice na instalação desse governo ("Cotegipe estava com a Regente, e Cotegipe era a Regente").

Porém, em 1887, o fazendeiro e político paulista Antônio Prado, que até esse momento fora defensor veemente da escravidão, acabou vendo que a instituição estava nas últimas. Revoltas e fugas em massa das fazendas (que Machado, ironicamente, não menciona, como se a mudança de Prado fosse espontânea) o forçaram a mudar de ideia. Por isso, Prado não é o visconde do Rio Branco, que tinha batalhado ativamente para apressar o fim da escravidão, pela Lei do Ventre Livre, de 1871. Prado é passivo, e, marcado pela sua falta de convicção íntima, escolhe como aliado João Alfredo Correia de Oliveira, que fora ministro do Império no governo de Rio Branco (ou seja, "era antes de mim"). Mas Prado foi o grande sustentáculo do novo governo. A oposição vinha sobretudo dos fazendeiros fluminenses, do Vale do Paraíba, inteiramente dependentes da escravidão, e ameaçados de ruína.

Machado agora percorre a lista dos ministros do novo governo, em tom de escárnio — o ministro da Agricultura (logo da Agricultura!) do governo anterior, Rodrigo Silva, é mantido no posto! A única exceção é Tomás Coelho, pelo qual Machado tinha uma admiração pessoal.

A ala escravagista do partido conservador, ao ver que a Abolição era inevitável, propôs que os escravos fossem forçados a trabalhar por mais três anos, como transição de um sistema de trabalho para outro. Mais tarde, como veremos na crônica de 26 de junho, pediriam indenização pela perda da sua propriedade. Mas não tinham força política suficiente para impedir um processo inevitável e urgente, e a princesa pôde assinar a lei.

Finalmente, no verso 27, vem o golpe rude e inesperado da notícia de Bacabal — mais de uma vez, nestas crônicas, Machado insinua que a escravidão não era tão fácil assim de abolir. As atitudes que faziam parte da instituição, e as suas consequências sociais e econômicas, não desapareceriam da noite para o dia.

BONS DIAS!

Algumas pessoas pediram-me a tradução do evangelho que se leu na grande missa campal do dia 17.[1] Estes meus escritos não admitem traduções, menos ainda serviços particulares; são palestras com os leitores e especialmente com os leitores que não têm que fazer. Não obstante, em vista do momento, e por exceção, darei aqui o evangelho, que é assim:

1. No princípio era Cotegipe, e Cotegipe estava com a Regente, e Cotegipe era a Regente.

2. Nele estava a vida, com ele viviam a Câmara e o Senado.

3. Houve então um homem de São Paulo, chamado

---

1 Missa ao ar livre, celebrada no Campo de São Cristóvão em 17 de maio, em ação de graças pela Abolição, na presença da princesa regente e de muitos outros dignitários.

Antônio Prado, o qual veio por testemunha do que tinha de ser enviado no ano seguinte.

4. E disse Antônio Prado: O que há de vir depois de mim é o preferido, porque era antes de mim.

5. E, ouvindo isto, saíram alguns sacerdotes e levitas e perguntaram-lhe: Quem és tu?

6. És tu, Rio Branco? E ele respondeu: Não o sou. És tu profeta? E ele respondeu: Não. Disseram-lhe então: Quem és tu logo, para que possamos dar resposta aos chefes que nos enviaram?

7. Disse-lhes: Eu sou a voz que clama no deserto. Endireitai o caminho do poder, porque aí vem o João Alfredo.[2]

8. Estas coisas passaram-se no Senado, da banda de além do Campo da Aclamação, esquina da Rua do Areal.

9. No dia seguinte, viu Antônio Prado a João Alfredo, que vinha para ele, depois de guardar o chapéu no cabide dos senadores, e disse: Eis aqui o que há de tirar os escravos do mundo. Este é o mesmo de quem eu disse: Depois de mim virá um homem que me será preferido, porque era antes de mim.

10. Passados meses, aconteceu que o espírito da Regente veio pairar sobre a cabeça de João Alfredo, e Cotegipe deixou o poder executivo e o poder executivo passou a João Alfredo.

11. E João Alfredo, indo para a Galileia,[3] que é no caminho de Botafogo,[4] mandou dizer a Antônio Prado,

---

2 João Alfredo Correia de Oliveira (1835-1915), senador, recém-convertido à Abolição, mas que, ao contrário de Antônio Prado, tinha apoiado a Lei do Ventre Livre em 1871, e assim foi escolhido para liderar o governo que aboliria a escravidão.
3 Galileia é um famoso engenho de Pernambuco, província pela qual João Alfredo foi senador. O irônico significado religioso é bastante claro.
4 Isto é, o Palácio Isabel (hoje Palácio Guanabara), a residência da regente e do seu consorte, o conde d'Eu.

que estava perto da Consolação:⁵ Vem, que é sobre ti que edificarei a minha igreja.

12. Depois, indo a uma cela de convento, viu lá um homem por nome Ferreira Viana,⁶ o qual descansava de uma página de Agostinho, lendo outra de Cícero, e disse-lhe: Deixa esse livro e segue-me, que em breve te farei outro Cícero, não de romanos, mas de uma gente nova; e Ferreira Viana, despindo o hábito e envergando a farda, seguiu a João Alfredo.

13. Em caminho achou João Alfredo a Vieira da Silva,⁷ e perguntou-lhe: És tu maçom? E ele respondeu: Sou, mas posso dizer-te, pelo que tenho visto, que maçom e ministro de ordem terceira é a mesma pessoa. Disse-lhe então João Alfredo: Vem comigo; serás ministro da ordem primeira, e trabalharás pelo Céu.

14. Depois, vendo um homem que passava, disse João Alfredo: Vem aqui: não és Rodrigo Silva,⁸ que

---

5 O Palacete da Consolação, residência particular de Antônio Prado em São Paulo.
6 Antônio Ferreira Viana (1832-1903); ministro da Justiça no gabinete de João Alfredo. Político, mas conhecido adepto do clericalismo, muitas vezes foi caricaturado como um religioso. Por isso, descansa de uma página de Santo Agostinho lendo outra de Cícero.
7 Luís Antônio Vieira da Silva, visconde de Vieira da Silva (1828-89); ministro da Marinha. Importante e antigo membro da maçonaria, cujos interesses defendeu durante a crise da "Questão Religiosa", em 1873. O comentário irônico sobre a identidade dos maçons e os membros de ordens religiosas caritativas remonta a essa mesma crise, que teve sua origem na questão de se permitir ou não aos maçons ingressar em tais ordens. Machado jamais viu a "Questão" em termos de princípios, como a viam os litigantes; considerava-a uma disputa em torno de um pseudoprincípio.
8 Rodrigo Augusto da Silva (1843-89), ministro da Agricultura no gabinete Cotegipe e também no gabinete João Al-

agricultavas a terra no tempo de Cotegipe? E Rodrigo respondeu: Tu o disseste. E tornou João Alfredo: Onde vai agora que parece abandonar-me? Vem comigo, e lavrarás a terra, e tratarás com os gentios, ao mesmo tempo, porque Antônio Prado vai a São Paulo, onde padecerá e donde voltará mais robusto.[9]

15. Depois, vendo Tomás Coelho, homem justo, da tribo de Campos,[10] disse: O Senhor Deus dos Exércitos manda que sejas ministro da Guerra. E descobrindo Costa Pereira:[11] Este é o que esteve comigo em 1871: eu o conheço; vem, serás também meu discípulo.

16. Unidos os sete, disse João Alfredo: Sabeis que vim libertar os escravos do mundo, e que esta ação nos há de trazer glória e amargura; estais dispostos a ir comigo?

17. E respondendo todos que sim, disse um deles por parábola, que no ponto em que estavam as coisas, melhor era cortar a perna que lavar a úlcera, pois a úlcera ia corrompendo o sangue.

18. Mas, ficando João Alfredo pensativo, disseram os outros entre si: Que terá ele?

---

fredo. Quando Antônio Prado foi para São Paulo, depois da formação deste último, Silva assumiu o cargo de ministro de Relações Exteriores (isto é, relações com "os gentios").
9 Antônio Prado ficou doente em São Paulo, durante o mês de abril de 1888. Houve quem dissesse que a doença era fingida, e que apenas queria distanciar-se, nos sentidos literal e metafórico, do governo João Alfredo. Daí talvez o tom dessa última frase.
10 Tomás José Coelho de Almeida (1838-95), ministro da Guerra e dono de engenho em Campos. A expressão "homem justo" é quase certo que seja uma referência pessoal, por parte de Machado, porque Coelho o fizera chefe de seção no Ministério da Agricultura, em 1876. Foi felicitar Machado por ocasião da sua promoção a oficial da Ordem da Rosa, em abril de 1888.
11 José Fernandes da Costa Pereira (1853-89), ministro do Império no novo gabinete. Presidente de São Paulo em 1871 — daí "esteve comigo em 1871".

19. Então o mestre, ouvindo a pergunta, disse: Prevejo que há de haver uma consulta de sacerdotes e levitas, para ver se chegam a compor certo unguento, que os levitas aplicarão na úlcera, mas não temais nada, ele não será aplicado.

20. E como perguntassem alguns qual era a composição desse unguento, o discípulo Viana, mui lido nas escrituras, disse:

21. Está escrito no livro de *Elle Haddebarim*, também chamado *Deuteronômio*, que quando o escravo tiver servido seis anos, no sétimo ano o dono o deixe ir livre, e não com as mãos abanando, senão com um alforje de comida e bebida. Este é decerto o unguento lembrado, menos talvez o alforje e os seis anos.[12]

22. E acudiu João Alfredo: Tu o disseste: três anos bastam aos levitas e sacerdotes, mas a úlcera é que não espera.

23. Ora pois vinde e falemos a verdade aos homens.

24. E, tendo a Regente abençoado a João e seus discípulos, foram estes para as câmaras, onde apresentaram o projeto de lei, que, depois de algumas palavras duras e outras cálidas de entusiasmo, foi aprovado no meio de flores e aclamações.

25. A Regente, que esperava a lei nova, assinou com sua mão delicada e superna.

26. E toda a terra onde chegava a palavra da Regente, de João Alfredo e dos seus discípulos, levantou brados de contentamento, e os próprios senhores de escravos a ouviam com obediência.

27. Menos no Bacabal, província do Maranhão, onde alguns homens declararam que a lei não valia nada, e, pegando no azorrague, castigaram os seus escravos cujo

---

12 A citação é de Deuteronômio 15,12-14. *Elle Haddebarim* é um nome alternativo para este livro da Bíblia; corresponde às duas primeiras palavras hebraicas do texto: "Estas são as palavras".

crime nessa ocasião era unicamente haver sido votada uma lei, de que eles não sabiam nada; e a própria autoridade se ligou com esses homens rebeldes.

28. Vendo isto, disse um sisudo de Babilônia, por outro nome Carioca: Ah! Se estivessem no Maranhão alguns ex-escravos daqui, que depois de livres, compraram também escravos, quão menor seria a melancolia desses que são agora duas coisas ao mesmo tempo, ex-escravos e ex-senhores. Bem diz o *Eclesiastes*: Algumas vezes tem o homem domínio sobre outro homem para desgraça sua.[13] O melhor de tudo, acrescento eu, é possuir-se a gente a si mesmo.

BOAS NOITES.

---

13 Eclesiastes 8,9.

27 de maio de 1888

Nesta crônica, novamente, Machado quer ver além das controvérsias do momento. O motivo imediato foi o telegrama da Bahia mencionado depois da introdução da crônica (e citado na nota), sobre o meteorito de Bendegó (ou meteorólito, como se dizia de preferência na época), que caiu no sertão baiano no século XVIII e que o governo imperial decidiu trazer para o Rio de Janeiro. Pesava 5360 quilos, e a remoção encontrou várias dificuldades. Tinha sido objeto de notícias e chacotas na imprensa havia alguns meses. Machado a usa para abrir uma perspectiva temporal mais ampla, e para refletir sobre as consequências políticas da Abolição, que, como já vimos na crônica de 11 de maio, incluem uma república, que fatalmente seria federativa. Aqui, é esse federalismo que o preocupa — o poder dos estados, e portanto das oligarquias que os dominam. As repúblicas não são necessariamente antiescravagistas — a Confederação do Sul na Guerra Civil Americana (1861-5) foi uma república baseada na escravidão. Abraham Lincoln, com toda a sua fama de libertador, e que de fato aboliu a escravidão em 1862, não tinha essa intenção ao começar a guerra; queria acima de tudo manter a união política do país.

BONS DIAS!

Cumpre não perder de vista o meteorólito de Bendegó. Enquanto toda a nação bailava e cantava, delirante de prazer pela grande lei da abolição, o meteorólito de Bendegó vinha andando, vagaroso, silencioso e científico, ao lado do Carvalho.[1]

---

1 O comandante José Carlos de Carvalho, chefe da expedição para trazer o meteorólito (que fora trazido da Bahia por

— Carvalho, dizia ele provavelmente ao companheiro de jornada, que rumores são estes ao longe?

E ouvindo a explicação, não retorquira nada, e pode ser até que sorrisse, pois é natural que nas regiões donde veio, tivesse testemunhado muitos cativeiros e muitas abolições. Quem sabe lá o que vai pelos vastos intermúndios de Epicuro e seus arrabaldes?[2]

Vinha andando, vagaroso, silencioso, científico, ao lado do Carvalho.

— Carvalho, perguntou ainda, falta muito para chegar ao Rio de Janeiro? Estou já aborrecido, não da sua companhia, mas da caminhada. Você sabe que nós, lá em cima, andamos com a velocidade de mil raios; aqui nestas ridículas estradas de ferro, a jornada é de matar. Mas espera, parece que estou vendo uma cidade...

— É a Bahia, a capital da província.

Chegaram à capital, onde um grupo de homens corria para uma casa, com ar espantado, ou como melhor nome haja em fisionomia, que não tenho tempo de ir ao dicionário. Esses homens eram os vereadores. Iam reunir-se extraordinariamente, para saber se embargariam ou não a saída do meteorólito.[3]

Até então não trataram do negócio, por um princípio de respeito ao governo central. O governo central ordenara o transporte e as despesas; a Câmara Muni-

---

quarenta juntas de bois) para o Rio de Janeiro, para ser exposto no Museu Nacional.

2 Filósofo grego (341 a.C.-?), achava que os deuses eram seres imortais que habitavam esses "intermúndios", ou espaços entre os mundos.

3 Aqui está o telegrama, da *Gazeta de Notícias* de 23 de maio: "Salvador: Chegou ontem a esta capital o meteorólito de Bendegó. A Câmara Municipal reunida ontem em sessão extraordinária, tratou de embargar a saída do mesmo. A favor desta ideia votaram apenas dois vereadores".

cipal, obediente, ficou esperando. Logo, porém, que o meteorólito chegou à capital, interveio outro princípio — o do direito provincial. Reuniu-se a câmara e examinou o caso.

Parece que o debate foi longo e caloroso. Uns disseram provavelmente que o meteorólito, tendo caído na Bahia, era da Bahia; outros, que vindo do céu, era de todos os brasileiros. Tal foi a questão controversa. Compreende-se bem que era preciso resolver primeiro esse ponto, para entrar na questão de saber se os meteorólitos entravam na ordem das atribuições reservadas às províncias. O debate foi afinal resumido e o voto da maioria contrário ao embargo; apenas dois vereadores votaram por este, segundo anunciou um telegrama.

E o meteorólito foi chegando, vagaroso, silencioso, científico, ao lado do Carvalho.

— Carvalho, disse ele, os que não quiserem embargar a minha saída são uns homens cruéis. Mas por que é que aqueles dois votaram pelo embargo?

— Questão de federalismo...

E o nosso amigo explicou o sentido desta palavra, e o movimento federalista que se está operando em alguns lugares do Império. Mostrou-lhe até alguns projetos discutidos agora, para o fim de adotar a Constituição dos Estados Unidos, sem fazer questão do chefe de Estado, que pode ser presidente ou imperador...

Aqui o meteorólito, sempre vagaroso e científico, piscou o olho ao Carvalho.

— Carvalho, disse ele, eu não sou doutor constitucional nem de outra espécie, mas palavra que não entendo muito essa constituição dos Estados Unidos com um imperador...

Cheio de comiseração, explicou-lhe o nosso amigo que as invenções constitucionais não eram para os beiços de um simples meteorólito; que a suposição de que o sistema dos Estados Unidos não comporta um chefe hereditário resulta de não atender à diferença do clima e outras. Ninguém se admira, por exemplo, de que lá se fale inglês e aqui português. Pois é a mesma coisa.

Entretanto, confessou o nosso amigo que, por algumas cartas recebidas, sabia que o que está na boca de muitas pessoas é um rumor de república ou coisa que o valha, que esta ideia anda no ar...

— Noire? Aussi blanche qu'une autre.
— Tiens! Vous faites de calembours?[4]

— Que queria você que eu fizesse, retorquiu o meteorólito, metido naquelas brenhas de onde você me foi arrancar? Mas vamos lá, explique-me isso pelo miúdo.

E o nosso amigo não lhe ocultou nada; confiou-lhe que andam por aí ideias republicanas, e que há certas pessoas para quem o advento da república é certíssimo. Chegou a ler-lhe um artigo da *Gazeta Nacional*, em que se dizia que, se ela já estivesse estabelecida, acabada estaria há muitos anos a escravidão...

Nisto o meteorólito interrompeu o companheiro, para dizer que as duas coisas não eram incompatíveis: porque ele antes de ser meteorólito fora general nos Estados Unidos — e general do Sul, por ocasião da guerra de secessão, e lembra-se bem que os Estados Confederados, quando redigiram a sua constituição, declararam no preâmbulo: "A escravidão é a base da constituição dos Estados Confederados". Lembra-se também que o próprio Lincoln, quando subiu ao poder, declarou logo que não vinha abolir a escravidão...

— Mas é porque lá falam inglês, retorquiu o nosso amigo Carvalho; a questão é essa.

O meteorólito ficou pensativo; daí a um instante:

— Carvalho, que barulho é este?

---

4 "Negra? Branca como qualquer outra./ Oh! Faz jogo de palavras?"

— É a visita do Portela, presidente da província.[5]
— Vamos recebê-lo, acudiu o meteorólito, cada vez mais vagaroso e científico.

BOAS NOITES.

---

5 Manuel do Nascimento Machado Portela (1833-95).

26 de junho de 1888

O motivo desta crônica foi a campanha de muitos ex-senhores de escravos, a maioria do Vale do Paraíba do Sul, os que mais perderam com a Abolição, para serem compensados pelo Estado. Tinha pouca chance de sucesso, mas focalizou o ressentimento dos fazendeiros, e foi muito discutida nos jornais. Certamente, Machado ironiza quando pergunta ao seu leitor se lera Gógol, muito pouco conhecido no Brasil. Pela mesma razão, sumariza o enredo do seu único romance, *Almas mortas* (1842), uma sátira ao sistema de servidão no Império Russo (abolido em 1861).

BONS DIAS!

Eu, se tivesse crédito na praça, pedia emprestados a casamento[1] uns vinte contos de réis, e ia comprar libertos. Comprar libertos não é expressão clara; por isso continuo.

Conhece o leitor um livro do célebre Gógol, romancista russo, intitulado *Almas mortas*?[2] Suponhamos

---

[1] Parece que esta expressão é inventada — Gustavo Franco, na sua edição da crônica, também não parece conhecê-la, o que reforça meu intuito de que Machado a inventou. Por isso, explica no fim da crônica, significa "empreender um negócio de parceria com outra pessoa que assume os riscos financeiros".

[2] Romance de Nikolai Gógol (1809-52), um dos grandes clássicos da literatura russa. Machado certamente o conhecia através de traduções francesas, e possivelmente através de artigos laudatórios na *Revue des Deux Mondes*, de Prosper Mérimée, que Machado admirava muito. Para mais informação sobre a influência — possivelmente, muito importante — de Gógol em Machado, veja-se o artigo de Eugênio Gomes, "Machado de Assis e Gógol", em seu *Machado de Assis* (Rio de Janeiro: São José, 1958, pp. 116-21).

que não conhece, que é para eu poder expor a semente da minha ideia. Lá vai em duas palavras.

Chamam-se *almas* os campônios que lavram as terras de um proprietário, e pelos quais, conforme o número, paga este uma taxa ao Estado. No intervalo do lançamento de imposto, morrem alguns campônios e nascem outros. Quando há *déficit*, como o proprietário tem de pagar o número registrado, primeiro que faça outro recenseamento, chamam-se *almas mortas* os campônios que faltam.

Tchitchikof, um espertalhão da minha marca, ou talvez maior, lembra-se de comprar as *almas mortas* de vários proprietários. Bom negócio para os proprietários, que vendiam defuntos ou simples nomes, por dez réis de mel coado. Tchitchikof, logo que arranjou umas mil *almas mortas*, registrou-as como vivas; pegou dos títulos do registro, e foi ter a um monte de socorro,[3] que, à vista dos papéis legais, adiantou ao suposto proprietário uns 200000 rublos; Tchitchikof meteu-os na mala e fugiu para onde a polícia russa o não pudesse alcançar.

Creio que entenderam; vejam agora o meu plano, que é tão fino como esse, e muito mais honesto. Sabem que a honestidade é como a chita; há de todo o preço, desde meia pataca.

Suponha o leitor que possuía duzentos escravos no dia 12 de maio, e que os perdeu com a lei de 13 de maio. Chegava eu ao seu estabelecimento, e perguntava-lhe:

— Os seus libertos ficaram todos?

— Metade só; ficaram cem. Os outros cem dispersaram-se; consta-me que andam por Santo Antônio de Pádua.[4]

---

3 A Caixa Econômica de Monte de Socorro da Corte, banco estabelecido para estimular a poupança entre as classes menos abastadas. Ver Gustavo Franco, *A economia em Machado de Assis*, p. 88.

4 Lugar do Vale do Paraíba, perto de Campos, no rio Pomba. Essa foi uma das áreas mais afetadas pela Abolição, e nos

— Quer o senhor vender-mos?
Espanto do leitor; eu, explicando:
— Vender-mos todos, tanto os que ficaram, como os que fugiram.
O leitor assombrado:
— Mas, senhor, que interesse pode ter o senhor...
— Não lhe importa isso. Vende-mos?
— Libertos não se vendem.
— É verdade, mas a escritura da venda terá a data de 29 de abril; nesse caso, não foi o senhor que perdeu os escravos, fui eu. Os preços marcados na escritura serão os da tabela da lei de 1885;[5] mas eu realmente não dou mais de dez mil-réis por cada um.
Calcula o leitor:
— Duzentas cabeças a dez mil-réis são dois contos. Dois contos por sujeitos que não valem nada, porque já estão livres, é um bom negócio.
Depois refletindo:
— Mas, perdão, o senhor leva-os consigo?
— Não, senhor: ficam trabalhando para o senhor; eu só levo a escritura.
— Que salário pede por eles?
— Nenhum, pela minha parte, ficam trabalhando de graça. O senhor pagar-lhes-á o que já paga.
Naturalmente, o leitor, à força de não entender, aceitava o negócio. Eu ia a outro, depois a outro, depois a outro, até arranjar quinhentos libertos, que é até onde podiam ir os cinco contos emprestados; recolhia-me à casa, e ficava esperando.
Esperando o quê? Esperando a indenização, com todos os diabos! Quinhentos libertos, a trezentos mil-réis,

---

jornais há várias queixas e reportagens sobre grupos de libertos que "vagam pelas estradas sem ocupação proveitosa".
5 Para efeito de manumissão, os escravos eram avaliados segundo tabelas oficiais, a última das quais datava de 1885.

termo médio, eram cento e cinquenta contos; lucro certo: cento e quarenta e cinco.

Porquanto, isso de indenização, dizem uns que pode ser que sim, outros que pode ser que não; é por isso que eu pedia o dinheiro a casamento. Dado que sim, pagava e casava (com a leitora, por exemplo); dado que não, ficava solteiro e não perdia nada, porque o dinheiro era de outro. Confessem que era um bom negócio.

Eu até desconfio que há já quem faça isto mesmo, com a diferença de ficar com os libertos. Sabem que no tempo da escravidão, os escravos eram anunciados com muitos qualificativos honrosos, perfeitos cozinheiros, ótimos copeiros etc. Era, com outra fazenda, o mesmo que fazem os vendedores, em geral: superiores morins, lindas chitas, soberbos cretones. Se os cretones, as chitas e os escravos se anunciassem, não poderiam fazer essa justiça a si mesmos.

Ora, li ontem um anúncio em que se oferece a aluguel, não me lembra em que rua — creio que na do Senhor dos Passos —, uma *insigne* engomadeira. Se é falta de modéstia, eis aí um dos tristes frutos da liberdade; mas se é algum sujeito que já se me antecipou... Larga, Tchitchikof de meia-tigela! Ou então vamos fazer o negócio a meias.

BOAS NOITES.

20 de abril de 1889

Esta é a última de três crônicas de "Bons Dias!" em que Machado zomba de Antônio de Castro Lopes (1827--1901), o "ilustre latinista" que se dedicou a extirpar do português palavras importadas, substituindo-as por outras, na sua maioria inventadas a partir do latim. As palavras que tinha em mira eram em grande maioria francesas, reflexo da importância preponderante da cultura francesa na América Latina e alhures. Castro Lopes é o responsável pela palavra "cardápio", inventada para substituir "menu". O ponto de vista de Machado é bem menos extremado: ele respeita a história da língua e da cultura do Brasil e de Portugal, que fez com que alguns desses empréstimos fossem necessários e naturais.

BONS DIAS!

A principal vantagem dos estudos de língua, é que com eles não perdemos a pele, nem a paciência, nem, finalmente, as ilusões, como acontece aos que se empenham na política, essa fatal Dalila (deixem-me ser banal) a cujos pés Sansão perdeu o cabelo, e André Roswein a vida.[1]

— André, tu ainda hás de fazer com que eu acabe os dias num convento, dizia Carnioli ao infeliz Roswein.

Nunca repetirei isto ao ilustre latinista, que ultimamente emprega seus lazeres em expelir barbarismos e

---

[1] Machado lembra aqui um drama romântico de Octave Feuillet, *Dalila*, apresentado no Rio de Janeiro em 1860, e que ele mesmo comentara na época. Carnioli é um "nobre opulento que se compraz em proteger as vocações", mas que acaba por arruinar seu protegido, o pastor-artista Roswein, provocando sua sedução por "Dalila", a princesa Falconieri. Roswein acaba se suicidando.

compor novas locuções. Língua, tanto não é Dalila, que é o contrário; não sei se me explico. Podemos errar; mas, ainda errando, a gente aprende.

Agora mesmo, ao sair da cama, enfiei um *chambre*. Cuidei estar composto, sem escândalo. Não ignorava (tanto que já o disse aqui mesmo)[2] que aquele vestido, antes de passar a fronteira, era *robe de chambre*; ficou só *chambre*. Mas como vinha de trás, os velhos que conheci não usavam outra coisa, e o próprio Nicolau Tolentino, posto que mestre-escola, já o enfiou nos seus versos,[3] pensei que não era caso de o desbatizar. Nunca mandei embora uma *caleça*, só por vir de *calèche*; o que mais faço, é não dar gorjeta ao automedonte,[4] vulgo cocheiro.

Imaginem agora o meu assombro, ao ler o artigo em que o nosso ilustre professor mostra, a todas as luzes, que *chambre* é vocábulo condenável, por ser francês.[5] Antes

---

2 Na crônica de 7 de março de 1889.
3 Nicolau Tolentino (1741-1811), poeta satírico português admirado por Machado, foi professor de retórica ("mestre-escola") durante anos. A palavra "chambre", no sentido a que Machado alude, foi usada por ele no Soneto LIII, na descrição do pai de uma moça cortejada por um "loiro peralta". Ele sai à rua, "com bengala na mão, chambre traçado", para dar-lhe uma surra.
4 Esta palavra é erudita e clássica, mas não é invenção de Castro Lopes: é o nome do cocheiro de Aquiles, na *Ilíada*, e significa "cocheiro hábil". Parece que em 1889 era ainda palavra recente.
5 Eis uma pequena amostra do pedantismo de Castro Lopes satirizado por Machado, do livro *Neologismos indispensáveis e barbarismos dispensáveis*, de 1889: "E por que não há de dizer, como outrora em português, que é expressão clássica — *rocló*? — Ora, rocló... talvez digam lá consigo os francelhos, isso é um *fóssil*. *Fóssil* ou não, *rocló* é termo português que traduz *robe de chambre*. Gastão João Batista, duque de *Roquelaure*, muito conhecido na corte de Luís XIV, foi quem

de acabar o artigo, atirei para longe a fatal estrangeirice, e meti-me num *paletó* velho, sem advertir que era da mesma fábrica. A ignorância é a mãe de todos os vícios.

Continuei a ler, e vi que o autor permite o uso da coisa, mas com outro nome, o nome é *rocló*, "segundo diziam (acrescenta) os nossos maiores".

Com efeito, se os nossos maiores chamavam de *rocló* ao *chambre*, melhor é empregar o termo da casa, em vez de ir pedi-lo aos vizinhos. O contrário é desmazelo. Chamei então meu criado — que é velho e minhoto — e disse-lhe que daqui em diante, quando lhe pedisse o *rocló*, devia trazer o *chambre*. O criado pôs as mãos às ilhargas, e entrou a rir como um perdido. Perguntei-lhe por que se ria, e repeti-lhe a minha ordem.

— Mas o patrão há de me perdoar se lhe digo que não entendo. Então o *chambre* agora é *rocló*?

— Sim, que tem?

— É que lá na terra *rocló* é outra coisa; é um capote curto, estreito e de mangas. Parece-me tanto com *chambre*, como eu me pareço com o patrão, e mais não sou feio...

— Não é possível.

— Mas se lhe digo que é assim mesmo; é um capote. Eu até servi a um homem, lá em Lisboa (Deus lhe fale n'alma!), que usava as duas coisas — o *chambre* em casa, de manhã; e, à noite, quando saía a namorar, ia com o seu *rocló* às costas, manguinhas enfiadas.

— Inácio, bradei levantando-me, juras-me, pelas cinzas de teu pai, que isso é verdade?

— Juro, sim, senhor. O patrão até ofende com isso ao seu velho criado. Pois então é preciso que jure? Ouviu nunca de mim alguma mentira... Tudo por causa de um

---

deu nome a uma espécie de capote, fechado adiante por botões, desde cima até abaixo (vede Bascherelle, e *Dicionário das Academias*, suplemento). Os portugueses fizeram de Roquelaure Roclóró, que por lei de menor esforço ficou *Rocló*".

rocló e de um *chambre*... Isto no fim da vida... Adeus! Faça as minhas contas. Vou-me embora...

Deixei-o ir chorando, e fiquei a cogitar, no modo de emendar a mão ao nome, a fim de que a gente menos advertida não pegasse logo no *rocló*, que não é *chambre*. É coisa certa que a ignorância da língua e o amor da novidade dão certo sabor a vocábulos inventados ou descabidos. Mas como fazê-los, sem citar o depoimento do meu velho minhoto, que não tem autoridade? Estava nisso, quando dei um grito, assim:

— Ah!

Dei o grito. Tinha achado o segredo da substituição do nome. Com efeito, *rocló* vem do francês *roquelaure*, designação de um capote. Portugal recebeu de França o capote e o nome, e ficou com ambos, mas foi modificando o nome. Tal qual aconteceu com o *robe de chambre*. A mudança proposta agora no artigo a que me refiro, ficaria sem sentido, se não fosse a intenção do autor, suponho eu, curar a dentada do cão com o pelo do mesmo cão. *Similia similibus curantur*.[6]

BOAS NOITES.

---

[6] Esta frase, o lema da homeopatia, parece ser uma referência maliciosa às conhecidas opiniões homeopáticas de Castro Lopes.

29 de agosto de 1889

Machado se interessava pela medicina popular, e volta a ela em mais de uma crônica, das quais esta talvez seja a mais engraçada e perspicaz. Ao contrário de muitos contemporâneos, que categorizavam o curandeirismo de perigoso e primitivo, ele sabia que a medicina convencional, alópata como se dizia, estava longe da perfeição, e tinha seus próprios instrumentos para se impor na credulidade das pessoas (os nomes gregos e latinos das enfermidades, por exemplo). O relatório citado aqui apareceu nos jornais no dia 28 de agosto, e os detalhes que Machado menciona estão todos lá: o autor do relatório não tem dúvidas acerca da sua atitude, e chama Tobias de "charlatão ignorante".

O violento ataque na segunda metade da crônica ao espiritismo, cuja popularidade crescera bastante desde sua introdução no Brasil na década de 1860, é característico do ódio que Machado tinha à doutrina, que já vimos na crônica de 5 de maio de 1885.

BONS DIAS!

Hão de fazer-me esta justiça, ainda os meus mais ferrenhos inimigos; é que não sou curandeiro, eu não tenho parente curandeiro, não conheço curandeiro, e nunca vi cara, fotografia ou relíquia, sequer, de curandeiro. Quando adoeço não é de espinhela caída[1] — coisa que podia aconselhar-me a curanderia; é sempre de moléstias latinas ou gregas. Estou na regra; pago impostos, sou jurado, não me podem arguir a menor quebra de dever público.

---

1 "Designação comum a numerosas doenças atribuídas pelo povo à queda da espinhela" (*Novo dicionário Aurélio*).

Sou obrigado a dizer tudo isso, como uma profissão de fé, porque acabo de ler o relatório médico acerca das drogas achadas em casa do curandeiro Tobias. Saiu hoje; é um bonito documento. Falo também porque outras muitas coisas me estimulam a falar, como dizia o curandeiro-mor, mal das vinhas chamado,[2] que já lá está no outro mundo. Falo ainda, porque nunca vi tanto curandeiro apanhado — o que prova que a indústria é lucrativa.

Pelo relatório se vê que Tobias é um tanto Monsieur Jourdain, que falava em prosa sem o saber;[3] Tobias curava em línguas clássicas. Aplicava, por exemplo, *solanum argentum*, certa erva, que não vem com outro nome; possuía umas cinquenta gramas de *aristolochia appendiculata*, que dava aos clientes; é a raiz de mil-homens. Tinha, porém, umas bugigangas curiosas, esporões de galo, pés de galinha secos, medalhas, pólvora e até um chicote feito de rabo de raia, que eu li rabo de saia, coisa que me espantou, porque estava, estou, e morrerei na crença de que rabo de saia é simples metáfora. Vi depois que era rabo de raia. Chicote para quê?

Tudo isto, e ainda mais, foi apanhado ao Tobias, no que fizeram muito bem, e oxalá se apanhem as bugigangas e drogas aos demais curandeiros, e se punam estes, como manda a lei.

A minha questão é outra, e tem duas faces.

A primeira face é toda de veneração; punamos o curandeiro, mas não esqueçamos que a curanderia foi a célula da medicina. Os primeiros doentes que houve no mundo, ou morreram ou ficaram bons. Interveio depois o curandeiro, com algumas observações rudimentárias,

---

2 Este "curandeiro-mor" será o Diabo?
3 M. Jourdain, o *"bourgeois gentilhomme"* da peça homônima de Molière, ficou surpreso ao se dar conta de que falava em prosa: Tobias certamente não sabia os nomes latinos das plantas que usava.

aplicou ervas, que é o que havia à mão, e ajudava a sarar ou a morrer o doente. Daí vieram andando, até que apareceu o médico. Darwin explica por modo análogo a presença do homem na terra.[4] Eu tenho um sobrinho, estudante de medicina, a quem digo sempre que o curandeiro é pai de Hipócrates, e sendo o meu sobrinho filho de Hipócrates, o curandeiro é avô do meu sobrinho; e descubro agora que vem a ser meu tio — fato que eu neguei a princípio. Também não borro o que lá está. Vamos à segunda face.

A segunda é que o espiritismo não é menos curanderia que a outra, e é mais grave, porque se o curandeiro deixa os seus clientes estropiados e dispépticos, o espírita deixa-os simplesmente doidos. O espiritismo é uma fábrica de idiotas e alienados, que não pode subsistir. Não há muitos dias deram notícia as nossas folhas de um brasileiro que, fora daqui, em Lisboa, foi recolhido em Rilhafoles,[5] levado pela mão do espiritismo.

Mas não é preciso que deem entrada solene nos hospícios. O simples fato de engolir aqueles rabos de raia, pés de galinha, raiz de mil-homens e outras drogas vira o juízo, embora a pessoa continue a andar na rua, a cumprimentar os conhecidos, a pagar as contas, e até a não pagá-las, que é meio de parecer ajuizado. Substancialmente é homem perdido. Quando eles me vêm contar uns ditos de Samuel e de Jesus Cristo, sublinhados de filosofia de armarinho, para dar na perfeição sucessiva das almas,[6] segundo estas mesmas relatam a quem as

---

4 Na *Origem das espécies* (1859) e na *Descendência do homem* (1871), Darwin explicou a evolução do gênero humano pela teoria da sobrevivência do mais forte na luta pela existência.
5 O principal manicômio de Lisboa na época.
6 Aqui Machado não se limita a atacar o espiritismo; mostra um certo conhecimento da doutrina, e expõe a grande razão de seu ódio por ela. Na Bíblia, Samuel fala pela "bruxa" (às

quer ouvir, palavra que me dá vontade de chamar a polícia e um carro.

Os espíritas que me lerem hão de rir-se de mim, porque é balda certa de todo maníaco lastimar a ignorância dos outros. Eu, legislador, mandava fechar todas as igrejas dessa religião, pegava dos religionários e fazia-os purgar espiritualmente de todas as suas doutrinas; depois, dava-lhes uma aposentadoria razoável.

BOAS NOITES.

---

vezes traduz-se médium) de Endor ao rei Saul (1º Samuel 28), e os espíritas chamam os acontecimentos de Pentecostes, quando Jesus falou com os apóstolos depois de morto, da maior "séance" da história. É, sem dúvida, principalmente a "perfeição sucessiva de almas" que odeia. O espiritismo é uma doutrina otimista: acredita que todo mundo será salvo, e que a lei da progressiva perfeição da alma se aplica universalmente.

A Semana

24 de abril de 1892

Esta primeira crônica de "A Semana" é uma das mais significativas e mais hábeis que Machado escreveu; as suas transições, a primeira das quais acontece já na segunda frase, são cruciais, mas quase não as sentimos. Os assuntos principais são três — um amor nacional por nomes e títulos, mesmo imerecidos (a história dos dois enxadristas e a do jovem agrimensor); Tiradentes (o dia de Tiradentes tinha sido comemorado na quinta-feira dessa semana); e as eleições que aconteceram na quarta-feira, dia 20, e às quais a maioria da população votante não apareceu. Os dois primeiros assuntos estão ligados pela alcunha do alferes-mártir, tão oposto aos comendadores, majores e "doutores". O respeito de Machado por Tiradentes é obviamente sincero; e deve-se notar que ele era um herói *republicano*, que não fora homenageado durante o Império — afinal, fora executado em nome da bisavó do imperador, d. Maria I. Além da sinceridade do cronista, há aqui um elemento de oportunismo sadio. Machado podia mostrar certa simpatia por um regime que não lhe entusiasmava nada — era monarquista liberal.

"Daqui ao caso eleitoral é menos que um passo", diz, no começo do último parágrafo. Por quê? Não é nada óbvio, mesmo quando sabemos que "o caso eleitoral" é a questão de saber se o eleitorado se ausentou por "descrença" ou "abstenção". Devemos precaver-nos de presumir que a população era ignorante ou preguiçosa, e que nesse sentido a culpa é deles. Embora escreva "Há quem não veja em tudo isto mais de ignorância do poder daquele fogo que Tiradentes legou aos seus patrícios", isso não significa necessariamente que Machado seja dessa opinião. Sabe muito bem que esse voto, na situação de virtual ditadura, é "perfeitamente platônico", nas palavras de Ferreira de Araújo na sua coluna semanal, "Cousas Políticas". Também sabe que a culpa não pode ser dos eleitores que compareceram à seção, quando os próprios mesários não estavam a postos! Estamos num círculo vicioso, em que é impossível saber qual é a galinha, qual o ovo: "era o problema, a charada, a adivinhação da segunda-feira". Resultado: sem solução prática à vista, os brasileiros vivem numa rede, sonhando uma realidade futura que corresponderia aos seus desejos. Em *Quincas Borba* (1891), Rubião, a caminho da loucura, sonha os fins, não os meios — "antes da noiva, cuidou do casamento". Justamente o que faz o agrimensor.

Escrevi um ensaio mais extenso sobre esta crônica complexa e importante, que está em *Por um novo Machado de Assis*, capítulo 6.

A SEMANA

Na segunda-feira da semana que findou, acordei cedo, pouco depois das galinhas, e dei-me ao gosto de propor a mim mesmo um problema. Verdadeiramente era uma charada, mas o nome de problema dá dignidade, e excita para logo a atenção dos leitores austeros. Sou como as atrizes, que já não fazem benefício, mas *festa artística*. A coisa é a mesma, os bilhetes crescem de igual modo, seja em número, seja em preço; o resto, comédia, drama, opereta, uma polca entre dois atos, uma poesia, vários ramalhetes, lampiões fora, e os colegas em grande gala, oferecendo em cena o retrato à beneficiada.

Tudo pede certa elevação. Conheci dois velhos estimáveis, vizinhos, que esses tinham todos os dias a sua festa artística. Um era cavaleiro da ordem da Rosa, por serviços *em relação* à Guerra do Paraguai; o outro tinha o posto de tenente da guarda nacional da reserva, a que prestava bons serviços.¹ Jogavam xadrez, e dormiam no intervalo das jogadas. Despertavam-se um ao outro desta maneira: "Caro *major*!" —"Pronto, *comendador*!" — Variavam às vezes: — "Caro *comendador*!" — "Aí vou, *major*". Tudo pede certa elevação.

Para não ir mais longe, Tiradentes. Aqui está um exemplo. Tivemos esta semana o centenário do grande mártir. A prisão do heroico alferes é das que devem ser comemoradas por todos os filhos deste país, se há nele patriotismo, ou se esse patriotismo é outra coisa mais que um simples motivo de palavras grossas e rotundas. A capital portou-se bem. Dos Estados estão vindo boas notícias. O instinto popular, de acordo com o exame da razão, fez da figura do alferes Xavier o principal dos Inconfidentes, e colocou os seus parceiros a meia ração da glória. Merecem, decerto, a nossa estima aqueles outros; eram patriotas. Mas o que se ofereceu a carregar com os pecados de Israel, o que chorou de alegria quando viu comutada a pena de morte dos seus companheiros, pena que só ia ser executada nele, o enforcado, o esquartejado, o decapitado, esse tem de receber o prêmio na proporção do martírio, e ganhar por todos, visto que pagou por todos.

Um dos oradores do dia 21 observou que se a Inconfidência tem vencido, os cargos iam para os outros conjurados, não para o alferes. Pois não é muito que, não

---

1 É bem possível que o "comendador" tenha lucrado, vendendo material para o Exército; ou talvez tenha liberado alguns escravos para irem lutar. Podemos ter certeza de que não lutou ele mesmo. A "guarda nacional" foi alvo frequente da ironia machadiana — organização sem fins práticos, mas com uniformes vistosos (como no conto "O espelho"). Ou, como diz numa crônica de "Bons Dias!", "Terrível Guarda Nacional! Tu és mansa, tu és pacífica, tu chegas mesmo a não existir; mas quão funestos são os ódios que deixas!".

tendo vencido, a história lhe dê a principal cadeira. A distribuição é justa. Os outros têm ainda um belo papel; formam, em torno de Tiradentes, um coro igual ao das Oceânides diante de Prometeu encadeado. Relede Ésquilo, amigo leitor. Escutai a linguagem compassiva das ninfas, escutai os gritos terríveis, quando o grande titã é envolvido na conflagração geral das coisas. Mas, principalmente, ouvi as palavras de Prometeu narrando os seus crimes às ninfas amadas: "Dei o fogo aos homens; esse mestre lhes ensinará todas as artes".[2] Foi o que nos fez Tiradentes.

Entretanto, o alferes Joaquim José tem ainda contra si uma coisa, a alcunha. Há pessoas que o amam, que o admiram, patrióticas e humanas, mas que não podem tolerar esse nome de Tiradentes. Certamente que o tempo trará a familiaridade do nome e a harmonia das sílabas; imaginemos, porém, que o alferes tem podido galgar pela imaginação um século e despachar-se cirurgião-dentista. Era o mesmo herói, e o ofício era o mesmo; mas traria outra dignidade. Podia ser até que, com o tempo, viesse a perder a segunda parte, dentista, e quedar-se apenas cirurgião.

Há muitos anos, um rapaz — por sinal que bonito — estava para casar com uma linda moça — a aprazimento de todos, pais e mães, irmãos, tios e primos. Mas o noivo demorava o consórcio; adiava de um sábado para outro, depois quinta-feira, logo terça, mais tarde sábado — dois meses de espera. Ao fim desse tempo, o futuro sogro comunicou à mulher os seus receios. Talvez o rapaz não quisesse casar. A sogra, que antes de o ser já era, pegou do pau moral, e foi ter com o esquivo genro. Que histórias eram aquelas de adiamentos?

— Perdão, minha senhora, é uma nobre e alta razão; espero apenas...

---

2 *Prometeu encadeado*, cena 2, vv. 254 e 256.

— Apenas...?

— Apenas o meu título de agrimensor.

— De agrimensor? Mas quem lhe diz que minha filha precisa do seu ofício para comer? Case, que não morrerá de fome; o título virá depois.

— Perdão, mas não é pelo título de agrimensor, propriamente dito, que estou demorando o casamento. Lá na roça dá-se ao agrimensor, por cortesia, o título de doutor, e eu quisera casar já doutor...

Sogra, sogro, noiva, parentes, todos entenderam esta sutileza, e aprovaram o moço. Em boa hora o fizeram. Dali a três meses recebia o noivo os títulos de agrimensor, de doutor e de marido.

Daqui ao caso eleitoral é menos que um passo; mas, não entendendo eu de política, ignoro se a ausência de tão grande parte do eleitorado na eleição do dia 20 quer dizer descrença, como afirmam uns, ou abstenção como outros juram.[3] A descrença é fenômeno alheio à vontade do eleitor: a abstenção é propósito. Há quem não veja em tudo isto mais que ignorância do poder daquele fogo que Tiradentes legou aos seus patrícios. O que sei, é que fui à minha seção para votar, mas achei a porta fechada e a urna na rua, com os livros e ofícios. Outra casa os acolheu compassiva, mas os mesários não tinham sido avisados e os eleitores eram cinco. Discutimos a questão de saber o que é que nasceu primeiro, se a galinha, se o ovo. Era o problema, a charada, a adivinhação de segunda-feira. Dividiram-se as opiniões; uns foram pelo ovo, outros pela galinha; o próprio galo teve um voto. Os candidatos é que não tiveram nem um, porque os mesários não vieram e bateram dez horas. Podia acabar em prosa, mas prefiro o verso:

---

3 Esta eleição foi para preencher uma vaga no Senado. A *Gazeta de Notícias* informa que dos 25 026 eleitores da capital federal, só 3 112 compareceram.

Sara, belle d'indolence,
Se balance
*Dans un hamac...*⁴

---

4 Os versos iniciais de "Sara la baigneuse", de *Les Orientales* (1829), de Victor Hugo: "Sara, bela preguiçosa/ balança-se/ numa rede".

17 de julho de 1892

Esta é uma crônica típica do tédio machadiano, ou mais propriamente da sua náusea, perante o estado do país na esteira do Encilhamento. A maravilhosa citação de Sêneca, dos primeiros autores da história da humanidade a deter-se no assunto do aborrecimento, da náusea, do *ennui*, que foi uma das preocupações do século XIX, mostra que Machado também tinha um interesse real no assunto. A primeira parte da crônica quase dispensa comentários: mais de uma vez, nos seus romances, ele idealiza casamentos que omitem a paixão, e nos quais "alguma coisa escapa ao naufrágio das ilusões". Quando republicou esta crônica em *Páginas recolhidas*, deu-lhe o título "Vae soli" ("Ai dos solitários"), e encurtou bastante a parte final, depois de "as lavas que o Etna está cuspindo desde alguns dias". Entende-se: mas a parte final tem interesse real. Fala da alienação brasileira da sua própria realidade, e da imitação de modelos inapropriados. Finalmente, advoga um sistema parlamentar, que tinha existido (com todas as suas imperfeições) durante o Império, e no qual haveria uma oposição verdadeira, com chance real de ganhar as eleições (como acabara de acontecer na Inglaterra).

A SEMANA

Um dia desta semana, farto de vendavais, naufrágios, boatos, mentiras, polêmicas, farto de ver como se descompõem os homens, acionistas e diretores, importadores e industriais,[1] farto de mim, de ti, de todos, de um

---

1 Houve forte ressaca na baía de Guanabara nessa semana, e pelo menos três naufrágios na costa do Uruguai; os boatos provavelmente se referem a notícias de que uma nova revolução tivesse arrebentado em Porto Alegre; o resto são ecos do Encilhamento.

tumulto sem vida, de um silêncio sem quietação, peguei de uma página de anúncios, e disse comigo:

— Eia, passemos em revista as procuras e ofertas, caixeiros desempregados, pianos, magnésias, sabonetes, oficiais de barbeiro, casas para alugar, amas de leite, cobradores, coqueluche, hipotecas, professores, tosses crônicas...

E o meu espírito, estendendo e juntando as mãos e os braços, como fazem os nadadores, que caem do alto, mergulhou por uma coluna abaixo. Quando voltou à tona, trazia entre os dedos esta pérola:

> Uma viúva interessante, distinta, de boa família e independente de meios, deseja encontrar por esposo um homem de meia-idade, sério, instruído, e também com meios de vida, que esteja como ela cansado de viver só; resposta por carta ao escritório desta folha, com as iniciais M. R...., anunciando, a fim de ser procurada essa carta.

Gentil viúva, eu não sou o homem que procuras, mas desejava ver-te, ou, quando menos, possuir o teu retrato, porque tu não és qualquer pessoa, tu vales alguma coisa mais que o comum das mulheres. *Ai de quem está só!* dizem as sagradas letras,[2] mas não foi a religião que te inspirou esse anúncio. Nem motivo teológico, nem metafísico. Positivo também não, porque o positivismo é infenso às segundas núpcias. Que foi então, senão a triste, longa e aborrecida experiência? Não queres amar; estás cansada de viver só.

E a cláusula de ser o esposo outro aborrecido, farto de solidão, mostra que tu não queres enganar, nem sacrificar ninguém. Ficam desde já excluídos os sonhadores, os que amem o mistério e procurem justamente esta ocasião de comprar um bilhete na loteria da vida. Que não pedes um diálogo de amor, é claro, desde que im-

2 Eclesiastes 4,10.

pões a cláusula da meia-idade, zona em que as paixões arrefecem, onde as flores vão perdendo a cor purpúrea e o viço eterno. Não há de ser um náufrago, à espera de uma tábua de salvação, pois que exiges que também possua. E há de ser instruído, para encher com as coisas do espírito as longas noites do coração, e contar (sem as mãos presas) a tomada de Constantinopla.

Viúva dos meus pecados, quem és tu que sabes tanto? O teu anúncio lembra a carta de certo capitão da guarda de Nero. Rico, interessante, aborrecido, como tu, escreveu um dia ao grave Sêneca, perguntando-lhe como se havia de curar do tédio que sentia, e explicava-se por figura: "Não é a tempestade que me aflige, é o enjoo do mar".[3] Viúva minha, o que tu queres realmente, não é um marido, é um remédio contra o enjoo. Vês que a travessia ainda é longa — porque a tua idade está entre trinta e dois e trinta e oito anos —, o mar é agitado, o navio joga muito; precisas de um preparado para matar esse mal cruel e indefinível. Não te contentas com o remédio de Sêneca, que era justamente a solidão, "a vida retirada, em que a alma acha todo o seu sossego". Tu já provaste esse preparado; não te fez nada. Tentas outro; mas queres menos um companheiro que uma companhia.

Pode ser que a esta hora já tenhas achado o esposo nas condições definidas. Não estás ainda casada, porque é preciso fazer correr os pregões, e tens alguns dias diante de ti, para examinar bem o homem. Lembra-te

---

3 A citação é do ensaio "De tranquillitate animi", do autor romano Sêneca. O capitão da guarda, Annaeus Serenus, diz num dado momento: "Sei que estes distúrbios mentais não são perigosos e não prenunciam um temporal; queixo-me, para lançar mão de uma metáfora apropriada, não de uma tempestade, mas de mareio".

de Xisto v,[4] amiga minha; não vá ele sair, em vez de um coração arrimado à bengala, um coração com pernas, e umas pernas com músculos e sangue; não vás tu ouvir, em vez da tomada de Constantinopla, a queda de Margarida nos braços de Fausto. Há desses corações, nevados por cima, como estão agora as serras do Itatiaia e de Itajubá, e contendo em si as lavas que o Etna está cuspindo desde alguns dias.

Mas, se ele te sair o que queres, que grande prêmio de loteria! Junto à amurada do navio, vendo a fúria do mar e dos ventos, tu ouvirás muitas coisas sérias. Ele te contará a retirada de uma parte da câmara dos deputados, muito menos interessante que a dos Dez Mil, e muito menos hábil.[5] Dir-te-á que a anistia foi votada, depois que parte daquela parte voltou às suas cadeiras, para não demorar mais a situação que ela defendia; e recitará fábulas de La Fontaine, porque todos os homens sérios recitam fábulas, e dir-te-á com a melopeia natural dos que não se contentam com a música dos versos:

Rien n'est plus dangereux qu'un maladroit ami
Mieux vaut un franc ennemi.[6]

[4] Este papa, que reinou de 1585 a 1590, quando foi eleito com 65 anos, jogou para o meio da sala a bengala em que, para disfarçar, se apoiara, para indicar que governaria com força.
[5] A minoria na Câmara, isto é, a oposição ao governo de Floriano, tinha se retirado para não votar uma anistia dos presos políticos encarcerados aos 10 e 12 de abril; anistia pela qual, entretanto, pugnava! Queriam que se votasse em separado sobre as conclusões do projeto de lei. Aí, uma "parte daquela parte" voltou à câmara. Os Dez Mil: Xenofonte, na *Anabasis*, conta a famosa retirada até o mar Negro dos mercenários gregos que tentaram invadir a Pérsia em 401 a.C.
[6] "Nada é mais perigoso que um amigo desajeitado/ Mais vale um inimigo manifesto." Da fábula "O urso e o amador dos jardins", Livro VIII, Fábula x das *Fables*. Machado errou (ou

E tu, querida incógnita, far-lhe-ás outras perguntas, e mais outras, se gosta de espinafres, se já leu o último livro de Zola.[7] Quanto ao livro, a primeira resposta será que não; a segunda será que sim, tirá-lo-á do bolso, e ler-te-á logo os primeiros capítulos. Como todo homem sério gosta de comparações, ele dirá que esses regimentos e corpos de exércitos que vão e vêm, sem saber nada, dão ideia de outras campanhas de espíritos, que andam na mesma desorientação; e que assim como os exércitos franceses levavam consigo, em 1870, as cartas topográficas da Alemanha, e nenhuma da França, que nem conheciam, assim nós temos andado desde 1840 com as cartas da Inglaterra, da Bélgica e dos Estados Unidos da América, e mal sabemos onde fica Marapicu.[8]

Neste ponto, viúva amiga, é natural que lhe perguntes, a propósito de Inglaterra, como é que se explica a vitória eleitoral de Gladstone, e a sua próxima subida ao poder.[9] E ele, enfiando os dedos pela mais séria de suas suíças, responderá que é a coisa mais natural deste mundo, e que logo que tenhamos república parlamentar, isto nos há que acontecer frequentes vezes; que a oposição, como agora na Inglaterra, instará para que a câmara seja dissolvida; que o ministério, receoso de cair, levará a negar a disso-

---

mudou) algumas palavras. No original: *"Rien n'est plus dangereux qu'un ignorant ami/ Mieux vaudrait un sage ennemi"*.

7 O último romance de Émile Zola era *La Débâcle*, saído nesse ano, cujo assunto é a guerra franco-prussiana. Apesar da sua conhecida aversão pelo romancista naturalista, é bem possível que Machado o tenha lido, pois a anedota a que se refere aparece no livro.

8 As "cartas" são as constituições dos respectivos países, imitadas nas constituições imperial e republicana brasileiras. O pico de Marapicu fica a uns cinquenta quilômetros a oeste do Rio de Janeiro.

9 Acabara-se de saber que a vitória de Gladstone era certa. Foi o último governo do chefe liberal — tinha 82 anos.

lução, como se deu na Inglaterra; que, alcançada a dissolução, o povo elegerá os oposicionistas, e o ministério irá pedir a demissão ao presidente; finalmente, que assim aconteceu até 1889 com a monarquia, e não há razão para que não aconteça depois de 1889, com a República.

E irá por este modo ouvindo mil coisas sérias e graciosas a um tempo, seguindo com os olhos a fúria dos ventos e o tumulto das ondas, livre do enjoo, como pedia aquele capitão de Nero, e por diferente regímen do que lhe aconselhou o filósofo. E a tua conclusão será como a tua premissa; em caso de tédio, antes um marido que nada.

4 de setembro de 1892

Esta crônica é uma extensa condenação do Encilhamento, tema frequente das crônicas deste período (ver Introdução, pp. 19-37). A sua importância para Machado, o choque que sofreu, e que para ele tinha implicações muito além das finanças e até da economia, não podem ser exagerados. Chamou-o, sem ironia, "o ano terrível", frase citada de um famoso poema de Victor Hugo sobre os eventos terríveis da Comuna de Paris, na esteira da guerra franco-prussiana, de 1871. Aqui, como noutros lugares, transfere o Encilhamento para um contexto paródico-religioso, associando o boom com a criação do mundo e a história da luta entre Deus e o Diabo. Machado publicou esta crônica novamente em *Páginas recolhidas* (1899) com o título "O sermão do diabo", cortando os parágrafos finais, de "Já agora parece que estou em dia de fantasmas" em diante.

A SEMANA

Nem sempre respondo por papéis velhos; mas aqui está um que parece autêntico; e, se o não é, vale pelo texto, que é substancial. É um pedaço do evangelho do Diabo, justamente um sermão da montanha, à maneira de s. Mateus. Não se apavorem as almas católicas. Já Santo Agostinho dizia que "a igreja do Diabo imita a igreja de Deus". Daí a semelhança entre os dois evangelhos. Lá vai o do Diabo:

"1º E vendo o Diabo a grande multidão de povo, subiu a um monte, por nome Corcovado, e, depois de se ter sentado, vieram a ele os seus discípulos.

"2º E ele, abrindo a boca, ensinou dizendo as palavras seguintes.

"3º Bem-aventurados aqueles que embaçam, porque eles não serão embaçados.

"4º Bem-aventurados os afoitos, porque eles possuirão a terra.

"5º Bem-aventurados os limpos das algibeiras, porque eles andarão mais leves.

"6º Bem-aventurados os que nascem finos, porque eles morrerão grossos.

"7º Bem-aventurados sois, quando vos injuriarem e disserem todo o mal, por meu respeito.

"8º Folgai e exultai, porque o vosso galardão é copioso na terra.

"9º Vós sois o sal do *money market*. E se o sal perder a força, com que outra coisa se há de salgar?

"10º Vós sois a luz do mundo. Não se põe uma vela acesa debaixo de um chapéu, pois assim se perdem o chapéu e a vela.

"11º Não julgueis que vim destruir as obras imperfeitas, mas refazer as desfeitas.

"12º Não acrediteis em sociedades arrebentadas. Em verdade vos digo que todas se consertam, e se não for com remendo da mesma cor, será com remendo de outra cor.

"13º Ouvistes que foi dito aos homens: Amai-vos uns aos outros. Pois eu digo-vos: Comei-vos uns aos outros, melhor é comer que ser comido, o lombo alheio é muito mais nutritivo que o próprio.

"14º Também foi dito aos homens: Não matareis a vosso irmão, nem a vosso inimigo, para que não sejais castigados. Eu digo-vos que não é preciso matar a vosso irmão para ganhardes o reino da terra; basta arrancar-lhe a última camisa.

"15º Assim, se estiveres fazendo as tuas contas, e te lembrar que teu irmão anda meio desconfiado de ti, interrompe as contas, sai de casa, vai ao encontro de teu irmão na rua, restitui-lhe a confiança, e tira-lhe o que ele ainda levar consigo.

"16º Igualmente ouvistes que foi dito aos homens: Não jurareis falso, mas cumpri ao Senhor os teus juramentos.

"17º Eu, porém, vos digo que não jureis nunca a verdade, porque a verdade nua e crua, além de indecente, é dura de roer; mas jurai sempre e a propósito de tudo, porque os homens foram feitos para crer antes nos que juram falso, do que nos que não juram nada. Se disseres que o sol acabou, todos acenderão velas.

"18º Guardai-vos. Não façais as vossas obras diante de pessoas que possam ir contá-lo à polícia.

"19º Quando, pois, quiserdes tapar um buraco, entendei-vos com algum sujeito hábil, que faça treze de cinco e cinco.

"20º Não queirais guardar para vós tesouros na terra, onde a ferrugem e a traça os consomem, e donde os ladrões os tiram e levam.

"21º Mas remetei os vossos tesouros para algum banco de Londres, onde nem a ferrugem, nem a traça os consomem, nem os ladrões os roubam, e onde ireis vê-los no dia do juízo.

"22º Não vos fieis uns nos outros. Em verdade vos digo, que cada um de vós é capaz de comer o seu vizinho, e boa cara não quer dizer bom negócio.

"23º Vendei gato por lebre, e concessões ordinárias por excelentes, a fim de que a terra se não despovoe das lebres, nem as más concessões pereçam nas vossas mãos.

"24º Não queirais julgar para que não sejais julgados; não examineis os papéis do próximo para que ele não examine os vossos, e não resulte irem os dois para a cadeia, quando é melhor não ir nenhum.

"25º Não tenhais medo às assembleias de acionistas, e afagai-as de preferência às simples comissões, porque as comissões amam a vanglória e as assembleias as boas palavras.

"26º As porcentagens são as primeiras flores do capital; cortai-as logo, para que as outras flores brotem mais viçosas e lindas.

"27º Não deis conta das contas passadas, porque passadas são as contas contadas e perpétuas as contas que se não contam.

"28º Deixai falar os acionistas prognósticos; uma vez aliviados, assinam de boa vontade.

"29º Podeis excepcionalmente amar a um homem que vos arranjou um bom negócio; mas não até o ponto de o deixar com as cartas na mão, se jogardes juntos.

"30º Todo aquele que ouve estas minhas palavras, e as observa, será comparado ao homem sábio, que edificou sobre a rocha e resistiu aos ventos; ao contrário do homem sem consideração, que edificou sobre a areia, e fica a ver navios..."

Aqui acaba o manuscrito que me foi trazido pelo próprio Diabo, ou alguém por ele; mas eu creio que era o próprio. Alto, magro, barbícula ao queixo, falava alemão, como Mefistófeles.[1] Fiz-lhe uma cruz com os dedos e ele sumiu-se. Apesar de tudo, não respondo pelo papel, nem pelas doutrinas, nem pelos erros de cópia.

Já agora parece que estou em dia de fantasmas. Mal pingava o ponto final do outro parágrafo, quando me apareceu um senhor, que me disse ser defunto e haver-se chamado barão Louis.[2]

— Conheço muito, disse-lhe eu: tenho ouvido a sua célebre máxima: "Dai-me boa política, e eu vos darei boas finanças".

— Ah, meu caro senhor, acudiu o barão; essa máxima tem-me tirado o sono da eternidade. Já não a posso ouvir, sem tédio. Quer ajudar-me a publicar uma troca

---

[1] Personagem do *Fausto* de Goethe.
[2] Barão Joseph-Dominique Louis (1755-1837), ministro das Finanças sob toda sorte de regime político, do Império napoleônico à Restauração dos Bourbon, e do regime orleanista. A frase, citada nas *Memórias* de Guizot, é o chavão por excelência do político vazio de ideias.

de palavras que fiz, mudando o sentido, a ver se pegam na segunda forma e deixam-me em descanso a primeira?

— Senhor barão...

— Escute-me. Em vez de: "Dai-me boa política, e eu vos darei boas finanças", arranjei esta outra forma: "Dai-me boas finanças, e eu vos darei boa política". Promete-me?

— Pois não!

— Não esqueça: "Dai-me boas finanças, e eu vos darei boa política".

16 de outubro de 1892

Os primeiros bondes elétricos do Rio de Janeiro foram introduzidos pela Companhia Ferro-Carril do Jardim Botânico, companhia americana, num trajeto que ia do Flamengo ao centro da cidade. Foi um avanço considerável — os primeiros bondes elétricos europeus operavam desde os anos 1880 (os bondes a tração animal, que corriam sobre trilhos metálicos, operavam no Rio desde 1868). De fato — assim se explica a primeira frase da crônica —, Machado prometera falar deles havia duas semanas, mas provavelmente mudou de ideia por causa da morte de Ernest Renan, historiador francês das origens do cristianismo, autor muito admirado por Machado, e a quem dedicou a crônica anterior a esta.

No quarto livro das *Viagens de Gulliver* (1726), Gulliver é abandonado numa ilha na qual dominam os cavalos — chamados Houyhnhnms, imitação óbvia de um relincho. As criaturas selvagens que subjugam se chamam Yahoos; Gulliver no fim aprende algo da linguagem dos cavalos, e se dá conta de que os Yahoos são de fato humanos.

A SEMANA

Não tendo assistido à inauguração dos bondes elétricos, deixei de falar neles. Nem sequer entrei em algum, mais tarde, para receber as impressões da nova tração e contá-las. Daí o meu silêncio da outra semana. Anteontem, porém, indo pela Praia da Lapa, em um bonde comum, encontrei um dos elétricos, que descia. Era o primeiro que estes meus olhos viam andar.

Para não mentir, direi que o que me impressionou, antes da eletricidade, foi o gesto do cocheiro. Os olhos do homem passavam por cima da gente que ia no meu bonde, com um grande ar de superioridade. Posto não fosse feio, não eram as prendas físicas que lhe davam aquele aspecto. Sentia-se nele a convicção de que inventara, não só o bonde elétrico, mas a própria eletricidade. Não é meu ofício censurar essas meias glórias, ou glórias de empréstimo, como lhe queiram chamar espíritos vadios. As glórias de empréstimo, se não valem tanto como as de plena propriedade, merecem sempre algumas mostras de simpatia. Para que arrancar um homem a essa agradável sensação? Que tenho para lhe dar em troca?

Em seguida, admirei a marcha serena do bonde, deslizando como os barcos dos poetas, ao sopro da brisa invisível e amiga. Mas, como íamos em sentido contrário, não tardou que nos perdêssemos de vista, dobrando ele para o largo da Lapa e rua do Passeio, e entrando eu na rua do Catete. Nem por isso o perdi de memória. A gente do meu bonde ia saindo aqui e ali, outra gente entrava adiante e eu pensava no bonde elétrico. Assim fomos seguindo; até que, perto do fim da linha e já noite, éramos só três pessoas, o condutor, o cocheiro e eu. Os dois cochilavam, eu pensava.

De repente ouvi vozes estranhas; pareceu-me que eram os burros que conversavam, inclinei-me (ia no banco da frente); eram eles mesmos. Como eu conheço um pouco a língua dos Houyhnhnms, pelo que dela conta o famoso Gulliver, não me foi difícil apanhar o diálogo. Bem sei que cavalo não é burro; mas reconheci que a língua era a mesma. O burro fala menos, decerto; é talvez o trapista daquela grande divisão animal, mas fala. Fiquei inclinado e escutei:

— Tens e não tens razão, respondia o da direita ao da esquerda.

O da esquerda:

— Desde que a tração elétrica se estenda a todos os bondes, estamos livres, parece claro.

— Claro, parece; mas entre parecer e ser, a diferença é grande. Tu não conheces a história da nossa espécie, colega; ignoras a vida dos burros desde o começo do mundo. Tu nem reflites que, tendo o salvador dos homens nascido entre nós, honrando a nossa humildade com a sua, nem no dia de Natal escapamos da pancadaria cristã. Quem nos poupa no dia, vinga-se no dia seguinte.

— Que tem isso com a liberdade?

— Vejo, redarguiu melancolicamente o burro da direita, vejo que há muito de homem nessa cabeça.

— Como assim? bradou o burro da esquerda estacando o passo.

O cocheiro, entre dois cochilos, juntou as rédeas e golpeou a parelha.

— Sentiste o golpe? perguntou o animal da direita. Fica sabendo que, quando os bondes entraram nesta cidade, vieram com a regra de se não empregar chicote. Espanto universal dos cocheiros: onde é que se viu burro andar sem chicote? Todos os burros desse tempo entoaram cânticos de alegria e abençoaram a ideia dos trilhos, sobre os quais os carros deslizariam naturalmente. Não conheciam o homem.

— Sim, o homem imaginou um chicote, juntando as duas pontas das rédeas. Sei também que, em certos casos, usa um galho de árvore, ou uma vara de marmeleiro.

— Justamente. Aqui acho razão ao homem. Burro magro não tem força; mas, levando pancada, puxa. Sabes o que a diretoria mandou dizer ao antigo gerente Shannon? Mandou isto: "Engorde os burros, dê-lhes de comer, muito capim, muito feno, traga-os fartos, para que eles se afeiçoem ao serviço; oportunamente mudaremos de política, *all right*!"

— Disso não me queixo eu. Sou de poucos comeres; e quando menos trabalho, é quando estou repleto. Mas que tem capim com a nossa liberdade, depois do bonde elétrico?

— O bonde elétrico apenas nos fará mudar de senhor.

— De que modo?

— Nós somos bens da companhia. Quando tudo andar por arames, não somos já precisos, vendem-nos. Passamos naturalmente às carroças.

— Pela burra de Balaão![1] exclamou o burro da esquerda. Nenhuma aposentadoria? nenhum prêmio? nenhum sinal de gratificação? Oh! mas onde está a justiça deste mundo?

— Passaremos às carroças — continuou o outro pacificamente —, onde a nossa vida será um pouco melhor; não que nos falte pancada, mas o dono de um só burro sabe mais o que ele lhe custou. Um dia, a velhice, a lazeira, qualquer coisa que nos torne incapaz, restituir-nos-á a liberdade...

— Enfim!

— Ficaremos soltos, na rua, por pouco tempo, arrancando alguma erva que aí deixem crescer para recreio da vista. Mas que valem duas dentadas de erva, que nem sempre é viçosa? Enfraqueceremos; a idade ou a lazeira ir-nos-á matando, até que, para usar esta metáfora humana — esticaremos a canela. Então teremos a liberdade de apodrecer. Ao fim de três dias, a vizinhança começa a notar que o burro cheira mal; conversação e queixumes. No quarto dia, um vizinho, mais atrevido, corre aos jornais, conta o fato e pede uma reclamação. No quinto dia sai a reclamação impressa. No sexto dia, aparece um agente, verifica a exatidão da notícia; no sétimo, chega uma carroça, puxada por outro burro, e leva o cadáver.

Seguiu-se uma pausa.

— Tu és lúgubre, disse o burro da esquerda. Não conheces a língua da esperança.

---

1 A burra de Balaão (na Bíblia, Números 22) recusa-se a avançar, porque vê o anjo do Senhor em seu caminho; o dono, que não vê o anjo, golpeia-a três vezes. O Senhor então "abriu a boca da jumenta e ela disse a Balaão: 'Que te fiz eu, para me teres espancado já por três vezes?'".

— Pode ser, meu colega; mas a esperança é própria das espécies fracas, como o homem e o gafanhoto; o burro distingue-se pela fortaleza sem par. A nossa raça é essencialmente filosófica. Ao homem que anda sobre dois pés, e provavelmente à águia, que voa alto, cabe a ciência da astronomia. Nós nunca seremos astrônomos. Mas a filosofia é nossa. Todas as tentativas humanas a este respeito são perfeitas quimeras. Cada século...

O freio cortou a frase ao burro, porque o cocheiro encurtou as rédeas, e travou o carro. Tínhamos chegado ao ponto terminal. Desci e fui mirar os dois interlocutores. Não podia crer que fossem eles mesmos. Entretanto, o cocheiro e o condutor cuidaram de desatrelar a parelha para levá-la ao outro lado do carro; aproveitei a ocasião e murmurei baixinho, entre os dois burros:

— *Houyhnhnms*!

Foi um choque elétrico. Ambos deram um estremeção, levantaram as patas e perguntaram-me cheios de entusiasmo:

— Que homem és tu, que sabes a nossa língua?

Mas o cocheiro, dando-lhes de rijo uma lambada, bradou para mim, que lhe não espantasse os animais. Parece que a lambada devera ser em mim, se era eu que espantava os animais; mas como dizia o burro da esquerda, ainda agora: — Onde está a justiça deste mundo?

23 de outubro de 1892

O assunto desta crônica é o progresso, que muita gente no século XIX, encorajada por filósofos como Auguste Comte, fundador do positivismo, e religiões como o espiritismo, acreditava ser inevitável. Machado não compartilhava essa fé no futuro; a experiência do Encilhamento sem dúvida aguçou essa consciência, o que agora o leva a estender a lição, numa interpretação satírica da história humana desde o começo dos tempos.

Para começar, até o progresso material (os bondes elétricos, por exemplo) causa vítimas. Todas as invenções revolucionárias têm seus problemas. No meio da crônica, conta a história da introdução do gás encanado no Rio de Janeiro em 1854, pelo barão de Mauá, quando Machado tinha quinze anos, e a luz ficou tão fraca que "o gás virou lamparina", isto é, voltou a uma forma mais primitiva de iluminação. Aí, continua atrás no tempo. Passa por John Law, o famoso economista escocês que usou papel-moeda na França, no reino de Luís XIV, o que levou a um famoso *crash* em 1720: é talvez a caso mais famoso da bolha financeira, fundada sobre planos mirabolantes de fazer fortuna na América (a "Compagnie du Mississippi"). Tudo cabe nesta história de ilusão e traição: o pecado original, "bem estudado ao gás do entendimento humano, foi o princípio da falência universal".

A SEMANA

Todas as coisas têm a sua filosofia. Se os dois anciãos que o bonde elétrico atirou para a eternidade esta semana, houvessem já feito por si mesmos o que lhes fez o bonde, não teriam entestado com o progresso que os eliminou. É duro dizer; duro e ingênuo, um pouco à La

Palisse;[1] mas é verdade. Quando um grande poeta deste século perdeu a filha, confessou, em versos doloridos, que a criação era uma roda que não podia andar sem esmagar alguém.[2] Por que negaremos a mesma fatalidade aos nossos pobres veículos?

Há terras onde as companhias indenizam as vítimas dos desastres (ferimentos ou mortes) com avultadas quantias, tudo ordenado por lei. É justo; mas essas terras não têm, e deviam ter, outra lei que obrigasse os feridos e as famílias dos mortos a indenizarem as companhias pela perturbação que os desastres trazem ao horário do serviço. Seria um equilíbrio de direitos e de responsabilidades. Felizmente, como não temos a primeira lei, não precisamos da segunda, e vamos morrendo com a única despesa do enterro e o único lucro das orações.

Falo sem interesse. Dado que venhamos a ter as duas leis, jamais a minha viúva indenizará ou será indenizada por nenhuma companhia. Um precioso amigo meu, hoje morto, costumava dizer que não passava pela frente de um bonde, sem calcular a hipótese de cair entre os trilhos e o tempo de levantar-se e chegar ao outro lado. Era um bom conselho, como o *Doutor Sovina* era uma boa farsa, antes das farsas do Pena.[3] Eu, o Pena dos cautelosos, levo o cálculo adiante: calculo ainda o tempo de escovar-me no alfaiate próximo. Próximo pode ser longe, mas muito mais longe é a eternidade.

---

1 Uma verdade óbvia.
2 Victor Hugo, cuja filha Léopoldine morreu em 1843. Machado traduz os famosos versos de "À Villequier", de 1846, de *Les Contemplations*: "*Que la création est une grande roue/ Qui ne peut se mouvoir sans écraser quelqu'un*".
3 O *Doutor Sovina* é uma farsa do dramaturgo português Manuel Rodrigues Maia, do primeiro quartel do século XIX. "Pena" é o dramaturgo brasileiro Luís Carlos Martins Pena (1815-48).

Em todo caso, não vamos concluir contra a eletricidade. Logicamente, teríamos de condenar todas as máquinas, e, visto que há naufrágios, queimar todos os navios. Não, senhor. A necrologia dos bondes tirados a burros é assaz comprida e lúgubre para mostrar que o governo de tração não tem nada com os desastres. Os jornais de quinta-feira disseram que o carro ia apressado, e um deles explicou a pressa, dizendo que tinha de chegar ao ponto à hora certa, com prazo curto. Bem; poder-se-iam combinar as coisas, espaçando os prazos e aparelhando carros novos, elétricos ou muares, para acudir à necessidade pública. Digamos mais cem, mais duzentos carros. Nem só de pão vive o acionista, mas também da alegria e da integridade dos seus semelhantes.

Convenho que, durante uns quatro meses, os bondes elétricos andem muito mais aceleradamente que os outros, para fugir ao riso dos vadios e à toleima dos ignaros. Uns e outros imaginam que a eletricidade é uma versão do processo culinário *à la minute*, e podem vir a enlamear o veículo com alcunhas feias. Lembra-me (era bem criança) que, nos primeiros tempos do gás no Rio de Janeiro, houve uns dias de luz frouxa, de onde os moleques sacaram este dito: o gás virou lamparina. E o dito ficou e impôs-se, e eu ainda o ouvi aplicar aos amores expirantes, às belezas murchas, a todas as coisas decaídas.

Ah! se eu for a contar memórias da infância, deixo a semana no meio, remonto os tempos e faço um volume. Paro na primeira estação, 1864, famoso ano da suspensão de pagamentos (ministério Furtado);[4] respiro, subo e paro em 1857,[5] quando a febre das ações atacou a

---

4 A famosa "quebra do Souto", a que Machado alude várias vezes. Em 10 de setembro de 1864, a Casa A. J. A. Souto e Cia. fechou as portas e o pânico espalhou-se na cidade.
5 O texto no jornal dá 1867: porém, como nota Gustavo Franco no seu *A economia em Machado de Assis*, não hou-

esta pobre cidade, que só arribou à força do quinino do desengano. Remonto ainda e vou a...

Aonde? Posso ir até antes do meu nascimento, até Law. Grande Law! Também tu tiveste um dia de celebridade, depois, viraste embromador e caíste na casinha da história, o lugar dos lava-pratos. E assim irei de século a século, até o paraíso terrestre, forma rudimentária do encilhamento, onde se vendeu a primeira ação do mundo. Eva comprou-a à serpente, com ágio, e vendeu-a a Adão, também com ágio, até que ambos faliram. E irei ainda mais alto, antes do paraíso terrestre, ao *Fiat lux*, que, bem estudado ao gás do entendimento humano, foi o princípio da falência universal.

Não; cuidemos só da semana. A simples ameaça de contar as minhas memórias diminuiu-me o papel em tal maneira, que é preciso agora apertar as letras e as linhas.

Semana quer dizer finanças. Finanças implicam financeiros. Financeiros não vão sem projetos, e eu não sei formular projetos. Tenho ideias boas, e até bonitas, algumas grandiosas, outras complicadas, muito 2%, muito lastro, muito resgate, toda a técnica da ciência; mas falta-me o talento de compor, de dividir as ideias por artigos, de subdividir os artigos em parágrafos, e estes em letras *a b c*; sai-me tudo confuso e atrapalhado. Mas por que não farei um projeto financeiro ou bancário, lançando-lhe no fim as palavras da velha praxe: salva a redação?[6] Poderia baralhar tudo, é certo, mas não

---

ve queda da bolsa nesse ano. Em 1857, porém, sim houve, e como estamos "remontando", indo atrás no tempo, podemos concluir que houve confusão dos tipógrafos entre 5 e 6. Eric Hobsbawm, na sua *A era do capital* (São Paulo: Paz e Terra, 2009, 15. ed.), diz que foi provavelmente o primeiro *crash* mundial do tipo moderno.

6 Palavras que se punham no fim de documentos legais para eximir-se da culpa de qualquer erro da redação.

se joga sem baralhar as cartas; de outro modo é embaçar os parceiros.

Adeus. O melhor é ficar calado. Sei que a semana não foi só de finanças, mas também de outras coisas, como a crise de transportes, a carne, discursos extraordinários ou explicativos, um projeto de estrada de ferro que nos põe às portas de Lisboa, e a mulher de César, que reapareceu no seio do Parlamento. Vi entrar esta célebre senhora por aquela casa, e, depois de alguns minutos, via-se sair. Corri à porta e detive-a: — "Ilustre Pompeia, que vieste fazer a esta casa?" — "Obedecer ainda uma vez à citação da minha pessoa. Que queres tu? meu marido lembrou-se de fazer uma bonita frase, e entregou-me por todos os séculos a amigos, conhecidos e desconhecidos".[7]

---

[7] Os assuntos deste parágrafo final: os comerciantes protestavam pela crise de transportes na Estrada de Ferro Central; o fornecimento de carne fresca ("carne verde") à capital era um problema recorrente; fora anunciado um projeto para uma estrada de ferro que ligaria o Rio de Janeiro e o Recife, e assim poria os cariocas "a seis dias da Europa". A referência à "mulher de César" tem a ver com alguma citação do chavão "A mulher de César deve estar acima de toda suspeita". Júlio César repudiou sua mulher, Pompeia, só porque foi acusada de um crime, de que foi absolvida.

6 de novembro de 1892

Machado já se queixara da contradição nos estilos da igreja Nossa Senhora da Glória, que ficava no largo do Machado, no Catete, próxima à sua casa. Nesta crônica, recorre a este mesmo edifício, copiado em parte da Madeleine, famosa igreja de Paris. Aqui, leva mais longe essas ideias para escrever "uma página de psicologia social e política". É curioso que, como a primeira crônica da série, esta também se refere a uma eleição em que acaba não votando, porque também aborda a questão das características nacionais brasileiras, neste caso as relações contraditórias com a cultura estrangeira, turvadas que estão pelas "ideias fora de lugar".

O exemplo da ferradura velha mostra que, se quisermos controlar ou organizar alguma coisa, devemos primeiro nos assegurar de que se adaptará às mudanças que quisermos impor. As citações do sociólogo Herbert Spencer, que enfatizam o conservadorismo inerente à sociedade organizada, exprimem com seriedade o argumento de que Machado se aproxima com hesitação e sobretudo com ironia. As instituições, sejam monárquicas ou republicanas, não refletem a realidade; o largo do Machado continuará a ser assim chamado, apesar de ser batizado com o nome do Duque de Caxias.

A SEMANA

Vou contar às pressas o que me acaba de acontecer.

Domingo passado, enquanto esperava a chamada dos eleitores, saí à praça do Duque de Caxias (vulgarmente largo do Machado) e comecei a passear defronte da igreja matriz da Glória. Quem não conhece esse templo

grego, imitado da Madalena,¹ com uma torre no meio, imitada de coisa nenhuma? A impressão que se tem diante daquele singular conúbio, não é cristã nem pagã; faz lembrar, como na comédia, "o casamento do Grão-
-Turco com a república de Veneza".² Quando ali passo, desvio sempre os olhos e o pensamento. Tenho medo de pecar duas vezes, contra a torre e contra o templo, mandando-os ambos ao diabo, com escândalo da minha consciência e dos ouvidos das outras pessoas.

Daquela vez, porém, não foi assim. Olhei, parei e fiquei a olhar. Entrei a cogitar se aquele ajuntamento híbrido não será antes um símbolo. A irmandade que mandou fazer a torre, pode ter escrito, sem o saber, um comentário. Supôs batizar uma sinagoga (devia crer que era uma sinagoga), e fez mais, compôs uma obra representativa do meio e do século. Não há ali só um sino para repicar aos domingos e dias santos, com afronta dos pagãos de Atenas e dos cristãos de Paris — há talvez uma página de psicologia social e política.

Sempre que entrevejo uma ideia, uma significação oculta em qualquer objeto, fico a tal ponto absorto, que sou capaz de passar uma semana sem comer. Aqui, há anos, estando sentado à porta de casa, a meditar no célebre axioma do Dr. Pangloss³ — que os narizes fizeram-se para os óculos, e que é por isso que usamos óculos —, sucedeu cair-me a vista no chão, exatamente no lugar em que estava uma ferradura ve-

---

1 Igreja construída no século XVIII cujo estilo foi transformado, em 1806 (isto é, depois da Revolução Francesa, no regime napoleônico), no de um templo romano.
2 Frase de Frosine, casamenteira da comédia de Molière (1622-73) *O avarento* (*L'Avare*).
3 O filósofo otimista e louco do *Cândido, ou o otimismo* de Voltaire (1694-1777). Para o assunto do nariz e dos óculos, ver cap. 1 do romance (São Paulo: Companhia das Letras, 2012).

lha. Que haveria naquele sapato de cavalo, tão comido de dias e de ferrugem?

Pensei muito — não posso dizer se uma ou duas horas —, até que um clarão súbito espancou as trevas do meu espírito. A figura é velha, mas não tenho tempo de procurar outra. Cresci diante de Pangloss. O grande filósofo, achando a razão dos narizes, não advertiu que, ainda sem eles, podíamos trazer óculos. Bastava um pequeno aparelho de barbantes, que fosse por cima das orelhas até à nuca. Outro era o caso da ferradura. Só o duro casco do animal podia destinar-se à ferradura, uma vez que não há meio de fazê-la aderir sem pregos. Aqui a finalidade era evidente. De conclusão em conclusão, cheguei às ave-marias, tinham-me já chamado para jantar três vezes; comi mal, digeri mal, e acordei doente. Mas tinha descoberto alguma coisa.

Fica assim explicada a minha longa meditação diante da torre e do templo, e o mais que me aconteceu. Cruzei os braços nas costas, com a bengala entre as mãos, apoiando-me nela. Algumas pessoas que iam passando, ao darem comigo, paravam também e buscavam descobrir por si o que é que chamava assim a atenção de um homem tão grave. Foram-se deixando estar; outras vieram também e foram ficando, até formarem um grupo numeroso, que observava tenazmente alguma coisa digníssima da atenção dos homens. É assim que eu admiro muita música; basta ver o Artur Napoleão parado.[4]

Nem por isso interrompi as reflexões que ia fazendo. Sim, aquela junção da torre e do templo não era somente uma opinião da irmandade.

Não tenho aqui papel para notar todos os fenômenos históricos, políticos e sociais que me pareceram explicar

---

4 Pianista e compositor português (1843-1925) que se radicou no Brasil. Era amigo de Machado, e acompanhara Carolina, futura esposa de Machado, ao Brasil em 1868.

o edifício do largo do Machado; mas, ainda que o tivesse de sobra, calar-me-ia pela incerteza em que ainda estou acerca das minhas conclusões. Dois exemplos estremes bastam para justificação da dúvida. A nossa independência política, que os poetas e oradores, até 1864, chamavam *grito de Ipiranga*, não se pode negar que era um belo templo grego.[5] O tratado que veio depois, com algumas de suas cláusulas, e o seu imperador honorário, além de efetivo, poderá ser comparado à torre da matriz da Glória?[6] Não ouso afirmá-lo. O mesmo digo do quiosque. O quiosque, apesar da origem chinesa, pode ser comparado a um templo grego, copiado de Paris; mas o charuto, o bom café barato e o bilhete de loteria que ali se vendem, serão acaso equivalentes daquela torre? Não sei; nem também sei se os foguetes que ali estouram, quando anda a roda e eles tiram prêmios, representam os repiques de sinos em dias de festa. Há hesitações grandes e nobres; minha pobre alma as conhece.

Pelo que respeita especialmente ao caso da matriz da Glória, concordo que ele exprima a reação do sentimento local contra uma inovação apenas elegante. Nós mamamos ao som dos sinos e somos desmamados com eles; uma igreja sem sino é, por assim dizer, uma boca sem

---

5 A independência é um grande ideal, mas a sua relação com a realidade é problemática. É possível que Machado tenha escolhido a data de 1864 para marcar o fim desse patriotismo altissonante, por ser o ano da morte de Gonçalves Dias, poeta representativo do romantismo, e mencionado no fim da crônica.
6 A Constituição de 1824, reação ao liberalismo de 1822, foi imposta quando da dissolução da Assembleia Constituinte por d. Pedro I. Esta constituição continha uma grande contradição, o "Poder Moderador", pelo qual o imperador era ao mesmo tempo "honorário" e "efetivo", tinha e não tinha poder — o que acabou minando a autoridade do regime.

fala. Daí nasceu a torre da Glória. A questão não é achar esta explicação, é completá-la.

Não me tragam aqui o mestre Spencer[7] com os seus aforismos sociológicos. Quando ele diz que "o estado social é o resultado de todas as ambições, de todos os interesses pessoais, de todos os medos, venerações, indignações, simpatias etc. tanto dos antepassados, como dos cidadãos existentes" — não serei eu que o conteste. O mesmo farei se ele me disser, a propósito do templo grego: "Posto que as ideias adiantadas, uma vez estabelecidas, atuem sobre a sociedade e ajudem o seu progresso ulterior, ainda assim o estabelecimento de tais ideias depende da aptidão da sociedade para recebê-las. Na prática, é o caráter popular e o estado social que determinam as ideias que hão de ter curso; não são as ideias correntes que determinam o estado social e o caráter...".

Sim, concordo que o templo grego sejam as ideias novas, e o caráter e o estado social a torre, que há de sobrepor-se por muito tempo às belas colunas antigas, ainda que a gente se oponha com toda a força ao voto das irmandades...

Neste ponto das minhas reflexões, o sino da torre bateu uma pancada, logo depois outra... Estremeço, acordo, eram ave-marias. Sem saber o que fazia, corro à igreja para votar.

— Para quê? diz-me o sacristão.
— Para votar.
— Mas eleição foi domingo passado.
— Que dia é hoje?
— Hoje é sábado.
— Deus de misericórdia!

---

[7] Herbert Spencer (1820-1903), pensador social muito influente, ao lado de Darwin, de quem, no entanto, se diferenciava na sua noção da evolução.

Senti-me fraco, fui comer alguma coisa. Sete dias para achar a explicação da torre da Glória, uma semana perdida. Escrevo este artigo a trouxe-mouxe, em cima dos joelhos, servindo-me de mesa um exemplar da Bíblia, outro de Camões, outro de Gonçalves Dias, outro da Constituição de 1824 e outro da Constituição de 1889 — dois templos gregos, com a torre do meu nariz em cima.

8 de janeiro de 1893

Um dos novos assuntos abordados nas crônicas de "A Semana" é a própria cidade do Rio de Janeiro, que nos anos anteriores tinha sido um pano de fundo indispensável, mas não era tópico da discussão. Em boa parte, isso se deve à escolha de Cândido Barata Ribeiro como prefeito da cidade. Médico ele mesmo, e presidente de um conselho municipal "em grande parte composto de médicos", tentou reformar a cidade segundo os princípios higiênicos que tanta influência tinham nessa época. A expulsão dos quitandeiros, engraxates etc. da rua Primeiro de Março (ex-rua Direita), no coração da cidade, fazia parte dessa campanha; veremos na próxima crônica, também deste mês, que Barata Ribeiro iniciou a demolição dos infames cortiços, precursores das favelas. A afeição de Machado vai sempre para a velha cidade em que crescera, mas é mais do que simples saudade: são os pobres que sofrem mais com esses "melhoramentos".

O Encilhamento continua presente no fundo da crônica, com apartes irônicos como a progressão inevitável "do estelionato à absolvição", os "muitos cristãos nossos" que são "turcos de lei"; e a referência à "Geral", a Companhia Geral das Estradas de Ferro, cujo colapso foi o escândalo final (e maior) de 1891. O preço de dois vinténs era "anterior à Geral", por causa da inflação que o Encilhamento trouxe consigo.

A SEMANA

Quem houver acompanhado, durante a semana, as recapitulações da imprensa, ter-se-á admirado de ver o que foi aquele ano de 1892.

A Igreja recomenda a confissão, ao menos, uma vez cada ano. Esta prática, além das suas virtudes espirituais, é útil ao homem, porque o obriga a um exame de consciência. Vivemos a retalho, dia por dia, esquecendo uma semana por outra, e os onze meses pelo último. Mas o exame de consciência evoca as lembranças idas, congrega os sucessos distanciados, recorda as nossas malevolências, uma ou outra dentada nos amigos e até nos simples indiferentes. Tudo isso junto, em poucas horas, traz à alma um espetáculo mais largo e mais intenso que a simples vida seguida de um ano.

O mesmo sucede ao povo. O povo precisa fazer anualmente o seu exame de consciência: é o que os jornais nos dão a título de retrospecto. A imprensa diária dispersa a atenção. O seu ofício é contar, todas as manhãs, as notícias da véspera, fazendo suceder ao homicídio célebre o grande roubo, ao grande roubo a ópera nova, à ópera o discurso, ao discurso o estelionato, ao estelionato a absolvição etc. Não é muito que um dia pare, e mostre ao povo, em breve quadro, a multidão de coisas que passaram, crises, atos, lutas, sangue, ascensões e quedas, problemas e discursos, um processo, um naufrágio. Tudo o que nos parecia longínquo aproxima-se; o apagado revive; questões que levavam dias e dias são narradas em dez minutos; polêmicas que se estenderam das câmaras à imprensa e da imprensa aos tribunais, cansando e atordoando, ficam agora claras e precisas. As comoções passadas tornam a abalar o peito.

Mas vamos ao meu ofício, que é contar semanas. Contarei a que ora acaba e foi mui triste. A desolação da rua Primeiro de Março é um dos espetáculos mais sugestivos deste mundo. Já ali não há turcas, ao pé das caixas de bugigangas; os engraxadores de sapatos com as suas cadeiras de braços e os demais aparelhos desapareceram: não há sombra de tabuleiro de quitanda, não há samburá de fruta. Nem ali nem alhures. Todos os passeios das calçadas estão despejados dela. Foi o prefeito municipal que mandou pôr toda essa gente fora do olho da rua, a pretexto de uma postura, que se não cumpria. Eu de mim confesso que amo as posturas, mas de um amor desinteressado, por elas mesmas, não pela sua execução. O prefeito é da escola que dá à arte um fim útil, escola degradante, porque (como dizia um estético) de todas as coisas humanas a única que tem o seu fim em si mesma é a arte.[1] Municipalmente falando, é a postura. Que se cumpram algumas, é já uma concessão à escola utilitária; mas deixai dormir as outras todas nas coleções edis. Elas têm o sono das coisas impressas e guardadas. Nem se pode dizer que são feitas *para inglês ver.*

Em verdade, a posse das calçadas é antiga. Há vinte ou trinta anos, não havia a mesma gente nem o mesmo negócio. Na velha rua Direita, centro do comércio, dominavam as quitandas de um lado e de outro, africanas e crioulas. Destas, as baianas eram conhecidas pela trunfa — um lenço interminavelmente enrolado na cabeça, fazendo lembrar o famoso retrato de Mme. de Staël.[2] Mais de um lorde Oswald do lugar, achou ali a sua Corina. Ao lado da igreja da Cruz vendiam-se folhetos de vária espécie, pendurados em barbantes. Os pretos-minas teciam e cosiam chapéus de palha. Havia ainda... Que é que não havia na rua Direita?

Não havia turcas. Naqueles anos devotos, ninguém podia imaginar que gente de Maomé viesse quitandar ao pé de gente de Jesus. Afinal um turco descobriu o Rio de Janeiro e tanto foi descobri-lo como dominá-lo. Vieram turcos e turcas. Verdade é que, estando aqui dois

---

[1] Provavelmente, Machado se refere aos argumentos de Immanuel Kant (1724-1804), expostos sobretudo na *Crítica do juízo* (1790).
[2] Escritora romântica francesa (1755-1816). Há um famoso retrato dela de turbante, do pintor francês François Gérard. Em seu romance *Corinne* (1807), a heroína, poeta italiana, é abandonada pelo amante, o lorde inglês Oswald Nelvil.

padres católicos, do rito maronita, disseram missa e pregaram domingo passado, com assistência de quase toda a colônia turca, se é certa a notícia que li anteontem. De maneira que os nossos próprios turcos são cristãos. Compensam-nos dos muitos cristãos nossos, que são meramente turcos, mas turcos de lei.

Cristãos ou não, os turcos obedecem à postura, como os demais mercadores das calçadas. Os italianos, patrícios do grande Nicolau, têm o maquiavelismo de a cumprir sem perder. Foram-se, levando as cadeiras de braços, onde o freguês se sentava, enquanto lhe engraxavam os sapatos: levaram também as escovas da graxa, e mais a escova particular que transmitia a poeira das calças de um freguês às calças de outro — tudo por dois vinténs.

O tostão era preço recente; não sei se anterior, se posterior à Geral. Creio que anterior. Em todo caso, posterior à Revolução Francesa. Mas aqui está no que eles são finos; os filhos, introdutores do uso de engraxar os sapatos ao ar livre, já saíram à rua com a caixeta às costas, a servir os necessitados. Irão pouco a pouco estacionando; depois, irão os pais, e, quando se for embora o prefeito, tornarão à rua as cadeiras de braços, as caixas das turcas e o resto.

Assim renascem, assim morrem as posturas. Está prestes a nascer a que restitui o Carnaval aos seus dias antigos. O ensaio de fazer dançar, mascarar e pular no inverno durou o que duram as rosas; *l'espace d'un matin*.[3] Não me cortem esta frase batida e piegas; a falta de carne ao almoço e ao jantar desfibra um homem,[4] preciso ser chato com esta folha de papel que recebe os

---

3 Citação célebre, chavão, de François de Malherbe (1555-1628): "e a rosa viveu o que vivem as rosas/ o espaço de uma manhã".
4 Havia nesse momento falta de "carne verde" (isto é, fresca) na cidade, acontecimento recorrente. Devia-se em parte à luta entre os fornecedores locais tradicionais e os importadores de carne congelada da Argentina.

meus suspiros. Felizmente uma notícia compensa a outra. A volta do Carnaval é uma lição científica. O conselho municipal, em grande parte composto de médicos, desmente assim a ilusão de serem os folguedos daqueles dias incompatíveis com o verão. Aí está uma postura que vai ser cumprida com delírio.

29 de janeiro de 1893

O assunto central desta crônica difícil mas fascinante, cheia de referências a eventos e histórias do momento, e à literatura (sobretudo à Bíblia, que Machado conhecia muito bem), é, como na de 8 de janeiro, a cidade do Rio de Janeiro; no fundo, em baixo contínuo, está o Encilhamento. Barata Ribeiro, o novo prefeito (ver também a introdução à crônica anterior, de 8 de janeiro de 1893), tinha declarado guerra aos cortiços, as "casas de cômodos" que abrigavam boa parte da população pobre carioca. Depois de um enfrentamento tenso de vários dias, a polícia entrou no maior e mais célebre, a Cabeça de Porco (nome que ainda se usa no Rio de Janeiro para descrever tais edifícios); destruíram-no completamente. Machado por certo tinha lido uma reportagem longa e detalhada na *Gazeta de Notícias* no dia 27. Lá se encontram os carneiros que fugiram do cortiço — embora a palavra também se refira aos acionistas "inocentes" das companhias, como a Empresa Melhoramentos do Brasil, que se beneficiaram desse melhoramento em particular.

A seguir, Machado se volta à procissão em homenagem ao santo padroeiro da cidade, são Sebastião, que de fato acontecera na semana anterior, no dia 20; sua nostalgia por esse passado mais simples se expressa aqui e noutros lugares, como contrapartida do receio da nova cidade, impessoal. "Festa de estalagem: todo mundo dança, e ninguém se conhece", como teria dito.

Uma das consequências dessa paixão pelos melhoramentos era o desejo de remover a capital do estado do Rio de Janeiro de Niterói para o interior — projeto precursor de Belo Horizonte e Brasília, mas que não deu em nada. A falta de simpatia que Machado tinha por essas ideias faz parte do seu respeito pela tradição, pelo passado, pela continuidade. Niterói é "pobre e *antiga*", Teresópolis, "o lindo e fresco *deserto* das montanhas".

Justiniano Rodrigues não é uma invenção — fora dono dessas terras vazias, talvez à espreita de futuros lucros? A crônica termina com novas referências às consequências do Encilhamento: a fusão do Banco da República dos Estados Unidos do Brasil e o Banco Nacional do Brasil. Ambos tinham investido nos projetos do Encilhamento, sofrendo suas sequelas, mas ambos eram, em palavras que ecoam no nosso tempo, "grandes demais para falhar" (*"too big to fail"*, como se diz nos nossos dias). Finalmente, com José Rodrigues, o criado ficcional do cronista, arruinado pelo Encilhamento, chegamos à Companhia Geral das Estradas de Ferro, escândalo maior, e final, do processo.

A SEMANA

Gosto deste homem pequeno e magro chamado Barata Ribeiro,[1] prefeito municipal, todo vontade, todo ação, que não perde o tempo a ver correr as águas do Eufrates. Como Josué, acaba de pôr abaixo as muralhas de Jericó,[2] vulgo *Cabeça de Porco*. Chamou as tropas segundo as ordens de Javé durante os seis dias da escritura, deu volta à cidade e depois mandou tocar as trombetas. Tudo ruiu, e, para mais justeza bíblica, até carneiros saíram de dentro da *Cabeça de Porco*,[3] tal qual da outra

---

1 Cândido Barata Ribeiro (1843-1910), prefeito do Rio de Janeiro de abril de 1892 a maio de 1893, médico e amigo do presidente Floriano Peixoto. Fez as primeiras tentativas de modernização da cidade, e granjeou muitos inimigos. Ver *Por um novo Machado de Assis*, pp. 220-4.
2 Josué 6.
3 Hermeto Lima, citado no *Novo dicionário Aurélio*, dá a seguinte explicação do nome, que achei de interesse suficiente para incluir aqui: "encravada na rua Barão de São Félix, dan-

Jericó saíram bois e jumentos. A diferença é que estes foram passados a fio de espada. Os carneiros, não só conservaram a vida mas receberam ontem algumas ações de sociedades anônimas.

Outra diferença. Na velha Jericó houve, ao menos, uma casa de mulher que salvar, porque a dona tinha acolhido os mensageiros de Josué. Aqui nenhuma recebeu ninguém. Tudo pereceu portanto, e foi bom que perecesse. Lá estavam para fazer cumprir a lei a autoridade policial, a autoridade sanitária, a força pública, cidadãos de boa vontade, e cá fora é preciso que esteja aquele apoio moral, que dá a opinião pública aos varões provadamente fortes.

Não me condenem as reminiscências de Jericó. Foram os lindos olhos de uma judia que me meteram na cabeça os passos da Escritura. Eles é que me fizeram ler no livro do Êxodo a condenação das imagens, lei que eles entendem mal, por serem judeus, mas que os olhos cristãos entendem pelo único sentido verdadeiro.[4] Tal foi a causa de não ir, desde anos, à procissão de s. Sebastião, em que a imagem do nosso padroeiro é transportada da catedral ao Castelo. Sexta-feira fui vê-la sair. Éramos dois, um amigo e eu; logo depois éramos quatro, nós e

---

do fundos para a pedreira dos Cajueiros, existia uma imensa estalagem de última espécie, valhacouto de capoeiras, ladrões e assassinos. Como a feijoada que leva cabeça de porco, composta de mil elementos tornando-a — na designação do povo — completa, achou a gente daquele tempo que a referida estalagem, tendo habitantes de todo o gênero, devia ser comparada à feijoada daquela espécie e denominou-a de 'Cabeça de Porco', nome que perdurou até a sua morte". Na minha edição de *A Semana* (*1892-1893*) (São Paulo: Hucitec, 1996, pp. 186-7), dou uma longa citação da reportagem da *Gazeta de Notícias*, que Machado certamente leu.
4 Êxodo 20,4 (o segundo mandamento).

as nossas melancolias. Deus de bondade! Que diferença entre a procissão de sexta-feira e as de outrora. Ordem, número, pompa, tudo o que havia quando eu era menino, tudo desapareceu. Valha a piedade, posto não faltaram olhos cristãos, e femininos — um par deles —, para acompanhar com riso amigo e particular uma velha opa encarnada e inquieta. Foi o meu amigo que notou essa passagem do Cântico dos Cânticos. Todo eu era pouco para evocar a minha meninice...

E, tu, Belém Efrata... Vede ainda uma reminiscência bíblica; é do profeta Miqueias...[5] Não tenho outra para significar a vitória de Teresópolis. De Belém tinha de vir o salvador do mundo, como de Teresópolis há de vir a salvação do estado fluminense. Está feito capital o lindo e fresco deserto das montanhas. Peso de Campos (agora é imitar o profeta Isaías), peso de Vassouras, peso de Niterói. Não valeram riquezas, nem súplicas. A ti, pobre e antiga Niterói, não te valeu a eloquência do teu Belisário Augusto,[6] nem sequer a rivalidade das outras cidades pretendentes. Tinha de ser Teresópolis. "E tu, Belém Efrata, tu és pequenina entre as milhares de Judá..." Pequenina também é Teresópolis, mas pequenina em casas; terras há muitas, pedras não faltam, nem cal, nem trolhas, nem tempo. Falta o meu velho amigo Rodrigues — ora morto e enterrado —, que possuía uma boa parte daquelas terras desertas. Ai, Justiniano! Os teus dias passaram como as águas que não voltam mais. É ainda uma palavra da Escritura.

Fora com estes sapatos de Israel. Calcemo-nos à maneira da rua do Ouvidor, que pisamos, onde a vida passa em burburinho de todos os dias e de cada hora. Cho-

---

[5] Miqueias 5,1, em que se profetiza que de Belém sairá "aquele que será dominador em Israel".
[6] Belisário Augusto de Oliveira Pena (1869-1939), médico e sanitarista.

vem assuntos modernos. O banco, por exemplo, o novo banco, filho de dois pais, como aquela criança divina que era, dizia Camões, nascida de duas mães.[7] As duas mães, como sabeis, eram a madre de sua madre, e a coxa de seu padre, porque no tempo em que Júpiter engendrou esse pequerrucho, ainda não estava descoberto o remédio que previne a concepção para sempre, e de que ouço falar na rua do Ouvidor.[8] Dizem até que se anuncia, mas eu não leio anúncios.

No tempo em que os lia, até os ia catar nos jornais estrangeiros. Um destes, creio que americano, trazia um de excelente remédio para não sei que perturbações gástricas; recomendava, porém, às senhoras que o não tomassem, em estado de gravidez, pelo risco que corriam de abortar... O remédio não tinha outro fim senão justamente este; mas a polícia ficava sem haver por onde pegar do invento e do inventor. Era assim, por meios astutos e grande dissimulação, que o remédio se oferecia às senhoras cansadas de aturar crianças.

A moeda falsa, que previne a miséria, não a previne para sempre, visto que a polícia tem o poder iníquo de interromper os estudos de gravura e meter toda uma academia na Detenção.[9] Já li que se trata de *demolir caracteres*, e também que a autoridade está *atacando o*

---

7 Refere-se a Baco, inimigo dos portugueses n'*Os lusíadas*, e que "sempre a mocidade/ tem no rosto perpétua, e foi nascido/ de duas mães" (II, 10). No Canto I, 73, ele é "o grão Tebano,/ que da paternal coxa foi nascido".
8 Abel Parente, médico italiano que fazia escândalo no Rio, apregoando "Um meio inofensivo de impedir a concepção".
9 Foi detido em Minas um grupo de falsificadores das notas do Banco Emissor de Pernambuco, um dos autorizados pelo decreto de 17 de janeiro de 1890 (promulgado por Rui Barbosa) a imprimir dinheiro. Os "caracteres" neste caso são elementos usados na "gravura", na impressão das notas.

capital. Eu, em se me falando esta linguagem, fico do lado do capital e dos caracteres. Que pode, sem eles, uma sociedade?

Um criado meu, que perdeu tudo o que possuía na compra de desventuras... perdoem-lhe; é um pobre homem que fala mal. Ensinei-lhe a correta pronúncia de *debêntures*, mas ele disse-me que desventuras é o que elas eram, desventuras e patifarias. Pois esse criado também defende o capital; a diferença é que não se acusa a si de atacar o dos outros, e sim aos outros de lhe terem levado o seu. Quanto aos caracteres, entendo que, se alguma coisa quer demolir, não são os caracteres, mas as próprias caras, que são os caracteres externos, e não o faz por medo da polícia.

Lê tudo o que os jornais publicam, este homem. Foi ele que me deu notícia da nova denúncia contra a Geral; ele chama-lhe nova, não sei se houve outra. Contou-me também uma história de discursos, paraninfos e retratos, e mais um contrabando de objetos de prata dentro de um canapé velho.

— Não ganho dinheiro com isto, conclui ele, mas consolo-me das minhas desventuras.

— *Debêntures*, José Rodrigues.

12 de fevereiro de 1893

Machado escreve em pleno Carnaval: este era o assunto mais ou menos obrigatório, portanto. O governo republicano tentara remover a festa para junho, por razões caracteristicamente "higiênicas", porque nessa época era mais frio. Mas tiveram que restaurar a velha data: sente-se que Machado aprova esta vitória de uma tradição que, na verdade, só tinha quarenta ou cinquenta anos (o primeiro baile mascarado era de 1840), e foi precedida pelo caos bastante violento do "entrudo".

Passa então para outra tradição carioca: a lenda segundo a qual os jesuítas, ao serem expelidos do Império Português pelo marquês de Pombal em 1759, tinham sepultado seu tesouro sob a igreja do Morro do Castelo. Parece muito mais interessado nisso do que no (rotineiro?) conto do vigário do homem supostamente preso em Valladolid. A parte final volta ao assunto do dr. Abel Parente, médico italiano que anunciava "um meio inofensivo de impedir a concepção" — o que leva a um comentário acerca da imigração. A preocupação principal do autor foi que a população nativa seria inundada por grande número de europeus, e que perderia a sua ainda incipiente feição cultural.

A SEMANA

Faleci ontem, pelas sete horas da manhã. Já se entende que foi sonho; mas tão perfeita a sensação da morte, a despegar-me da vida, tão ao vivo o caminho do céu, que posso dizer haver tido um antegosto da bem-aventurança. Ia subindo, ouvia já os coros de anjos, quando a própria figura do Senhor me apareceu em pleno infinito. Tinha uma ânfora nas mãos, onde espremera algumas dúzias de nuvens grossas, e inclinava-a sobre esta cidade, sem esperar procissões que lhe pedissem chuva. A sabedoria divina mostrava conhecer bem o que convinha ao Rio de Janeiro; ela dizia enquanto ia entornando a ânfora:

— Esta gente vai sair três dias à rua com o furor que traz toda a restauração. Convidada a divertir-se no inverno, preferiu o verão, não por ser melhor, mas por ser a própria quadra antiga, a do costume, a do calendário, a da tradição, a de Roma, a de Veneza, a de Paris. Com temperatura alta, podem vir transtornos de saúde — algum aparecimento de febre, que os seus vizinhos chamem logo amarela, não lhe podendo chamar pior... Sim, chovamos sobre o Rio de Janeiro.

Alegrei-me com isto, posto já não pertencesse à terra. Os meus patrícios iam ter um bom Carnaval — velha festa, que está a fazer quarenta anos, se já os não fez. Nasceu um pouco por decreto, para dar cabo do entrudo, costume velho, datado da colônia e vindo da metrópole. Não pensem os rapazes de vinte e dois anos que o entrudo era alguma coisa semelhante às tentativas de ressurreição, empreendidas com bisnagas. Eram tinas d'água, postas na rua ou nos corredores, dentro das quais metiam à força um cidadão todo — chapéu, dignidade e botas. Eram seringas de lata; eram limões de cera. Davam-se batalhas porfiadas de casa a casa, entre a rua e as janelas, não contando as bacias d'água despejadas à traição. Mais de uma tuberculose caminhou em três dias o espaço de três meses. Quando menos, nasciam as constipações e bronquites, ronquidões e tosses, e era a vez dos boticários, porque, naqueles tempos infantes e rudes, os farmacêuticos ainda eram boticários.

Cheguei a lembrar-me, apesar de ir caminho do céu, dos episódios de amor que vinham com o entrudo. O limão de cera, que de longe podia escalavrar um olho, tinha um ofício mais próximo e inteiramente secreto.

Servia a molhar o peito das moças; era esmigalhado nele pela mão do próprio namorado, maciamente, amorosamente, interminavelmente...

Um dia veio, não Malherbe,[1] mas o Carnaval, e deu à arte da loucura uma nova feição. A alta roda acudiu de pronto; organizaram-se sociedades, cujos nomes e gestos ainda esta semana foram lembrados por um colaborador da *Gazeta*. Toda a fina flor da capital entrou na dança. Os personagens históricos e os vestuários pitorescos, um doge, um mosqueteiro, Carlos v, tudo ressurgia às mãos dos alfaiates, diante de figurinos, à força de dinheiro. Pegou o gosto das sociedades, as que morriam eram substituídas, com vária sorte, mas igual animação.

Naturalmente, o sufrágio universal, que penetra em todas as instituições deste século, alargou as proporções do Carnaval, e as sociedades multiplicaram-se, como os homens. O gosto carnavalesco invadiu todos os espíritos, todos os bolsos, todas as ruas. *Evohé! Bacchus est roi!* dizia um coro de não sei que peça do Alcazar Lírico[2] — outra instituição velha, mas velha e morta. Ficou o coro, com esta simples emenda: *Evohé! Momus est roi!*

Não obstante as festas da terra, ia eu subindo, subindo, subindo, até que cheguei à porta do céu, onde s. Pedro parecia aguardar-me, cheio de riso.

— Guardaste para ti tesouros no céu ou na terra? perguntou-me.

---

1 Machado lembra os famosos versos de Boileau, na *Arte poética*, em que celebra o papel de Malherbe (1555-1628) na história da poesia francesa: "Enfim veio Malherbe, e, primeiro na França/ fez sentir nos versos uma cadência justa".
2 Teatro fundado em 1859 que se especializara em operetas francesas. A frase citada é da famosa *Orfeu no inferno* (1858), de Jacques Offenbach.

— Se crer em tesouros escondidos na terra é o mesmo que escondê-los, confesso o meu pecado, porque acredito nos que estão no morro do Castelo, como nos cento e cinquenta contos fortes do homem que está preso em Valhadolide.[3] São fortes, segundo o meu criado José Rodrigues, quer dizer que são trezentos contos. Creio neles. Em vida fui amigo de dinheiro, mas havia de trazer mistério. As grandes riquezas deixadas no Castelo pelos jesuítas foram uma das minhas crenças da meninice e da mocidade; morri com ela, e agora mesmo ainda a tenho. Perdi saúde, ilusões, amigos e até dinheiro, mas a crença nos tesouros do Castelo não a perdi. Imaginei a chegada da ordem que expulsava os jesuítas. Os padres do colégio não tinham tempo nem meios de levar as riquezas consigo; depressa, depressa, ao subterrâneo, venham os ricos cálices de prata, os cofres de brilhantes, safiras, corais, as dobras e os dobrões, os vastos sacos cheios de moeda, cem, duzentos, quinhentos sacos.

3 Refere-se aqui a um clássico conto do vigário que por alguns dias ocupou espaço em *O Paiz*, jornal rival da *Gazeta de Notícias*. No dia 6 de fevereiro, apareceu a história de um homem que tinha roubado os fundos de um regimento durante uma revolta militar da Espanha, e tinha fugido com eles ao Brasil, estabelecendo-se na estação de Serra, no leste do estado do Rio. Mas voltou à Espanha para cuidar da família, e foi preso e encarcerado. Escreveu a um funcionário da estação, dizendo que tinha enterrado grande parte do dinheiro, e propondo uma partilha com quem quisesse desenterrá-lo. Não indicou o lugar exato, que só seria revelado depois do acordo feito. Muitas pessoas foram cavar a terra nos arredores da estação: o mais engraçado do caso é que também escreveu a algumas pessoas da bolsa, propondo a mesma coisa. Só no dia 10 é que o jornal cai das nuvens e diz: "Quem sabe se isto é uma nova espécie de *conto do vigário* lá das terras do Cid". Isto é, se não inventara a história... o fato de ela só aparecer nesse jornal é altamente suspeito.

Puxa, puxa este santo Inácio de ouro maciço, com olhos de brilhantes, dentes de pérolas, toca a esconder, a guardar, a fechar...
— Para, interrompeu-me s. Pedro; falas como se estivesses a representar alguma coisa. A imaginação dos homens é perversa. Os homens sonham facilmente com dinheiro. Os tesouros que valem são os que se guardam no céu, onde a ferrugem os não come.
— Não era o dinheiro que me fascinava em vida, era o mistério. Eram os trinta ou quarenta milhões de cruzados escondidos, há mais de século, no Castelo; são os trezentos contos do preso de Valhadolide. O mistério, sempre o mistério.
— Sim, vejo que amas o mistério. Explicar-me-ás este de um grande número de almas que foram daqui para o Brasil e tornaram sem se poderem incorporar?
— Quando, divino apóstolo?
— Ainda agora.
— Há de ser obra de um médico italiano, um doutor... esperai... creio que Abel, um doutor Abel, sim, Abel...[4] É um facultativo ilustre. Descobriu um processo para esterilizar as mulheres. Correram muitas, dizem; afirma-se que nenhuma pode já conceber; estão prontas.
— As pobres almas voltavam tristes e desconsoladas; não sabiam a que atribuir essa repulsa. Qual é o fim do processo esterilizador?
— Político. Diminuir a população brasileira, à proporção que a italiana vai entrando; ideia de Crispi, aceita por Giolitti,[5] confiada a Abel...

4 Abel Parente, médico italiano que apregoava "um meio inofensivo de impedir a concepção" (ver também crônica de 29 de janeiro).
5 Francesco Crispi (1819-1901) e Giovanni Giolitti (1842-1928) eram os homens fortes da política italiana nesse momento.

— Crispi foi sempre tenebroso.
— Não digo que não; mas, em suma, há um fim político, e os fins políticos são sempre elevados... Panamá, que não tinha fim político...[6]
— Adeus, tu és muito falador. O céu é dos grandes silêncios contemplativos.

6 Referência ao escândalo do Panamá, de 1892-3: um bom número de políticos franceses foi acusado de aceitar subornos de Ferdinand de Lesseps durante a primeira tentativa (malograda) de construir um canal através do istmo do Panamá. Machado se refere a ele como "a patifaria Panamá" no dia 11 de dezembro de 1892.

14 de maio de 1893

Esta crônica é conhecida sobretudo pelas lembranças comovidas e comovedoras sobre a Abolição da escravidão cinco anos antes, e formam um contrapeso maravilhoso à ironia e ao pessimismo das crônicas de "Bons Dias!", escritas na hora. Também volta a uma questão que preocupou Machado cada vez mais, e originava-se em parte no advento da República: a falta de uma memória histórica coletiva.

A SEMANA

Ontem de manhã, descendo ao jardim, achei a grama, as flores e as folhagens transidas de frio e pingando. Chovera a noite inteira; o chão estava molhado, o céu feio e triste, e o Corcovado de carapuça. Eram seis horas; as fortalezas e os navios começaram a salvar pelo quinto aniversário do Treze de Maio. Não havia esperanças de sol; e eu perguntei a mim mesmo se o não teríamos nesse grande aniversário. É tão bom poder exclamar: "Soldados, é o sol de Austerlitz!".[1] O sol é, na verdade, o sócio natural das alegrias públicas; e ainda as domésticas, sem ele, parecem minguadas.

Houve sol, e grande sol, naquele domingo de 1888, em que o Senado votou a lei, que a regente sancionou, e todos saímos à rua. Sim, também eu saí à rua, eu o mais encolhido dos caramujos, também eu entrei no préstito, em carruagem aberta, se me fazem favor, hóspede de um gordo amigo ausente;[2] todos respiravam felicidade,

---

[1] Frase de Napoleão a seus oficiais diante de Moscou, em 1812, referindo à sua vitória na batalha de Austerlitz, em 1805.
[2] Ferreira de Araújo, dono da *Gazeta de Notícias*, que estava em viagem pela Europa.

tudo era delírio. Verdadeiramente, foi o único dia de delírio público que me lembra ter visto. Essas memórias atravessaram-me o espírito, enquanto os pássaros trinavam os nomes dos grandes batalhadores e vencedores, que receberam ontem nesta mesma coluna da *Gazeta* a merecida glorificação. No meio de tudo, porém, uma tristeza indefinível. A ausência do sol coincidia com a do povo? O espírito público tornara à sanidade habitual?

Chegaram-me os jornais. Deles vi que uma comissão da sociedade que tem o nome de Rio Branco,[3] iria levar à sepultura deste homem de Estado uma coroa de louros e amores-perfeitos. Compreendi a filosofia do ato; era relembrar o primeiro tiro vibrado na escravidão. Não me dissipou a melancolia. Imaginei ver a comissão entrar modestamente pelo cemitério, desviar-se de um enterro obscuro, quase anônimo, e ir depor piedosamente a coroa na sepultura do vencedor de 1871. Uma comissão, uma grinalda. Então lembraram-me outras flores. Quando o Senado acabou de votar a lei de 28 de setembro, caíram punhados de flores das galerias e das tribunas sobre a cabeça do vencedor e dos seus pares. E ainda me lembraram outras flores...

Estas eram de climas alheias. *Primrose day*! Oh! se pudéssemos ter um *primrose day*! Esse dia de primavera é consagrado à memória de Disraeli pela idealista e poética Inglaterra.[4] É o da sua morte, há treze anos. Nesse dia, o pedestal da estátua do homem de Estado e romancista é forrado de seda e coberto de infinitas grinaldas e ramalhetes. Dizem que a primavera era a flor da sua predileção. Daí o nome do dia. Aqui estão jornais

---

[3] José Maria da Silva Paranhos, visconde de Rio Branco (1819-80), protagonista da Lei do Ventre Livre, de 28 de setembro de 1871.

[4] Benjamin Disraeli, lorde Beaconsfield (1804-81), o mais importante líder conservador britânico do seu tempo.

que contam a festa de 19 do mês passado. *Primrose day*!
Oh! quem nos dera um *primrose day*! Começaríamos, é
certo, por ter os pedestais.

Um velho autor da nossa língua — creio que João de
Barros; não posso ir verificá-lo agora; ponhamos João de
Barros... Este velho autor fala de um provérbio que dizia:
"Os italianos governam-se pelo passado, os espanhóis pelo
presente e os franceses pelo que há de vir". E em seguida
dava "uma repreensão de pena à nossa Espanha", considerando que Espanha é toda a península, e só Castela
é Castela. A nossa gente, que dali veio, tem de receber a
mesma repreensão de pena; governa-se pelo presente, tem
o porvir em pouco, o passado em nada ou quase nada. Eu
creio que os ingleses resumem as outras três nações.

Temo que o nosso regozijo vá morrendo, e a lembrança do passado com ele, e tudo se acabe naquela frase
estereotipada da imprensa nos dias da minha primeira
juventude. Que eram afinal as festas da independência?
Uma parada, um cortejo, um espetáculo de gala. Tudo
isso ocupava duas linhas, e mais estas duas: as fortalezas e os navios de guerra nacionais e estrangeiros surtos
no porto deram as *salvas de estilo*. Com este pouco, e
certo, estava comemorado o grande ato da nossa separação da metrópole.

Em menino, conheci de vista o major Valadares; morava na rua Sete de Setembro, que ainda não tinha este
título, mas o vulgar nome de rua do Cano. Todos os
anos, no dia 7 de setembro, armava a porta da rua com
cetim verde e amarelo, espalhava na calçada e no corredor da casa *folhas da Independência*, reunia amigos,
não sei se também música, e comemorava assim o dia
nacional. Foi o último abencerragem.[5] Depois ficaram as
salvas do estilo.

5 Frase tirada do título da obra de Chateaubriand, *Les
Aventures du dernier Abencérage* (1826).

Todas essas minhas ideias melancólicas bateram as asas à entrada do sol, que afinal rompeu as nuvens, e às três horas governava o céu, salvo alguns trechos onde as nuvens teimavam em ficar. O Corcovado desbarretou-se, mas com tal fastio, que se via bem ser obrigação de vassalo, não amor da cortesia, menos ainda amizade pessoal ou admiração. Quando tornei ao jardim, achei as flores enxutas e lépidas. Vivam as flores! Gladstone não fala na Câmara dos Comuns sem levar alguma na sobrecasaca;[6] o seu grande rival morto tinha o mesmo vício. Imaginai o efeito que nos faria Rio Branco ou Itaboraí com uma rosa ao peito, discutindo o orçamento, e dizei-me se não somos um povo triste.

Não, não. O triste sou eu. Provavelmente má digestão. Comi favas, e as favas não se dão comigo. Comerei rosas ou primaveras, e pedir-vos-ei uma estátua e uma festa que dure, pelo menos, dois aniversários. Já é demais para um homem modesto.

---

6 William Ewart Gladstone (1809-98), o grande rival liberal de Disraeli. Nesse momento, pela última vez, era chefe do governo.

6 de agosto de 1893

A *Gazeta de Notícias* foi fundada em 1875 por José Ferreira de Araújo, o "gordo amigo ausente" da crônica de 14 de maio de 1893; Machado e o historiador Capistrano de Abreu escreviam no jornal desde os anos 1880. Esta talvez seja a expressão mais aberta da admiração de Machado pelo jornal, o primeiro a ser vendido avulso na rua. Ele mantém, sem dúvida de forma atenuada, o entusiasmo pela imprensa como motor da democracia e da mudança social que exprimira com muito mais entusiasmo (e ingenuidade) no artigo de juventude "O jornal e o livro". É por isso que parte para uma lembrança do político e escritor argentino Domingo Faustino Sarmiento, em 1868; foi o ano da fundação de *La Nación*, o grande jornal argentino — mas foi também o ano de uma mudança pacífica de presidente: "Depois de uma revolução, concluiu os dois prazos constitucionais do presidente". Não era difícil entender a mensagem para a república de Floriano. Em duas outras ocasiões Machado se referiu a esse encontro. Só aqui, porém, é que menciona (e até aqui com uma obliquidade que não esconde sua emoção) seu encontro com a futura esposa, d. Carolina.

A SEMANA

A *Gazeta* completou os seus dezoito anos. Ao sair da festa de família com que ela celebrou o seu aniversário, fui pensando no que me disse um conviva, excelente membro da casa, a saber, que os dois maiores acontecimentos dos últimos trinta anos nesta cidade foram a *Gazeta* e o bonde.

Tens razão, Capistrano. Um e outro fizeram igual revolução. Há um velho livro do padre Manuel Bernardes, cujo título, *Pão partido em pequeninos*,[1] bem se pode aplicar à ação dos dois poderosos instrumentos de transformação. Antigamente as folhas eram só assinadas; poucos números avulsos se vendiam, e, ainda assim, era preciso ir comprá-los ao balcão, e caro. Quem não podia assinar o *Jornal do Commercio,* mandava pedi-lo emprestado, como se faz ainda hoje com os livros — com esta diferença que o *Jornal* era restituído —, e com esta semelhança que voltava mais ou menos enxovalhado.

As outras folhas — não tinham o domínio da notícia e do anúncio, da publicação solicitada, da parte comercial e oficial; demais, serviam a partidos políticos. A mor parte delas (para empregar uma comparação recente) vivia o que vivem as rosas de Malherbe.[2]

Quando a *Gazeta* apareceu, o bonde começava. A moça que vem hoje à rua do Ouvidor, sempre que lhe parece, à hora que quer, com a mamãe, com a prima, com a amiga, porque tem o bonde à porta e à mão, não sabe o que era morar fora da cidade ou longe do centro. Tínhamos diligências e ônibus; mas eram poucos, com poucos lugares, creio que oito ou dez, e poucas viagens. Um dos lugares era eliminado para o público. Ia nele o *recebedor,* um homem encarregado de receber o preço das passagens e abrir a portinhola para dar entrada ou saída aos passageiros. Um cordel, vindo pelo tejadilho, punha em comunicação o cocheiro e o recebedor; este puxava, aquele parava ou andava. Mais tarde, o cocheiro acumulou os dois ofícios. Os veículos eram fechados, como os primeiros bondes, antes que toda a gente preferisse os dos fumantes, e inteiramente os desterrasse.

---

1 Escritor português (1644-1710): *Pão partido em pequeninos* é livro de instrução religiosa e moral, de 1694.
2 "O espaço de uma manhã" — a mesma citação batida de outras crônicas.

— Já passou a diligência? Lá vem o ônibus! Tais eram os dizeres de outro tempo. Hoje não há nada disso. Se algum homem, morador em rua que atravesse a da linha, grita por um bonde que vai passando ao longe, não é porque os veículos sejam tão raros, como outrora, mas porque o homem não quer perder este bonde, porque o bonde para, e porque os passageiros esperam dois ou três minutos, quietos. Esperar, se me não falha a memória, é a última palavra do *Conde de Monte Cristo*.[3] Todos somos Monte Cristos, posto que o livro seja velho. Falemos à gente moça, à gente de vinte e cinco anos, que era apenas desmamada, quando se lançaram os primeiros trilhos, entre a rua Gonçalves Dias e o largo do Machado. O bonde foi posto em ação, e a *Gazeta* veio no encalço.

Tudo mudou. Os meninos, com a *Gazeta* debaixo do braço e o pregão na boca, espalhavam-se por essas ruas, berrando a notícia, o anúncio, a pilhéria, a crítica, a vida, em suma, tudo por dois vinténs escassos. A folha era pequena; a mocidade do texto é que era infinita. A gente grave, que, quando não é excessivamente grave, dá apreço à nota alegre, gostou daquele modo de dizer as coisas sem retesar os colarinhos. A leitura impôs-se, a folha cresceu, barbou, fez-se homem, pôs casa: toda a imprensa mudou de jeito e de aspecto.

Não me puxem as orelhas pelo que disse acerca das folhas políticas. Se não eram vivedouras outrora, se hoje o não podem ser sem outro algum condimento, a culpa não é minha. E digo mal, políticas; partidárias é que deve ser. De política também tratam as outras. A questão é um pouco mais longa que esta página, e mais profunda que esta crônica; mas sempre lhes quero contar uma história.

Um telegrama datado de Buenos Aires, 3, deu notícia de que a *Nación,* órgão do general Mitre, aconselha a

---

[3] Romance de aventuras de Dumas pai, de 1846.

união de todos os cidadãos, no meio da desordem que vai por algumas províncias argentinas.[4] Ora, ouçam a minha história que é de 1868. Nesse ano, Mitre, que assumira o poder em 1860, depois de uma revolução, concluiu os dois prazos constitucionais do presidente; fizera-se a eleição do presidente e saíra eleito Sarmiento, que então era representante diplomático da república nos Estados Unidos. Vi este Sarmiento, quando passou por aqui para ir tomar conta do governo argentino. Boas carnes, olhos grandes, cara rapada. Tomava chá no Clube Fluminense, no momento em que eu ia fazer o mesmo, depois de uma partida de xadrez com o professor Palhares. Pobre Palhares! Pobre Clube Fluminense! Era um chá sossegado, entre nove e dez horas, um baile por mês, moças bonitas, uma principalmente... *Une surtout, un ange...* O resto está em Victor Hugo. *Un ange, une jeune espagnole.* A diferença é que não era espanhola.[5] Sarmiento vinha, creio eu, do paço de S. Cristóvão ou do Instituto Histórico; estava de casaca, bebia o chá, trincava torradas, com tal modéstia que ninguém diria que ia governar uma nação.

Quando Sarmiento chegou a Buenos Aires e tomou conta do governo, quiseram fazer a Mitre, que o entregava, uma grande manifestação política. A ideia que vingou

---

[4] Havia revoltas de radicais em algumas províncias argentinas. Bartolomé Mitre (1821-1906) assumiu o poder em 1862, e foi substituído por Domingo Faustino Sarmiento (1811-88) em 1868, durante a Guerra do Paraguai. É curioso que Machado nem mencione o fato de Sarmiento ser um dos maiores escritores latino-americanos do século, autor de *Facundo* (1845).
[5] Machado se refere à futura esposa, Carolina Xavier de Novais, portuguesa, irmã de seu amigo, Francisco Xavier de Novais, que acabara de chegar ao país, e que não era tão *"jeune"* assim; tinha 33 anos. A citação é do poema "Fantôme", das *Orientales* de Hugo.

foi criar um jornal e dar-lho. Esse jornal é esta mesma *Nación*, que é ainda órgão de Mitre, e que ora aconselha (um quarto de século depois) a união de todos os cidadãos. É um jornal enorme de não sei quantas páginas.

Em trocos miúdos, os jornais partidários precisam de partido, um partido faz-se com homens que votem, que paguem, que leiam. Há ler sem pagar; não é a isso que me refiro. Há também pagar sem ler; falo de outra coisa. Digo ler e pagar, digo votar, digo discutir, escolher, fazer opinião. Sem ela, sem uma boa opinião ativa, pode haver algumas veleidades, mas não há vontade. E a vontade é que governa o mundo.

8 de outubro de 1893

Esta crônica famosa foi republicada, tal qual, em *Páginas recolhidas* (1899), com o título "Garnier". Baptiste Louis Garnier (1823-93), cujas iniciais eram interpretadas por seus autores como "Bom Ladrão", chegou ao Brasil em 1844. Foi o mais importante editor brasileiro do século XIX, e editou o próprio Machado. É um exemplo maravilhoso do equilíbrio entre a sobriedade e a verdadeira emoção, sobretudo na evocação das suas conversas com Alencar, e o breve elogio dos "negócios de arte e poesia, de estilo e imaginação".

A SEMANA

Segunda-feira desta semana, o livreiro Garnier saiu pela primeira vez de casa para ir a outra parte que não a livraria. *Revertere ad locum tuum*[1] — está escrito no alto da porta do cemitério de S. João Batista. Não, murmurou ele talvez dentro do caixão mortuário, quando percebeu para onde o iam conduzindo, não é este o meu lugar; o meu lugar é na rua do Ouvidor, 71, ao pé de uma carteira de trabalho, ao fundo, à esquerda: é ali que estão os meus livros, e minha correspondência, as minhas notas, toda a minha escrituração.

Durante meio século, Garnier não fez outra coisa senão estar ali, naquele mesmo lugar, trabalhando. Já enfermo desde alguns anos, com a morte no peito, descia todos os dias de Santa Teresa para a loja, de onde regressava antes de cair a noite. Uma tarde, ao encontrá-lo na rua, quando se recolhia, andando vagaroso, com os seus pés direitos, metido em um sobretudo, perguntei-lhe por que não descansava algum tempo. Respondeu-me com

---

[1] "Voltar ao teu lugar."

outra pergunta: *Pourriez-vous résister, si vous étiez forcé de ne plus faire ce que vous auriez fait pendant cinquante ans?*[2] Na véspera da morte, se estou bem informado, achando-se de pé, ainda planejou descer na manhã seguinte, para dar uma vista de olhos à livraria. Essa livraria é uma das últimas casas da rua do Ouvidor; falo de uma rua anterior e acabada. Não cito os nomes das que se foram porque não as conhecereis, vós que sois mais rapazes que eu, e abristes os olhos em uma rua animada e populosa, onde se vendem, ao par de belas joias, excelentes queijos. Uma das últimas figuras desaparecidas foi o Bernardo, o perpétuo Bernardo,[3] cujo nome achei ligado aos charutos do Duque de Caxias, que tinha fama de os fumar únicos, ou quase únicos. Há casas como a Laemmert e o *Jornal do Commercio*,[4] que ficaram e prosperaram, embora os fundadores se fossem; a maior parte, porém, desfizeram-se com os donos.

Garnier é das figuras derradeiras. Não aparecia muito; durante os trinta anos das nossas relações, conheci-o sempre no mesmo lugar ao fundo da livraria, que a princípio era em outra casa, nº 69, abaixo da rua Nova. Não pude conhecê-lo na da Quitanda, onde se estabeleceu primeiro. A carteira é que pode ser a mesma, como

---

2 "O sr. poderia resistir, se fosse forçado a não mais fazer o que tivesse feito durante cinquenta anos?"
3 A loja de Bernardo Ribeiro da Cunha, na rua do Ouvidor, nº 80, era dividida em perfumaria e tabacaria e salão de barbeiros e cabeleireiros para homens. Era ponto de encontro de políticos, diplomatas, economistas etc.; ali circulavam as últimas notícias da vida política e cultural da Corte e vendiam-se ingressos para um café-concerto de reputação duvidosa.
4 A Casa Sousa Laemmert foi fundada por Eduard Laemmert (1806-80) e outros, em 1827. Foi vendida e reorganizada com o nome de Laemmert e Cia. em 1891. O *Jornal do Commercio* fora fundado por Pierre Plancher em 1827, e vendido mais de uma vez depois.

o banco alto onde ele repousava, às vezes, de estar em pé. Aí vivia sempre, pena na mão, diante de um grande livro, notas soltas, cartas que assinava ou lia. Com o gesto obsequioso, a fala lenta, os olhos mansos, atendia a toda gente. Gostava de conversar o seu pouco. Neste caso, quando a pessoa amiga chegava, se não era dia de mala, ou se o trabalho ia adiantado e não era urgente, tirava logo os óculos, deixando ver no centro do nariz uma depressão do longo uso deles. Depois vinham duas cadeiras. Pouco sabia da política da terra, acompanhava a de França, mas só o ouvi falar com interesse por ocasião da guerra de 1870. O francês sentiu-se francês. Não sei se tinha partido; presumo que haveria trazido da pátria, quando aqui aportou, as simpatias da classe média para com a monarquia orleanista. Não gostava do Império napoleônico. Aceitou a República, e era grande admirador de Gambetta.[5]

Daquelas conversações tranquilas, algumas longas, estão mortos quase todos os interlocutores, Liais, Fernandes Pinheiro, Macedo, Joaquim Norberto,[6] José de Alencar, para só indicar estes. De resto, a livraria era um ponto de conversação e de encontro. Pouco me dei com Macedo, o mais popular dos nossos autores, pela *Moreninha* e pelo *Fantasma Branco*, romance e comédia que

---

5 Léon Gambetta (1838-82), político francês, o homem forte dos primeiros anos da Terceira República, fundada após a Guerra Franco-Prussiana, de 1870.
6 Emmanuel Liais (1826-1900), astrônomo e geógrafo francês, que passou muitos anos no Brasil (aonde chegou em 1858) e publicou várias obras de natureza científica sobre o país; Cônego Joaquim Fernandes Pinheiro (1826-76), escritor, autor de várias obras de história do Brasil, como a *História do Brazil contada aos meninos* (1870); e Joaquim Norberto de Sousa Silva (1821-91), historiador e autor da *História da Conjuração Mineira* (1873).

fizeram as delícias de uma geração inteira.[7] Com José de Alencar foi diferente; ali travamos as nossas relações literárias. Sentados os dois, em frente à rua, quantas vezes tratamos daqueles negócios de arte e poesia, de estilo e imaginação, que valem todas as canseiras deste mundo. Muitos outros iam ao mesmo ponto de palestra. Não os cito, porque teria de nomear um cemitério, e os cemitérios são tristes, não em si mesmos, ao contrário. Quando outro dia fui a enterrar o nosso velho livreiro, vi entrar no de S. João Batista, já acabada a cerimônia e o trabalho, um bando de crianças que iam divertir-se. Iam alegres como quem não pisa memórias nem saudades. As figuras sepulcrais eram, para elas, lindas bonecas de pedra; todos esses mármores faziam um mundo único, sem embargo das suas flores mofinas, ou por elas mesmas, tal é a visão dos primeiros anos. Não citemos nomes.

Nem mortos, nem vivos. Vivos há-os ainda, e dos bons, que alguma coisa se lembrarão daquela casa e do homem que a fez e perfez. Editar obras jurídicas ou escolares, não é mui difícil; a necessidade é grande, a procura certa. Garnier, que fez custosas edições dessas, foi também editor de obras literárias, o primeiro e o maior de todos. Os seus catálogos estão cheios dos nomes principais, entre os nossos homens de letras. Macedo e Alencar, que eram os mais fecundos, sem igualdade de mérito, Bernardo Guimarães, que também produziu muito nos seus últimos anos, figuram ao pé de outros, que entraram já consagrados, ou acharam naquela casa a porta da publicidade e o caminho da reputação.

Não é mister lembrar o que era essa livraria tão copiosa e tão variada, em que havia tudo, desde a teologia até

---

7 *A moreninha*, de Joaquim Manuel de Macedo, é de 1844, e foi provavelmente o romance brasileiro mais popular do século; *O fantasma branco* é uma peça de 1856 bastante popular, representada no Rio em julho de 1893.

à novela, o livro clássico, a composição recente, a ciência e a imaginação, a moral e a técnica. Já a achei feita; mas vi-a crescer ainda mais, por longos anos. Quem a vê agora, fechadas as portas, trancados os mostradores, à espera da justiça, do inventário e dos herdeiros, há de sentir que falta alguma coisa à rua. Com efeito, falta uma grande parte dela, e bem pode ser que não volte, se a casa não conservar a mesma tradição e o mesmo espírito.

Pessoalmente, que proveito deram a esse homem as suas labutações? O gosto do trabalho, um gosto que se transformou em pena, porque no dia em que devera libertar-se dele, não pôde mais; o instrumento da riqueza era também o do castigo. Esta é uma das misericórdias da Divina Natureza. Não importa: *laboremus*. Valha sequer a memória, ainda que perdida nas páginas dos dicionários biográficos. Perdure a notícia, ao menos, de alguém que neste país novo ocupou a vida inteira em criar uma indústria liberal, ganhar alguns milhares de contos de réis, para ir afinal dormir em sete palmos de uma sepultura perpétua. Perpétua!

26 de novembro de 1893

Para compreender bem esta crônica, é essencial saber que foi escrita durante a Revolta da Armada, quando o Rio de Janeiro sofria bombardeio dos navios da esquadra, fundeados na baía de Guanabara. O regime florianista estabelecera uma censura estrita e, poucos dias depois, a *Gazeta de Notícias* foi suprimida durante um mês por ter contemplado a possibilidade de que os rebeldes pudessem prevalecer. O tédio do começo da crônica é bem específico, portanto — os jornais não publicavam notícias sobre o que mais interessava, e enchiam as suas colunas com notícias internacionais, velhos folhetins etc.

A compreensão disso dá uma nova profundidade ao que poderia parecer apenas repetição de um dos temas a que Machado frequentemente recorria — uma nostalgia para o escapismo do romantismo da primeira parte do século XIX, personificado, no fim, na pessoa de lorde Byron e em seu poema "O corsário", sobre um pirata grego, Conrad, e sua luta contra os turcos. Mas a confusão entre os políticos e os bandidos está bem mais próxima dos acontecimentos recentes, e da confusão e corrupção dos primeiros anos da República. A notícia que cita apareceu em *O Tempo*, uma folha governista. Parece que leu mal o nome do bandido, que de fato era Takis.

Esta crônica, com poucas modificações, foi reproduzida por Machado em *Páginas recolhidas* (1899). Fora do seu contexto original, perde uma parte de sua ressonância.

A SEMANA

Tudo isto cansa, tudo isto exaure. Este sol é o mesmo sol, debaixo do qual, segundo uma palavra antiga, nada existe que seja novo.¹ A lua não é outra lua. O céu azul ou embruscado, as estrelas e as nuvens, o galo da madrugada, o burro que puxa o bonde, o bonde que leva a gente, a gente que fala ou cala, é tudo a mesma coisa. Lá vai um para a banca da advocacia, outro para o gabinete médico, este vende, aquele compra, aquele outro empresta, enquanto a chuva cai ou não cai, e o vento sopre ou não; mas sempre o mesmo vento e a mesma chuva. Tudo isto cansa, tudo isto exaure.

Tal era a reflexão que eu fazia comigo, quando me trouxeram os jornais. Que me diriam eles que não fosse velho? A guerra é velha, quase tão velha como a paz. Os próprios diários são decrépitos. A primeira crônica do mundo é justamente a que conta a primeira semana dele, dia por dia até o sétimo em que o Senhor descansou. O meu velho colega bíblico omite a causa do descanso divino; podemos supor que não foi outra senão o sentimento da caducidade da obra.

Repito, que me trariam os diários? As mesmas notícias locais e estrangeiras, os furtos do Rio e de Londres, as damas da Bahia e de Constantinopla, um incêndio em Olinda, uma tempestade em Chicago, as cebolas do Egito, os juízes de Berlim, a paz de Varsóvia, os *Mistérios de Paris*, a *Lua de Londres*, o *Carnaval de Veneza*...² Abri-os sem curiosidade, li-os sem interesse, deixando que os olhos

---

1 *Nihil sub sole novum*, citado em latim perto do fim da crônica (Eclesiastes 1,10).
2 A paz de Varsóvia: o ministro de Estrangeiros francês teria dito, em 1831, quando a Rússia sufocava uma insurreição na Polônia, que "a ordem reina em Varsóvia". *Les Mystères de Paris* (1842-3), de Eugène Sue, o primeiro romance-folhetim de grande sucesso na França; *A lua de Londres*, poema famoso de João de Lemos (1819-90), poeta português. Não sei a que obra Machado se refere pelo *Carnaval de Veneza* — se é que se refere a alguma em particular.

caíssem pelas colunas abaixo, ao peso do próprio fastio.
Mas os diabos estacaram de repente, leram, releram e mal
puderam crer no que liam. Julgai por vós mesmos.

Antes de ir adiante, é preciso saber a ideia que faço de
um legislador, e a que faço de um salteador. Provavelmente, é a vossa. O legislador é o homem deputado pelo povo
para votar os seus impostos e leis. É um cidadão ordeiro,
ora implacável e violento, ora tolerante e brando, membro
de uma câmara que redige, discute e vota as regras do
governo, os deveres do cidadão, as penas do crime. O salteador é o contrário. O ofício deste é justamente infringir
as leis que o outro decreta. Inimigo delas, contrário à sociedade e à humanidade, tem por gosto, prática e religião
tirar a bolsa aos homens, e, se for preciso, a vida. Foge
naturalmente aos tribunais, e, por antecipação, aos agentes de polícia. A sua arma é uma espingarda; para que lhe
serviriam penas, a não serem de ouro? Uma espingarda,
um punhal, olho vivo, pé leve, e mato, eis tudo o que ele
pede ao céu. O mais é com ele.

Dadas estas noções elementares, imaginai com que
alvoroço li (se não a lestes também) esta notícia de uma
de nossas folhas: "Na Grécia foi preso o deputado Talis,
e expediu-se ordem de prisão contra outros deputados,
por fazerem parte de uma quadrilha de salteadores, que
infesta a província de Tessália". Dou-vos dez minutos de
incredulidade para o caso de não haverdes lido a notícia; e, se vos acomodais da monotonia da vida, podeis
clamar contra semelhante acumulação. Chamai bárbara
à velha Grécia, chamai-lhe opereta, pouco importa. Eu
chamo-lhe sublime.

Sim, essa mistura de discurso e carabina, esse apoiar
o ministério com um voto de confiança às duas horas da
tarde, e ir espreitá-lo às cinco, à beira da estrada, para
tirar-lhe os restos do subsídio, não é comum, nem rara, é
única. As instituições parlamentares não apresentam em
parte nenhuma esta variante. Ao contrário, quaisquer

que sejam as modificações de clima, de raça ou de costumes, o regímen das câmaras difere pouco, e, ainda que difira muito, não irá ao ponto de pôr na mesma curul Catão e Caco.³ Há alguma coisa nova debaixo do sol.

Durante meia hora fiquei como fora de mim. A situação é, na verdade, aristofanesca. Só a mão do grande cômico podia inventar e cumprir tão extraordinária facécia. A folha que dá a notícia, não conta nada da provável confusão de linguagem que há de haver nos dois ofícios. Quando algum daqueles deputados tivesse de falar na Câmara, em vez de pedir a palavra, podia muito bem pedir a bolsa ou a vida. Vice-versa, agredindo um viajante, pedir-lhe-ia dois minutos de atenção. E nada ficaria, em absoluto, fora do seu lugar; com dois minutos de atenção se tira o relógio a um homem, e mais de um na Câmara preferiria entregar a bolsa a ouvir um discurso.

Mas, por todos os deuses do Olimpo! não há gosto perfeito na terra. No melhor da alegria, acudiu-me à lembrança o livro de Edmond About, onde me pareceu que havia alguma coisa semelhante à notícia.⁴ Corri a ele; achei a cena dos maniotas, que ameaçavam brandamente um dos amigos do autor, se lhes não desse uma pequena quantia. O chefe do grupo era empregado subalterno da administração local. About chega, ameaça por sua vez os homens, e, para assustá-los, cita o nome de um deputado para quem levava carta de recomendação. "Fulano! exclamou o chefe da quadrilha, rindo; conheço muito, é dos nossos."

---

3 Catão, o Antigo (234-149 a.C.), foi um político romano de grande austeridade; Caco foi um salteador mítico, semimonstro, destruído por Hércules, que aparece na *Eneida*, VIII, vv. 184 ss.
4 Edmond About (1828-85), escritor francês. A citação é de um livro de viagens, *La Grèce contemporaine*, de 1854; lá vem a história como Machado conta. "Maniotas" são gente de Mânio, lugar na Grécia famoso por seus bandidos.

Assim, pois, nem isto é novo! Já existia há quarenta anos! A novidade está no mandado de prisão, se é a primeira vez que ele se expede, ou se até agora os homens faziam um dos dois ofícios discretamente. Fiquei triste. Eis aí, tornamos à velha divisão de classes, que a terra de Homero podia destruir pela forma audaz de Talis. Aí volta a monotonia das funções separadas, isto é, uma restrição à liberdade das profissões. A própria poesia perde com isto; ninguém ignora que o salteador, na arte, é um caráter generoso e nobre. Talis, se é assim que se lhe escreve o nome, pode ser que tivesse ganho um par de sapatos a tiro de espingarda; mas estou certo que proporia na Câmara uma pensão à viúva da vítima. São duas operações diversas, e a diversidade é o próprio espírito grego. Adeus, minha ilusão de um instante! Tudo continua a ser velho; *nihil sub sole novum*.

Eu pediria o perdão de Talis, se pudesse ser ouvido. Condenem os demais, se querem, mas deixem um, Talis ou outro qualquer, um funcionário duplo, que tire ao Parlamento grego o aspecto de uma instituição aborrecida. Que a Hélade deite os ministérios abaixo, se lhe apraz, mas não atire às águas do Eurotas[5] um elemento de aventura e de poesia. Acabou com o turco, acabe com este modernismo, que é outro turco, diferente do primeiro em não ser silencioso. Não esqueça que Byron, um dos seus grandes amigos, deixou o Parlamento britânico para fugir à discussão da resposta à fala do trono. E repare que não há, entre os seus poemas, nenhum que se chame O *presidente do conselho*, mas há um que se chama O *corsário*.[6]

---

5 Rio do vale onde nasceu Esparta.
6 Lorde Byron (1788-1824) morreu na guerra para a libertação da Grécia do Império Otomano. Como membro da Câmara dos Lordes, fez mais de um discurso inflamatório e acabou se exilando em 1816. "The Corsair" é de 1814, e foi um dos seus poemas mais populares.

1º de janeiro de 1894

No primeiro dia de 1894, a *Gazeta de Notícias* voltou a circular depois de ser banida durante o mês de dezembro de 1893. O primeiro número trazia a crônica de Machado na primeira página, como sempre, apesar de ser segunda-feira. É fácil imaginar a posição exposta em que estava — tanto, se não mais, que no começo da própria série. O resultado é que esta crônica é uma obra-prima de evasão. Isso fica tão óbvio, de fato, que permite que o leitor sinta, ou o força a fazê-lo, a pressão dos próprios eventos (a guerra na baía) que o cronista "ignora". As crônicas só tratam de "Coisas doces, leves..." — o que não o impede de se referir ao Terror de 1793 no primeiro parágrafo, e mais tarde à guerra — "a guerra é má, em si mesma". É uma dança engenhosa: é por isso que apela para a musa da dança no final.

Machado utiliza dois caminhos para escapar à pressão. Ambos estão presentes já nas primeiras palavras, e ambos o levam de volta ao assunto que "evita". Primeiro, junta o presente e o passado, 1893 e 1793, os anos do Terror e da guerra civil no Brasil, e assim alarga o campo da crônica para abarcar todo o século XIX, que vê numa perspectiva bastante cética ("Vir do legitimismo ao anarquismo, *parando aqui e ali na liberdade*").

Segundo, ao citar um famoso poema francês sobre o Terror, sobe para o reino da poesia — "Já agora falo por poetas" (Barbier, Chénier, Victor Hugo, Camões e Heine) —, afirmando que esses poetas podem levantar-se acima dos eventos imediatos para ver o século inteiro. Os poetas não são otimistas, como os "homens da ciência" com as suas "razões sólidas com que afirmam a marcha ascendente para a perfeição" — essa crença tão difundida na inevitabilidade do progresso que Machado questionava.

No fim da crônica, ao citar Xenofonte, que paradoxalmente afirma que os homens são difíceis de reger, mas fáceis de conduzir, Machado parece terminar numa nota tão contraditória, que quase parece nonsense: "[o anarquismo] embora péssimo, era um governo ótimo". Uma evasão final? Talvez, mas não deixa de ser interessante que cite essa passagem de novo em *Esaú e Jacó*, de 1904. Essa dualidade faz parte — sem ironia — do pensamento machadiano. Esta crônica, de fato, está cheia de parelhas, dualidades — dois poetas franceses com conexões com a Revolução, quatro velhos (dois europeus, dois brasileiros; dois militares, dois políticos), dois poetas nascidos no começo do século; até os representantes do absolutismo e da anarquia são ambos "x" (Carlos x e nada).

A SEMANA

Sombre quatre-vingt-treize![1] É o caso de dizer, com o poeta, agora que ele se despede de nós, este ano em que perfez um século o ano terrível da Revolução. Mas a crônica não gosta de lembranças tristes, por mais heroicas que também sejam; não vai para epopeias, nem tragédias. Coisas doces, leves, sem sangue nem lágrimas.

No banquete da vida, para falar como outro poeta...[2] Já agora falo por poetas; está provado que, apesar

---

1 Citação do poema "Quatre-vingt-treize", de Auguste Barbier (1805-82), do livro *Iambes*, de 1830, sobre o ano do Terror durante a Revolução Francesa: "sombrio noventa e três, ano terrível/ grande sombra coroada de louros e sangue/ não ressurjas do fundo do tempo passado". Também é bom lembrar que o último romance de Victor Hugo se chama justamente *Quatre-vingt-treize*. Foi publicado em 1874, poucos anos após a Comuna, e é ambientado em 1793, durante o Terror.
2 Certamente Machado pensa no poema "La jeune captive", de André Chénier (1762-94), morto no Terror. Este célebre poema é dedicado a uma companheira de prisão: "No

de fantásticos e sonhadores, são ainda os mais hábeis contadores de histórias e inventores de imagens. A vida, por exemplo, comparada a um banquete é ideia felicíssima. Cada um de nós tem ali o seu lugar; uns retiram-se logo depois da sopa, outros antes do *coup du milieu*,[3] não raros vão até à sobremesa. Tem havido casos em que o conviva se deixa estar comido, bebido, e sentado. É o que os noticiários chamam macróbio — e, quando a pessoa é mulher, por uma dessas liberdades que toda gente usa com a língua, *macróbia*.

Felizes esses! Não que o banquete seja sempre uma delícia. Há sopas execráveis, peixes podres e não poucas vezes esturro. Mas, uma vez que a gente se deixou vir para a mesa, melhor é ir farto dela, para não levar saudades. Não se sente a marcha; vai-se pelos pés dos outros. Houve desses retardatários, Moltke esteve prestes a sê-lo, Gladstone creio que acaba por aí, como os nossos Saldanha Marinho e Tamandaré.[4] Deus os fade a todos!

---

banquete da vida apenas começado,/ Só um instante meus lábios tocaram/ A taça ainda cheia nas minhas mãos".

3 *Coup du milieu*: bebida, às vezes acompanhada de brindes, que se tomava no meio de um banquete: v. *Bons Dias!*, crônica de 19 de maio de 1888, nota 1.

4 Os quatro velhos (um deles já morto): Helmuth, conde von Moltke, marechal alemão (1800-91) que ao longo da segunda metade do século XIX transformou o Exército do seu país e fora destituído pelo Kaiser, Guilherme II, em 1890, com Bismarck; W. E. Gladstone (1809-98), político liberal inglês, nesse momento primeiro-ministro pela última vez; Joaquim Saldanha Marinho (1816-95), republicano histórico e senador na República, com quem Machado trabalhara quando eram ambos liberais, no *Diário do Rio de Janeiro*, em 1860, e cuja integridade admirava; Joaquim Marques Lisboa, marquês de Tamandaré (1807-97), figura mais destacada da Marinha brasileira ao longo do século XIX, com grande atuação na Guerra do Paraguai.

Imaginemos um homem que haja nascido com o século e morra com ele. Victor Hugo já o achou com dois anos (*ce siècle avait deux ans*);[5] pode ser que contasse viver até o fim; não passou da casa dos oitenta. Mas Heine, que veio ao mundo no próprio dia 1º de janeiro de 1800,[6] bem podia ter vivido até 1899, e contar tudo o que se passou no século, com a sua pena mestra de *humour*... Oh! página imortal! Assistir à Santa Aliança e à dinamite! Vir do legitimismo ao anarquismo, parando aqui e ali na liberdade, eis aí uma viagem interessante de dizer e de ouvir.[7] Revoluções, guerras, conquistas, uma infinidade de constituições,

---

5 Título e primeiras palavras do poema autobiográfico "Ce siècle avait deux ans", de *Les Feuilles d'automne*, de 1831, de Victor Hugo (1802-85), em que conta o seu nascimento, num momento de mudança política, de República para o Império napoleônico.

6 Heinrich Heine, poeta e prosador alemão, admirado e citado por Machado, não nasceu no primeiro dia do século, como diz em seus escritos autobiográficos, mas em 1797. Morreu em 1856, após ter sofrido oito anos de paralisia. Heine faz mistificação sobre a sua data de nascimento: é bem possível que Machado se refira ao famoso ensaio "Os banhos de Lucca", em que o poeta alemão afirma ter nascido "em véspera de ano-bom 1800".

7 O legitimismo: a reivindicação da volta da família Bourbon na França, que aconteceu em 1815 com a queda de Napoleão. Charles X, último rei Bourbon da França, irmão de Luís XVI e chefe dos legitimistas, reinou de 1824 a 1830, quando foi deposto na Revolução de Julho. A Santa Aliança juntou os principais regimes absolutistas do período pós-napoleônico. Na década de 1890, os anarquistas protagonizaram uma série de assassinatos de políticos e monarcas. A dinamite fora inventada em 1866 pelo químico sueco Alfred Nobel. Havia pouco tempo, no dia 9 de dezembro de 1893, o anarquista Auguste Vaillant lançara uma bomba em plena sessão da câmara francesa, sem matar ninguém. Foi condenado à morte. Os jornais levavam muitas notícias de grupos anarquistas em vários países.

grande variedade de calças, casacas e chapéus, escolas novas, novas descobertas, ideias, palavras, danças, livros, armas, carruagens, e até línguas... Viver tudo isso, e referi-lo ao século XX, grande obra, em verdade.

Deus ou a paralisia não o quis. Heine notaria, melhor que ninguém, o advento do anarquismo, se é certo que este governo inédito tem de sair à luz com o fim do século. Ninguém melhor que ele faria o paralelo do legitimismo do princípio com o anarquismo do fim, Carlos X e Nada. Que excelentes conclusões! Nem todas seriam cabais, mas seriam todas belas. Aos homens da ciência ficam as razões sólidas com que afirmam a marcha ascendente para a perfeição. Os poetas variam; ora creem no paraíso, ora no inferno, com esta particularidade que adotam o pior para expô-lo em versos bonitos.[8] Heine tinha a vantagem de o saber expor em bonita prosa.

Mas, como ia dizendo, no banquete da vida... Leve-me o diabo se sei a que é que vinha este banquete. Talvez para notar que a distribuição dos lugares põe a gente, às vezes, ao pé de maus vizinhos, em cujo caso não há mais poderoso remédio que descansar do paradoxo da esquerda na banalidade da direita, e vice-versa. Se a ideia não foi essa, então foi dizer que a crônica é prato de pouca ou nenhuma resistência, simples molho branco. Ideia velha, mas antes velha que nada. Uns fazem a história pela ação pessoal e coletiva, outros a contam ou cantam pela tuba canora e belicosa... Tuba canora e belicosa é expressão de poeta — de Camões, creio. A crônica é a frauta ruda ou agreste avena do mesmo poeta.[9] Vivam os poetas! Não me acode outra gente para coroar este ano que nasce.

---

[8] Certamente Machado pensa no *Inferno* de Dante, e talvez no *Paraíso perdido* de Milton.
[9] "Dai-me uma fúria grande e sonorosa/ E não de agreste avena ou frauta ruda/ Mas de tuba canora e belicosa..." *Os lusíadas*, I, 5.

Quanto ao que morre, 1893, não vai sem pragas nem saudades, como os demais anos seus irmãos, desde que há astronomia e almanaques. Tal é a condição dos tempos, que são todos duros e amenos, segundo a condição e o lugar. Se esta banalidade da direita lhe parece cansativa, volte-se o leitor para a esquerda, e ouvirá algum paradoxo que o descanse dela — este, por exemplo, que o melhor dos anos é o pior de todos. Toda a questão (lhe dirá a esquerda) está em definir o que seja bom ou mau.

Por exemplo, a guerra é má, em si mesma; mas a guerra pode ser boa, comparada com o anarquismo. Se este vier, 1893, tu haverás sido uma das suas datas históricas, pelos golpes que deste, pelo princípio de sistematização do mal. Que será o mundo contigo? Não consultemos Xenofonte, que, ao ver as trocas de governo nas repúblicas, monarquias e oligarquias, concluía que o homem era o animal mais difícil de reger, mas, ao mesmo tempo, mirando o seu herói e a numerosa gente que lhe obedecia, concluía que o animal de mais fácil governo era o homem.[10] Se já por essa noite dos tempos fosse conhecido o anarquismo, é provável que a opinião do historiador fosse esta: que, embora péssimo, era um governo ótimo. A variedade dos pareceres, a sua própria contradição, tem a vantagem de chamar leitores, visto que a maior parte deles só lê os livros da sua opinião. É assim que eu explico a universalidade de Xenofonte.

---

10 O trecho mencionado é a abertura da *Ciropédia*, de Xenofonte (*c.* 430-*c.* 356 a.C.). Machado o cita no capítulo LXI de *Esaú e Jacó*: "Considerava eu um dia quantas repúblicas têm sido derribadas por cidadãos que desejam outra espécie de governo, e quantas monarquias e oligarquias são destruídas pela sublevação dos povos; e de quantos sobem ao poder, uns são depressa derribados, outros, se duram, são admirados por hábeis e felizes...".

Não me atribuam desrespeito ao escritor; isto é rir, para não fazer outra coisa que deixe de aliviar o baço. Em todo caso, antes gracejar de um homem finado há tantos séculos, que estrear já o carnaval com este imenso calor, como fez ontem uma associação. Agora tu, Terpsícore, me ensina...

18 de fevereiro de 1894

Esta crônica volta a tratar de alguns dos temas presentes na de 1º de janeiro: em particular, nos leva a uma melhor compreensão de uma frase dela — "a sistematização do mal". Não se explica se não entendermos a palavra "broquéis" no contexto em que o cronista e os seus leitores o teriam entendido. Não pode haver dúvida de que Machado se refere ao livro desse título de João da Cruz e Souza, publicado em agosto de 1893, que criou escândalo na imprensa, por seu tom violento e atormentado, de "decadentismo" sexual, e por seu vocabulário rarefeito. Machado podia ser experimental na sua ficção, mas para ele, como para muitos outros, isto era anarquismo literário. O crítico literário Araripe Júnior, por exemplo, um dos melhores e mais conceituados da época, no seu "Retrospecto literário de 1893" na *Gazeta de Notícias*, trata da obra na seção "O anarquismo e a literatura". O livro foi também parodiado sem piedade, num tom de racismo aberto.

É isso que explica a equivalência de "broquéis" e "dinamite" na frase de abertura, e as referências aos "maus versos" no primeiro parágrafo, e ao caos gramatical no segundo (a dinamite era indefectivelmente associada ao anarquismo). O significado da palavra "broquéis", porém, uma espécie de escudo, leva a um argumento mais profundo: os escudos e a dinamite fazem parte de um mesmo processo sinistro, em que uma nova forma de resistência leva a uma nova forma de ataque, que por sua vez leva a uma nova forma de resistência, e assim *ad infinitum*. É uma visão profundamente pessimista da história humana, oposta, claro, a qualquer utopia ou "progresso" inevitável.

Com efeito, o argumento é tão pessimista (e circular) que Machado se interrompe para falar de realidades mais "triviais", seu próprio mau humor e o tempo. Nascido no dia 21 de junho, ele sempre se viu como um "filho do frio": mas nem pensar que o frio anima, pois "tanto se morre ao frio como ao sol". O ano em perspectiva traz pouca esperança; em março virá o frio, talvez, mas junho trará as mesmas óperas de sempre.

Virão também as eleições, justamente nos idos de março, de augúrios funestos. No último parágrafo, Machado pede aos políticos, os chefes dos partidos ou facções, que digam aos eleitores o que tencionam fazer, em vez de colocar anúncios nos jornais e insultar-se mutuamente nos "A pedidos". Isso faz parte do desejo de Machado de que fosse restabelecido um sistema parlamentar, com partidos organizados, que tinha existido — com muitas imperfeições, é verdade — no Império.

É muito curioso, e não será coincidência, que, imediatamente a seguir, na mesma coluna depois da crônica, haja uma manchete: A DINAMITE. Aí vem uma carta de Euclides da Cunha, então com 28 anos, denunciando o senador florianista do Ceará, João Cordeiro. Este propusera, em vingança a uma (suposta) tentativa de atentado nas oficinas do jornal *O Tempo*, florianista (tentativa sem dúvida referida na segunda frase da crônica — "aqui mesmo houve tentativa de uma"), que entrassem nas prisões onde estavam presos os "inimigos" do regime, e matassem todos. Logo depois vem um comentário da *Gazeta*, aprovando "nosso jovem amigo". Os dois autores, em certo sentido, estão combatendo a intensificação circular da briga, durante a Revolta da Armada: Machado num nível mais abstrato, podíamos também dizer mais precavido. Euclides foi punido, removido para Campanha, Minas Gerais.

A SEMANA

Há uma leva de broquéis, vulgo dinamite, que parece querer marcar este final de século. De toda a parte vieram esta semana notícias de explosões, e aqui mesmo houve tentativa de uma.[1] Digam-me que paz de espírito pode ter um pobre historiador de coisas leves, para quem a pólvora devia ser, como os maus versos, o termo das cogitações destrutivas. Inventou-se, porém, maior resistência, e daí o maior ataque, naturalmente, a pólvora sem fumaça, o torpedo, a dinamite; mas, que diabo! basta-lhes a guerra, como necessidade que é da vida universal. A paz universal, esse belo sonho de almas pias e vadias, seria a dissolução final das coisas. Façamos guerra, mas fiquemos nela.

Talvez haja nisso um pouco de rabugem — e outro pouco de injustiça. A anarquia pode acabar sendo uma necessidade política e social, e o melhor dos governos humanos, aquele que dispensa os outros. Voltaremos ao paraíso terrestre, sem a serpente, e com todas as frutas. Adão e Eva dormirão as noites, passearão as tardes; Caim e Abel escreverão um jornal sem ortografia nem sintaxe, porque a anarquia social e política haverá sido precedida pela da língua. Antes do último ministro terá expirado o derradeiro gramático. Os adjetivos ganharão o resto de liberdade que lhes falta. Muitos que viviam atrelados a substantivos certos, não terão agora nenhum, e poderão descer a preposições, a artigos.

Há de ser rabugem, creio. Acordei hoje maldisposto. Sei que nada tendes com disposições más nem boas, quereis a obrigação cumprida, e, se estou doente, que me meta na cama. Que me meta na cova, se estou morto. Não, a cova há de ser quente como trinta mil diabos. A terra fria que tem de me comer os ossos, segundo a fórmula, não será tão fria, neste tempo em que tudo arde. Lá mesmo o verão me flagelará com o seu açoite de chamas. Certo, este final de semana é menos quente que os primeiros dias, graças à chuva de quinta-feira; mas esse dia enganou-me. Pelo ar brusco, pela carga de

---

[1] Houvera uma tentativa de explosão nas oficinas de O Tempo, jornal florianista.

nuvens, tive esperanças de mais oito de grandes águas, e não vieram grandes nem pequenas. Eis aí explicada a minha rabugem.

Já uma vez disse, e ora o repito: não nasci para os estos do verão. Quem me quiser, é com invernos. Deus, se eu lhe merecesse alguma coisa, diria ao estio de cada ano: "Vai, estio, faze arder a tudo e a todos, menos o meu fiel servo, o semanista da *Gazeta,* não tanto pelas virtudes que o adornam e são dignas de apreço particular, como porque lhe dói suar e bufar, e os seus padecimentos afligiriam ao próprio céu". Mas Deus gosta de parecer, às vezes, injusto. Essa exceção, que não faria a mais ninguém, para não vulgar o benefício, mostraria ainda uma vez um ato de alta justiça divina. A exceção só é odiosa para os outros; em si mesma é necessária.

A terra é quente. Lá mesmo haverá epidemias, que não sabemos, e um subobituário, mais numeroso que o obituário destes dias. É a nossa enfatuação de vivos que nos leva a crer que só há calamidades para nós; também os mortos terão as suas, acomodadas ao estado. Nem o purgatório significa outra coisa senão as doenças de que os mortos podem sarar e saram. O inferno é um hospício de incuráveis. Raros, bem raros, cinco por século, subirão logo para o céu.

O que me consola um pouco, é que em outras partes estão morrendo de frio. A certeza de que, quando eu bufo aqui e corro a comprar gelo, morre alguém na Noruega, por havê-lo de graça, ajuda a suportar o calor. Não é preciso o botão de Diderot;[2] não fica na alma essa sombra de sombra de remorso, que pode trazer a ideia de haver apunhalado diretamente, ainda que de longe, uma pessoa. A certeza basta, e sem interesse pe-

2 Esta referência ao botão de Diderot, que, apertado na França, matava um homem na China, parece que está errada, e que o botão não se encontra nas obras desse autor.

cuniário, note-se bem. É o que o povo formulou, dizendo que o mal de muitos consolo é. Expirai às mãos de vossa mãe, filhos da neve, enquanto os filhos do sol aqui morremos às mãos do nosso grande pai.
Que isto não seja pio, creio; mas é verdade. É o que começa a pôr uma nota doce na cara tétrica e feroz com que me levantei hoje da cama. Assim o diz o espelho. Realmente, se tanto se morre ao frio como ao sol, não vale a pena deixar este clima; tudo é morrer, poupemos a viagem. Deixai correr os dias, até que o equinócio de março traga outros ares, maio outros legisladores, julho e agosto outras óperas, porque os *Huguenotes* já começam a afligir-nos.[3]

Digo isto de passagem, como um aviso aos empresários líricos; não nos amofineis com *Huguenotes*. Eles já vão orçando pela *Favorita*.[4] Esse par de muletas que ajudaram o bom Ferrari a levar esta vida, ameaçam deixar o coxo na rua.[5] *Il nous faut du nouveau, n'en fût-il plus au monde.*[6] Sempre há de haver por esse mundo uma *Cavalleria rusticana* inédita.[7]

Antes dos legisladores, vêm as eleições, que chegam ainda antes do equinócio. Vêm com os idos de março. Há já candidatos, mas não se sabe ainda quais os candidatos recomendados pelos chefes. Aparecem nomes nos

---

3 *Les Huguenots* (1836), de Giacomo Meyerbeer (1791-1864), uma das óperas mais aparatosas do século XIX, e talvez a mais popular.
4 *La favorita* (1840), ópera de Donizetti (1797-1848). Em 1854, Alencar já falava da sua popularidade, na primeira crônica de *Ao correr da pena*.
5 A Companhia Lírica Italiana, de A. Ferrari, fazia sempre uma temporada de ópera no Rio entre maio e julho.
6 "Precisamos de novidade, mesmo não havendo mais neste mundo." Citação de *Clymène*, peça de La Fontaine (1621-75). No original: "*Il me faut du nouveau, n'en fût-il* point *au monde*".
7 *Cavalleria rusticana* (1890), ópera de Pietro Mascagni (1863-1945), recente na época e muito popular até hoje.

a pedidos, à maneira da terra; mas o ato é tão solene e a ocasião tão grave, que podíamos mudar de processo. Que os chefes digam, que os jornais repitam o que disserem os chefes, para que os eleitores saibam o que devem fazer; sem o que é provável que não façam nada... Deus de misericórdia! Creio que estou ainda mais lúgubre que no princípio; tornemos à morte, às febres, à dinamite; tornemos aos cemitérios, aos epitáfios:

> AQUI JAZ
> UMA CRÔNICA DE SEMANA
> TRISTÍSSIMA
> BREVÍSSIMA
> ORAI POR ELA!

8 de abril de 1894

Esta crônica quase não precisa de introdução: apostaríamos que o cronista não inventou a cena, mas que aconteceu tal e qual ele a conta. Vale a pena notar que Machado, discretamente, omite a República dos regimes que não oferecem proteção nenhuma ao burro.

A SEMANA

Quinta-feira à tarde, pouco mais de três horas, vi uma coisa tão interessante, que determinei logo de começar por ela esta crônica. Agora, porém, no momento de pegar na pena, receio achar no leitor menor gosto que eu para um espetáculo, que lhe parecerá vulgar, e porventura torpe. Releve-me a impertinência; os gostos não são iguais.

Entre a grade do jardim da praça Quinze de Novembro e o lugar onde era o antigo passadiço, ao pé dos trilhos de bondes, estava um burro deitado. O lugar não era próprio para remanso de burros, donde concluí que não estaria deitado, mas caído. Instantes depois, vimos (eu ia com um amigo), vimos o burro levantar a cabeça e meio corpo. Os ossos furavam-lhe a pele, os olhos meio mortos fechavam-se de quando em quando. O infeliz cabeceava, mas tão frouxamente, que parecia estar próximo do fim.

Diante do animal havia algum capim espalhado e uma lata com água. Logo, não foi abandonado inteiramente; alguma piedade houve no dono ou quem quer que é que o deixou na praça, com essa última refeição à vista. Não foi pequena ação. Se o autor dela é homem que leia crônicas, e acaso ler esta, receba daqui um aperto de mão. O burro não comeu do capim, nem bebeu da água; estava já para outros capins e outras águas, em campos mais largos e eternos.

Meia dúzia de curiosos tinham parado ao pé do animal. Um deles, menino de dez anos, empunhava uma vara, e se não sentia o desejo de dar com ela na anca do burro para despertá-lo, então eu não sei conhecer meninos, porque ele não estava do lado do pescoço, mas justamente do lado da anca. Diga-se a verdade; não o fez — ao menos enquanto ali estive, que foram poucos minutos. Esses poucos minutos, porém, valeram por uma hora ou duas. Se há justiça na terra, valerão por um século, tal foi a descoberta que me pareceu fazer, e aqui deixo recomendada aos estudiosos.

O que me pareceu, é que o burro fazia exame de consciência. Indiferente aos curiosos, como ao capim e à água, tinha no olhar a expressão dos meditativos. Era um trabalho interior e profundo. Este remoque popular: *por pensar morreu um burro* mostra que o fenômeno foi mal-entendido dos que a princípio o viram; o pensamento não é a causa da morte, a morte é que o torna necessário. Quanto à matéria do pensamento, não há dúvida que é o exame da consciência. Agora, qual foi o exame da consciência daquele burro, é o que presumo ter lido no escasso tempo que ali gastei. Sou outro Champollion,[1] porventura maior; não decifrei palavras escritas, mas ideias íntimas de criatura que não podia exprimi-las verbalmente.

E diria o burro consigo:

"Por mais que vasculhe a consciência, não acho pecado que mereça remorso. Não furtei, não menti, não matei, não caluniei, não ofendi nenhuma pessoa. Em toda a minha vida, se dei três coices, foi o mais, e isso mesmo antes de haver aprendido maneiras de cidade e de saber o destino do verdadeiro burro, que é apanhar e calar.

---

1 Jean-François Champollion (1790-1832), egiptólogo francês, decifrador da pedra de Roseta, que possibilitou a leitura dos hieróglifos.

Quanto ao zurro, usei dele como linguagem. Ultimamente é que percebi que me não entendiam, e continuei a zurrar por ser costume velho, não com ideia de agravar ninguém. Nunca dei com homem no chão. Quando passei do tílburi ao bonde, houve algumas vezes homem morto ou pisado na rua, mas a prova de que a culpa não era minha, é que nunca segui o cocheiro na fuga;[2] deixava-me estar aguardando a autoridade.

"Passando a ordem mais elevada de ações, não acho em mim a menor lembrança de haver pensado sequer na perturbação da paz pública. Além de ser a minha índole contrária a arruaças, a própria reflexão me diz que, não havendo nenhuma revolução declarado os direitos do burro, tais direitos não existem. Nenhum golpe de Estado foi dado em favor dele; nenhuma coroa os obrigou. Monarquia, democracia, oligarquia, nenhuma forma de governo teve em conta os interesses da minha espécie. Qualquer que seja o regímen, ronca o pau. O pau é a minha instituição, um pouco temperada pela teima, que é, em resumo, o meu único defeito. Quando não teimava, mordia o freio, dando assim um bonito exemplo de submissão e conformidade. Nunca perguntei por sóis nem chuvas; bastava sentir o freguês no tílburi ou o apito do bonde, para sair logo. Até aqui os males que não fiz; vejamos os bens que pratiquei.

"A mais de uma aventura amorosa terei servido, levando depressa o tílburi e o namorado à casa da namorada — ou simplesmente empacando em lugar onde o moço que ia no bonde podia mirar a moça que estava na janela. Não poucos devedores terei conduzido para longe de um credor importuno. Ensinei filosofia a muita

---

2 Este é um lugar-comum dos jornais da época: os cocheiros responsáveis pelos frequentes acidentes de bonde costumavam fugir do cenário do acidente e eram acobertados pelas companhias.

gente, esta filosofia que consiste na gravidade do porte e na quietação dos sentidos. Quando algum homem, desses que chamam patuscos, queria fazer rir os amigos, fui sempre em auxílio dele, deixando que me desse tapas e punhadas na cara. Enfim..."

Não percebi o resto, e fui andando, não menos alvoroçado que pesaroso. Contente da descoberta, não podia forrar-me à tristeza de ver que um burro tão bom pensador ia morrer. A consideração, porém, de que todos os burros devem ter os mesmos dotes principais, fez-me ver que os que ficavam, não seriam menos exemplares que esse. Por que se não investigará mais profundamente o moral do burro? Da abelha já se escreveu que é superior ao homem, e da formiga também, coletivamente falando, isto é, que as suas instituições políticas são superiores às nossas, mais *racionais*.[3] Por que não sucederá o mesmo ao burro, que é maior?

Sexta-feira, passando pela praça Quinze de Novembro, achei o animal já morto.

Dois meninos, parados, contemplavam o cadáver, espetáculo repugnante; mas a infância, como a ciência, é curiosa sem asco. De tarde já não havia cadáver nem nada. Assim passam os trabalhos deste mundo. Sem exagerar o mérito do finado, força é dizer que, se ele não inventou a pólvora, também não inventou a dinamite. Já é alguma coisa neste final de século. *Requiescat in pace*.

---

[3] Esta ideia tem sua origem num livro que Machado cita mais de uma vez (em "A sereníssima república" e *Quincas Borba*): *A vida psíquica dos animais*, do filósofo materialista alemão Ludwig Büchner, que o escritor possuía na sua biblioteca. O livro trata sobretudo da organização das colônias de insetos.

5 de agosto de 1894

Esta crônica famosa, das melhores que Machado escreveu, precisa de pouco comentário: na sua antologia de 1914, Mário de Alencar deu-lhe o título de "O punhal de Martinha", pelo qual ainda é conhecida. Não deixa de ser curioso que Machado diga que o estupro de Lucrécia por Sexto Tarquínio "fez baquear a *realeza* e passou o governo à *aristocracia* romana". Na história romana de Tito Lívio, as duas palavras grifadas seriam "monarquia" e "república". Em parte, isto é discrição necessária. Em parte, porém, é uma crítica discreta, pois Machado sabia que a república brasileira era de fato (como a romana) uma aristocracia (ver a crônica de 11 de maio de 1888, de "Bons Dias!"). No ensaio "Leituras em competição", o primeiro do seu livro intitulado, justamente, *Martinha versus Lucrécia* (2012), Roberto Schwarz faz uma interpretação desta crônica, focalizando a sua "universalidade moderna".

A SEMANA

Quereis ver o que são destinos? Escutai.

Ultrajada por Sexto Tarquínio, uma noite, Lucrécia resolve não sobreviver à desonra, mas primeiro denuncia ao marido e ao pai a aleivosia daquele hóspede, e pede-lhes que a vinguem. Eles juram vingá-la, e procuram tirá-la da aflição dizendo-lhe que só a alma é culpada, não o corpo, e que não há crime onde não houve aquiescência. A honesta moça fecha os ouvidos à consolação e ao raciocínio, e, sacando o punhal que trazia escondido, embebe-o no peito e morre.

Esse punhal podia ter ficado no peito da heroína, sem que ninguém mais soubesse dele; mas, arrancado por Bruto, serviu de lábaro à revolução que fez baquear a realeza e passou o governo à aristocracia romana. Tanto bastou para que Tito Lívio lhe desse um lugar de honra na história, entre enérgicos discursos de vingança.[1] O punhal ficou sendo clássico. Pelo duplo caráter de arma doméstica e pública, serve tanto a exaltar a virtude conjugal, como a dar força e luz à eloquência política.

Bem sei que Roma não é a Cachoeira, nem as gazetas dessa cidade baiana podem competir com historiadores de gênio. Mas é isso mesmo que deploro. Essa parcialidade dos tempos, que só recolhem, conservam e transmitem as ações encomendadas nos bons livros, é que me entristece, para não dizer que me indigna. Cachoeira não é Roma, mas o punhal de Lucrécia, por mais digno que seja dos encômios do mundo, não ocupa tanto lugar na história, que não fique um canto para o punhal de Martinha. Entretanto, vereis que esta pobre arma vai ser consumida pela ferrugem da obscuridade.

Martinha não é certamente Lucrécia. Parece-me até, se bem entendo uma expressão do jornal *A Ordem*, que é exatamente o contrário.[2] "Martinha (diz ele) é uma rapariga franzina, moderna ainda, e muito conhecida nesta cidade, de onde é natural." Se é moça, se é natural da Cachoeira, onde é muito conhecida, que quer dizer *moderna*? Natural-

---

1 A história de Lucrécia aparece no fim do primeiro capítulo de *Ab urbe condita Libri* (A história de Roma desde a sua fundação), de Tito Lívio (59 a.C-17 d.C.), com os detalhes que Machado conta. Colatino é o marido de Lucrécia, e Bruto, o fundador da República romana.
2 *A Ordem* foi o jornal mais importante do Recôncavo baiano durante muitos anos — é possível que Machado tenha lido a notícia no próprio jornal, ou que tenha sido transcrita num dos jornais cariocas. Devo ao professor Péricles Diniz, da Universidade Federal do Recôncavo Baiano, muita informação sobre o periódico: talvez seja possível localizar a notícia, o que seria no mínimo curioso.

mente quer dizer que faz parte da última leva de Citera.³ Esta condição, em vez de prejudicar o paralelo dos punhais, dá-lhe maior realce, como ides ver. Por outro lado, convém notar que, se há contraste das pessoas, há uma coincidência de lugar: Martinha mora na rua do Pagão, nome que faz lembrar a religião da esposa de Colatino.

As circunstâncias dos dois atos são diversas. Martinha não deu hospedagem a nenhum moço de sangue régio ou de outra qualidade. Andava a passeio, à noite, um domingo do mês passado. O Sexto Tarquínio da localidade, cristãmente chamado João, com o sobrenome de Limeira, agrediu e insultou a moça, irritado naturalmente com os seus desdéns. Martinha recolheu-se à casa. Nova agressão, à porta. Martinha, indignada, mas ainda prudente, disse ao importuno: "Não se aproxime, que eu lhe furo". João Limeira aproximou-se, ela deu-lhe uma punhalada, que o matou instantaneamente.

Talvez esperásseis que ela se matasse a si própria. Esperaríeis o impossível, e mostraríeis que me não entendestes. A diferença das duas ações é justamente a que vai do suicídio ao homicídio. A romana confia a vingança ao marido e ao pai. A cachoeirense vinga-se por si própria, e, notai bem, vinga-se de uma simples intenção. As pessoas são desiguais, mas força é dizer que a ação da primeira não é mais corajosa que a da segunda, sendo que esta cede a tal ou qual sutileza de motivos, natural deste século complicado.

Isto posto, em que é que o punhal de Martinha é inferior ao de Lucrécia? Nem é inferior, mas até certo ponto é superior. Martinha não profere uma frase de Tito Lívio, não vai a João de Barros, alcunhado o Tito Lívio português, nem ao nosso João Francisco Lisboa, grande escritor de igual valia.⁴ Não quer sanefas literárias, não

---

3 Citera é a ilha do amor, na mitologia grega.
4 João de Barros (1496-1570), autor das *Décadas da Ásia*, história da expansão portuguesa; e João Francisco Lisboa

ensaia atitudes de tragédia, não faz daqueles gestos oratórios que a história antiga põe nos seus personagens. Não; ela diz simplesmente e incorretamente: "Não se aproxime, que eu lhe furo". A palmatória dos gramáticos pode punir essa expressão; não importa, o *eu lhe furo* traz um valor natal e popular, que vale por todas as belas frases de Lucrécia. E depois, que tocante eufemismo! Furar por matar; não sei se Martinha inventou esta aplicação; mas, fosse ela ou outra a autora, é um achado do povo, que não manuseia tratados de retórica, e sabe às vezes mais que os retóricos de ofício.

Com tudo isso, arrojo de ação, defesa própria, simplicidade de palavra, Martinha não verá o seu punhal no mesmo feixe de armas que os tempos resguardam da ferrugem. O punhal de Carlota Corday, o de Ravaillac, o de Booth,[5] todos esses e ainda outros farão cortejo ao punhal de Lucrécia, luzidios e prontos para a tribuna, para a dissertação, para a palestra. O de Martinha irá rio abaixo do esquecimento. Tais são as coisas deste mundo! Tal é a desigualdade dos destinos!

Se, ao menos, o punhal de Lucrécia tivesse existido, vá; mas tal arma, nem tal ação, nem tal injúria, existiram jamais, é tudo uma pura lenda, que a história meteu nos seus livros.[6] A mentira usurpa assim a coroa da

---

(1812-63), escritor maranhense, que no seu *Jornal de Timon* defendeu ideias liberais. Entre outras coisas, atacou o historiador quase oficial do Brasil, Francisco Adolfo de Varnhagen.
5 Charlotte Corday, que matou Jean-Paul Marat, o líder revolucionário francês, em 1793 (célebre em parte por um famoso quadro de Jacques-Louis David, de Marat morto na banheira); François Ravaillac, que matou o rei Henri IV da França, em 1610; e John Wilkes Booth, o assassino do presidente Abraham Lincoln em 1865.
6 No século XIX, houve uma série de "desmitificações" dos grandes mitos da história e da religião. Entre eles, a *História de*

verdade, e o punhal de Martinha, que existiu e existe, não logrará ocupar um lugarzinho ao pé do de Lucrécia, pura ficção. Não quero mal às ficções, amo-as, acredito nelas, acho-as preferíveis às realidades; nem por isso deixo de filosofar sobre o destino das coisas tangíveis em comparação com as imaginárias. Grande sabedoria é inventar um pássaro sem asas, descrevê-lo, fazê-lo ver a todos, e acabar acreditando que não há pássaros com asas... Mas não falemos mais em Martinha.

Roma de Theodor Mommsen (que Machado possuía) desmantela as histórias da fundação da cidade e da República romana.

9 de setembro de 1894

No dia 3 de setembro, Marino Mancinelli, o empresário italiano que trouxera a ópera ao Rio de Janeiro para a temporada anual, se suicidara com um tiro na cabeça. A *Gazeta* traz uma manchete enorme no dia seguinte, com o retrato do infeliz. Parece que o motivo foram dificuldades financeiras — como diz Olavo Bilac, por exemplo, numa crônica do dia 15 de setembro, os preços das assinaturas eram altos demais para uma cidade em apuros econômicos, e "rudemente ferida por uma comoção política que quase a arruinou" (ver Antonio Dimas, *Bilac, o jornalista*, v. 1, pp. 125-7 — é interessante ler também o ataque de Bilac, mais frontal que o de Machado, ao arcebispo Esberard na p. 122). Machado não descarta esta motivação, embora ache que a reação normal a tais apuros seria a fuga para a Europa ("o paquete"). Parece interessar-se tanto ou mais pelo caso de John Mowat, o obscuro bibliotecário de Oxford, que para ele exemplifica um fenômeno raríssimo — a modéstia verdadeira (ou doentia?).

A SEMANA

A morte de Mancinelli deu lugar a uma observação, naturalmente tão velha ou pouco menos velha que o mundo, a saber, que o homem é um animal de sonhos e mistérios. Não gosta das verdades simples. Assim, relativamente ao motivo do suicídio, ouvi muitas versões remotas e complicadas. A mais espantosa foi que Mancinelli estava com ordem de prisão, por ter mandado lançar fogo ao Politeama,[1] e recorrera à morte, não por desespero, mas por temor.

1 O teatro Politeama queimara em julho desse ano.

Confessemos que é ir um pouco longe. Entretanto, façamos justiça aos homens, a realidade era mais difícil de crer que a invenção e a fantasia. Um empresário que se mata por não poder pagar aos credores, orça pela Fênix e pela Sibila.[2] Era natural não admitir que, em tal situação, um empresário prefira a bala ao paquete. O paquete é a solução comum, mas também há casos de simples discurso explicativo, palavras duras, uma redução, uma convenção, uma infração e o silêncio. Não me lembra nenhum caso mortal.

O pobre e fino artista foi o primeiro, e por muitos e muitos anos será o único, porque eu não creio que nenhum outro, nas mesmas condições, se meta tão cedo em tal ofício, para o qual não basta o sentimento da arte. Não o conheci de perto, nem de longe, mas parece que era profundamente sensível, tinha o orgulho alto, o pundonor agudo e o sentimento da responsabilidade vivíssimo. Não podendo lutar, preferiu a morte, que se lhe afigurou mais fácil que a vida e mais necessária também.

Há justamente um mês, deu-se em Oxford um suicídio, que, a certo respeito, é o de Mancinelli. Foi o de John Mowat.[3] Este erudito era bibliotecário da Universidade. Nomeado membro do Congresso das Ciências que ali se reunia agora, teve medo de não poder desempenhar cabalmente o mandato, pegou de uma corda e enforcou-se. Sabia-se que era homem de grande impressionabilidade. Vivendo feliz, sossegado, entregue aos livros, temeu cá fora um fiasco. Compreendo que a gente

---

2 A Fênix: pássaro mítico que renascia das próprias chamas que a destruíam. A Sibila: profetisa do templo de Apolo no mundo antigo.
3 Este Mowat é John Lancester Gough Mowat. O jornal *The Guardian* do dia 8 de agosto de 1894 apresenta uma reportagem sobre o caso em que confirma os detalhes que Machado nos dá. É possível que tenha lido a notícia nesse jornal.

inglesa também recusasse tal motivo, e preferisse crer, visto tratar-se de um bibliotecário, que ele deitara fogo à biblioteca de Alexandria.[4]

Realmente, matar-se um homem por suspeitar que pode ficar abaixo de um cargo é coisa que, ainda escrita, ninguém crê; parece uma página de Swift.[5] Antes de tudo, esse sentimento de inferioridade é raríssimo. Quando existe, fica tão fundo na consciência, que só o olho perspicaz do observador pode senti-lo e palpá-lo cá de fora. A aparência é contrária; o ar da pessoa, o tom, o aspecto, tudo persuade à multidão que o cargo é que é pequeno. A verdade, porém, é que Mowat matou-se por causa dessa modéstia doentia, quando o seu dever era ser sadio e forte, crer que podia arrancar uma estrela do céu, e, obrigado a fazê-lo, tirá-la da algibeira.

Num e noutro caso, como nos demais, surge a questão de saber se o suicídio é um ato de coragem ou de fraqueza. Questão velha. Tem sido muito discutida, como a de saber qual é maior, se César ou Napoleão; mas esta é mais recente e indígena.[6] Pode dizer-se que os dois grandes homens equilibram-se, nos votos, mas a questão do suicídio é antes resolvida no sentido da fraqueza que no da coragem. É um problema psicológico fácil de tratar entre o largo do Machado e o da Carioca. Se o bonde for elétrico, a solução é achada em metade do caminho.

---

4 A biblioteca de Alexandria foi a maior do mundo antigo, e foi destruída por completo, não se sabe exatamente como ou quando. Há várias explicações conflitantes.
5 Jonathan Swift (1667-1745), escritor satírico e fantástico, autor de *As viagens de Gulliver*, em que imagina seres humanos de tamanho mínimo, outros enormes, cavalos que falam e escravizam a raça humana etc.
6 É provável que Machado se refira à rivalidade entre os fundadores do regime republicano, os marechais Deodoro da Fonseca (1827-92) e Floriano Peixoto (1839-95).

Segundo os cânones, o suicídio é um atentado ao Criador, e o nosso primeiro e recente arcebispo aproveitou o caso Mancinelli para lembrá-lo aos párocos e a todo o clero, e consequentemente que os sufrágios eclesiásticos são negados aos que se matam.[7] A circular de d. João Esberard é sóbria, enérgica e verdadeira; recorda que a sociedade civil e a filosofia condenam o suicídio, e que a natureza o considera com horror. No mesmo dia da expedição da circular (quinta-feira), um homem que padecia de moléstia dolorosa ou incurável, talvez uma e outra coisa, recorreu à morte como à melhor das tisanas. Suponho que não terá lido a palavra do prelado; mas outros suicidas virão depois dela, pois que os cânones são mais antigos, a filosofia também, e mais que todos a natureza.

Conta Plutarco que houve, durante algum tempo, em Mileto, uma coisa que ele chama conjuração, mas que eu, mais moderno, direi epidemia, e era que as moças do lugar entraram a matar-se umas após outras.[8] A autoridade pública, para acudir a tamanho perigo, decretou que os cadáveres das moças que dali em diante se matassem, seriam arrastados pelas ruas, inteiramente nus. Cessaram os suicídios. O pudor acabou com o que não puderam conselhos nem lágrimas. A privação dos sufrágios eclesiásticos é assaz forte para os crentes, embora não seja sempre decisiva; mas a incredulidade do século

---

7 O bispo de Olinda, d. João Esberard, em setembro de 1893 fora elevado ao bispado do Rio de Janeiro, que, ao mesmo tempo, foi elevado a arcebispado. Tinha a reputação de inflexível e intolerante (e de monarquista), e publicara uma pastoral em que condenava duramente os suicidas, e proibia que fossem sepultados em terra santa.
8 No capítulo XI ("As mulheres de Mileto") do seu ensaio *De Mulierum Virtutibus* ("Sobre a coragem das mulheres"), Plutarco conta esta história.

e a frouxidão dos próprios crentes hão de tornar improfícua muita vez a intervenção do prelado.

Pela minha parte, estou com os cânones, com a filosofia, com a sociedade e com a natureza, sem negar que são dois belos versos aqueles com que o poeta Garção fecha a ode que compôs ao suicídio:

> Todos podem tirar a vida ao homem,
> Ninguém lhe tira a morte.[9]

Convenho que a morte seja propriedade inalienável do homem, mas há de ser com a condição de a conservar inculta, de lhe não meter arado nem enxada. Condição que não se pode crer segura, nem geralmente aceita. São matérias complicadas, longas, e cada vez sinto menos papel debaixo da pena. Enchamos o que falta com uma revelação e uma observação.

A revelação é um grito d'alma que ouvi, quando a notícia do suicídio de Mancinelli chegou a um lugar onde estávamos eu e um amigo. "Ora pílulas! bradou este meu amigo; é outro empresário que me leva a assinatura." Consolei-o dizendo que as assinaturas do Teatro Lírico, perdidas ou interrompidas neste mundo, são pagas em tresdobro no céu. A esperança de ouvir eternamente os *Huguenotes* e o *Lohengrin*[10] alegrou a alma diletante e cristã do meu amigo. Disse-lhe que os anjos, como a eternidade é longa, estudam as óperas todas, para indenização das algibeiras e dos ouvidos defraudados pelo suicídio ou pelo paquete; acrescendo que os maestros no céu serão os regentes da orquestra das suas óperas, menos os judeus, que poderão mandar pessoa de confiança.

---

9 Versos da "Ode ao suicídio" do poeta português Pedro Antônio Correia Garção (1724-72).
10 Óperas de Giacomo Meyerbeer, de 1836, e de Richard Wagner, de 1850, respectivamente.

Quanto ao reparo, é um pouco velho, mas serve. Verificou-se ainda uma vez a supremacia da música em nossa alma. Certamente, as circunstâncias da morte de Mancinelli, as qualidades simpáticas do homem, os dons do artista, a honradez do caráter, contribuíram muito para o terrível efeito da notícia. Creio, porém, que uma parte do efeito originou-se na condição de empresário lírico. A verdade é que nós amamos a música sobre todas as coisas e as prima-donas como a nós mesmos.

28 de outubro de 1894

Machado escreve no auge da primeira guerra sino-japonesa (agosto de 1894-abril de 1895), em que, numa luta para o controle da península coreana, os japoneses chocaram o mundo pela vitória esmagadora sobre o vasto Império Chinês. Foi um acontecimento marcante, tão importante à sua maneira quanto a vitória alemã na guerra franco-prussiana de 1870. É por isso que "o momento é japonês" — em dezembro, Eça de Queirós contribuiu com seis artigos sobre "Chineses e japoneses" para a *Gazeta*. O que fascinou Machado na ascensão do Japão foi a relação desse país com as grandes potências europeias (que agora incluíam os Estados Unidos). Em contraste com a China, tinha utilizado as invenções e até as instituições políticas do Ocidente para emular e depois rivalizar com seu modelo. É fácil imaginar como isso deve ter interessado um brasileiro; o Brasil também, no Império e na República, tinha adotado as formas europeias, mas com resultados bem diferentes. Ambos os tratados que Machado menciona, Tien-Tsin e Yokohama, foram uma espécie de "abertura dos portos" da China e do Japão.

Em contraste intencional, Machado começa a crônica num contexto mais local: os japoneses praticam a guerra, mas querem também mandar alguns "braços de paz" ao Brasil. Isso leva Machado a uma questão que tinha preocupado os brasileiros ao longo do século XIX, e que depois da Abolição tinha cobrado uma nova urgência — a possibilidade da imigração oriental em grande escala. Sempre, Machado temera que a imigração chinesa (os *coolies*) fosse um jeito de manter a escravidão com outro nome. Uma preocupação que sempre tivera era a unidade cultural do país, a começar pela língua. Sentimos, no último parágrafo, que a imigração é muito bem-vinda, se levar à assimilação. Machado gostaria de aprender japonês, como de fato tinha aprendido alemão, mas seria bom que Sho Nemotre e os seus compatriotas aprendessem português. Em contraste com essas questões, a cultura — no caso, a moda da *chinoiserie* e da *japonaiserie*, por mais que sem dúvida simpatize com os "originais" irmãos Goncourt — é coisa passageira e superficial.

A SEMANA

O momento é japonês. Vede o contraste daquele povo que, enquanto acorda o mundo com o anúncio de uma nova potência militar e política, manda um comissário ver as terras de São Paulo, para cá estabelecer alguns dos seus braços de paz. Esse comissário, que se chama Sho Nemotre, escreveu uma carta ao *Correio Paulistano* dizendo as impressões que leva daquela parte do Brasil. "Levo, da minha visita ao Estado de S. Paulo, as impressões mais favoráveis, e não vacilo em afirmar que acho esta região uma das mais belas e ricas do mundo. Pela minha visita posso afiançar que o Brasil e o Japão farão feliz amizade, a emigração será em breve encetada e o comércio será reciprocamente grande."[1]

Ao mesmo tempo, o sr. dr. Lacerda Werneck,[2] um dos nossos lavradores esclarecidos e competentes, acaba de publicar um artigo comemorando os esforços empregados para a próxima vinda de trabalhadores japoneses. "É do Japão (diz ele) que nos há de vir a restauração da nossa lavoura." S. Ex. fala com entusiasmo daquela

---

1 O nome verdadeiro deste diplomata é Sho Nemoto. Foi o primeiro visitante japonês a propor a imigração em grande escala dos seus compatriotas para o Brasil (que só começou de fato em 1908).
2 Provavelmente Machado se refere a Manuel Peixoto de Lacerda Werneck, filho de Luís Peixoto de Lacerda Werneck, barão do Pati do Alferes.

nação civilizada e próspera, e das suas recentes vitórias sobre a China.

Não esqueçamos a circunstância de vir do Japão o novo ministro italiano, segundo li na *Notícia* de quinta--feira, fato que, se é intencional, mostra da parte do rei Humberto a intenção de ser agradável ao nosso país, e, se é casual, prova o que eu dizia a princípio, e repito, que o momento é japonês. Também eu creio nas excelências japonesas, e daria todos os tratados de Tien-Tsin por um só de Yokohama.[3]

Não sou nenhuma alma ingrata que negue ao chim os seus poucos méritos; confesso-os, e chego a aplaudir alguns. O maior deles é o chá, merecimento grande, que vale ainda mais que a filosofia e a porcelana. E o maior valor da porcelana, para mim, é justamente servir de veículo ao chá. O chá é o único parceiro digno do café. Temos tentado fazer com que o primeiro venha plantar o segundo, e ainda me lembra a primeira entrada de chins,[4] vestidos de azul, que deram para

---

3 Pelo tratado de Yokohama, parece que Machado se refere ao tratado de Kanagawa, firmado em Yokohama em 1854, quando uma frota americana, comandada pelo comodoro Perry, forçou o Japão a abandonar a política de isolamento do resto do mundo que tinha mantido ao longo de duzentos anos. Houve vários tratados de Tien-Tsin, porto importante chinês (atual Tianjin), de 1858, 1861, 1885...: em todos, os poderes ocidentais forçaram uma abertura do país à exploração estrangeira. Foram incluídos depois na rubrica dos "Tratados desiguais".

4 A tentativa de trazer chineses para cultivar chá no Brasil data de 1810, e foi uma experiência do governo de d. João VI que não deu certo. Pela "primeira entrada de chins", parece que Machado se refere aos — menos de mil — chineses que entraram no Brasil na década de 1850. Com efeito, há várias referências a eles como vendedores de peixe, inclusive na reportagem de João do Rio, "Visões d'ópio: os chins do Rio", em *A alma encantadora das ruas*.

vender pescado, com uma vara ao ombro e dois cestos pendentes — o mesmo aparelho dos atuais peixeiros italianos. Agora mesmo há fazendas que adotaram o chim, e, não há muitas semanas, vi aqui uns três que pareciam alegres — por boca do intérprete, é verdade, e das traduções faladas se pode dizer o mesmo que das escritas, que as há lindas e pérfidas.[5] De resto, que nos importa a alegria ou a tristeza dos chins?

A tristeza é natural que a tenham agora, se acaso o intérprete lhes lê os jornais; mas é provável que não os leia. Melhor é que ignorem e trabalhem. Antes plantar café no Brasil que "plantar figueira" na Coreia, perseguidos pelo marechal Yamagata.[6] Já este nome é célebre! Já o almirante Ito é famoso! Do primeiro disse a *Gazeta* que é o Moltke do Japão. Um e outro vão dando galhardamente o recado que a consciência nacional lhes encomendou para fins históricos.

Aqui, há anos, o mundo inventou uma coisa chamada japonismo. Nem foi precisamente o mundo, mas os irmãos de Goncourt, que assim o declaram e eu acredito, não tendo razão para duvidar da afirmação. O *Journal des Goncourt* está cheio de japonismo. Uma página de 31 de março de 1875 fala do "grande movimento japonês",

---

5 Machado traduz uma frase muito usada para descrever certo tipo de tradução, sobretudo para o francês: "*les belles infidèles*", isto é, são belas, mas à custa da fidelidade ao original.
6 "Plantar figueira" quer dizer levar uma queda — no caso, uma derrota. O marechal Yamagata Aritomo (1838-1922) foi um dos responsáveis pela fundação do poder militar e político do Japão, e ministro de Guerra durante a primeira guerra sino-japonesa. Por isso é comparado com Helmuth von Moltke, que transformou o Exército alemão, também vitorioso, notadamente na guerra franco-prussiana de 1870. O almirante Ito Sukeyuki (1843-1914) comandou a frota japonesa, que ganhou várias batalhas na mesma guerra.

e acrescenta, por mão de Edmundo: *Ç'a été tout d'abord quelques originaux, comme mon frère et moi...*[7]

Esse "grande movimento japonês" não era o que parece à primeira vista; reduzia-se a colecionar objetos do Japão, sedas, armas, vasos, figurinhas, brinquedos. Espalhou-se o japonismo. Nós o tivemos e o temos. Esta mesma semana fez-se um grande leilão na rua do Senador Vergueiro, em que houve larga cópia de sedas e móveis japoneses, dizem-me que bonitos. Muitos os possuem e de gosto. Chegamos (aqui ao menos) a uma coisa, que não sei se defina bem chamando-lhe a banalidade do raro.

Mas, enquanto os irmãos Goncourt inventaram o japonismo, que faria o Japão, propriamente dito? Inventava-se a si mesmo. Forjava a espada que um dia viria pôr na balança dos destinos da Ásia. Enquanto uns coligiam as suas galantarias, ele armava as couraças e forças modernas e os aparelhos liberais. Mudava a forma de governo e apurava os costumes, decretava uma constituição, duas câmaras, um ministério como outras nações cultas vieram fazendo desde a Revolução Francesa, cuja alma era mais ou menos introduzida em corpos de feição britânica. Vimos agora mesmo que o micado, abertas as câmaras, proferia a fala do trono, e ouvia delas uma resposta, à maneira dos comuns de Inglaterra, mas uma resposta de todos os diabos, mais para o resto do mundo que para o próprio governo. Este acaba de recusar intervenções da Europa, nega armistícios, não

---

7 "Foi no começo alguns originais, como meu irmão e eu..." Os irmãos Edmond (1822-96) e Jules de Goncourt (1830--1870), romancistas franceses, famosos sobretudo pelo seu diário, mantido ao longo de muitos anos, o qual oferece uma visão única da vida cultural da França da época. Nesta anotação, Edmond comenta a história desse "movimento" nas artes francesas, e a loja de Madame Desoye, na Rue de Rivoli, cheia de *objets d'art* japoneses.

quer padrinhos nem médicos naquele duelo, e parece que há de acabar por dizer e fazer coisas mais duras.

São dois inimigos velhos; mas não basta que o ódio seja velho, é de mister que seja fecundo, capaz e superior. Ora, é tal o desprezo que os japoneses têm aos chins, que a vitória deles não pode oferecer dúvida alguma. Os chins não acabarão logo, nem tão cedo — não se desfazem tantos milhões de haveres como se despacha um prato de arroz com dois pauzinhos —, mas, ainda que se fossem embora logo e de vez, como o chá não é só dos chins, eu continuaria a tomar a minha chávena, como um simples russo, e as coisas ficariam no mesmo lugar.

O momento é japonês. Que esses braços venham lavrar a terra, e plantar, não só o café, mas também o chá, se quiserem. Se forem muitos e trouxerem os seus jornais, livros e revistas de clubes, e até as suas moças, alguma necessidade haverá de aprender a língua deles. O padre Lucena escreveu, há três séculos, que é língua superior à latina, e tal opinião, em boca de padre, vale por vinte academias.[8] Tenho pena de não estar em idade de a aprender também. Estudaria com o próprio comissário Sho Nemotre, que esteve agora em S. Paulo; ensinar-lhe-ia a nossa língua, e chegaríamos à convicção de que o almirante Ito é descendente de uma família de Itu, e que os japoneses foram os primeiros povoadores do Brasil, tanto que aqui deixaram a japona. Ruim trocadilho; mas o melhor escrito deve parecer-se com a vida, e a vida é, muitas vezes, um trocadilho ordinário.

---

8 Padre João de Lucena (1549-1600), jesuíta português, autor da biografia do missionário são Francisco Xavier, que inclui muitas informações sobre os países do Extremo Oriente. Machado o cita mais de uma vez, e tinha as obras do biografado em sua biblioteca. Lucena comenta, em tom de elogio, a complexidade de registros da língua japonesa.

31 de março de 1895

Esta crônica foi incluída por Mário de Alencar na sua antologia de "A Semana", publicada em 1910, com o título de "Conto do vigário". Omitiu os dois parágrafos finais, sobre o Jardim Zoológico. Compreende-se: parece que até Machado achou difícil inventar uma transição fluida. Ambos os assuntos de que trata, porém, são reflexos do Encilhamento. O conto do vigário apresenta o tema do dinheiro falsificado — tantos bancos podiam imprimir dinheiro que os falsificadores pulularam (ver também a crônica de 29 de janeiro de 1893). O jogo do bicho originou-se em 1892, na esteira do *crash*, no portão do Jardim, e popularizou-se em boa parte porque as apostas eram mínimas.

A SEMANA

De quando em quando aparece-nos o conto do vigário. Tivemo-lo esta semana, bem contado, bem ouvido, bem vendido, porque os autores da composição puderam receber integralmente os lucros do editor.

O conto do vigário é o mais antigo gênero de ficção que se conhece. A rigor, pode crer-se que o discurso da serpente, induzindo Eva a comer o fruto proibido, foi o texto primitivo do conto. Mas, se há dúvida sobre isso, não a pode haver quanto ao caso de Jacó e seu sogro.[1] Sabe-se que Jacó propôs a Labão que lhe desse todos os filhos das cabras que nascessem malhados. Labão concordou, certo de que muitos trariam uma só cor; mas Jacó, que tinha plano feito, pegou de umas varas de plátano, raspou-as em parte, deixando-as assim brancas e verdes a um tempo, e, havendo-as posto nos tanques, as

---

1 Gênesis 30,25-43.

cabras concebiam com olhos nas varas, e os filhos saíam malhados. A boa-fé de Labão foi assim embaçada pela finura do genro; mas não sei que há na alma humana que Labão é que faz sorrir, ao passo que Jacó passa por um varão arguto e hábil.

O nosso Labão desta semana foi um honesto fazendeiro do Chiador,[2] que, estando em uma rua desta cidade, viu aparecer um homem, que lhe perguntou por outra rua. Nem o fazendeiro, nem o outro desconhecido que ali apareceu também, tinha notícia da rua indicada. Grande aflição do primeiro homem recentemente chegado da Bahia, com vinte contos de réis de um tio dele, já falecido, que deixara dezesseis para os náufragos da *Terceira* e quatro para a pessoa que se encarregasse da entrega.[3]

Quem é que, nestes ou em quaisquer tempos, perderia tão boa ocasião de ganhar depressa e sem cansaço quatro contos de réis? eu não, nem o leitor, nem o fazendeiro do Chiador, que se ofereceu ao desconhecido para ir com ele depositar na casa Leitão, largo de Santa Rita, os dezesseis contos, ficando-lhe os quatro de remuneração.

— Não é preciso que o acompanhe, respondeu o desconhecido; basta que o senhor leve o dinheiro, mas primeiro é melhor juntar a este o que traz aí consigo.

— Sim, senhor, anuiu o fazendeiro. Sacou do bolso o dinheiro que tinha (um conto e tanto), entregou-o ao desconhecido, e viu perfeitamente que este o juntou ao maço dos vinte; ação análoga à das varas de Jacó. O fazendeiro pegou do maço todo, despediu-se e guiou para o largo de Santa Rita. Um homem de má-fé teria ficado com o dinheiro, sem curar dos náufragos da *Terceira*, nem da palavra dada. Em vez disso, que seria mais que deslealdade, o portador chegou à casa do Leitão, e tra-

[2] Pequena cidade mineradora, na região de Mar de Espanha.
[3] A *Terceira* foi uma barca que explodiu na baía de Guanabara no dia 6 de janeiro, causando muitas mortes.

tou de dar os dezesseis contos, ficando com os quatro de recompensa. Foi então que viu que todas as cabras eram malhadas. O seu próprio dinheiro, que era de uma só cor, como as ovelhas de Labão, tinha a pele variegada dos jornais velhos do costume.

A prova de que o primeiro movimento não é bom é que o fazendeiro do Chiador correu logo à polícia; é o que fazem todos. Mas a polícia, não podendo ir à cata de uma sombra, nem adivinhar a cara e o nome de pessoas hábeis em fugir, como os heróis dos melodramas, não fez mais que distribuir o segundo milheiro do conto do vigário, mandando a notícia aos jornais. Eu, se algum dia os contistas me pegassem, trataria antes de recolher os exemplares da primeira edição.

Aos sapientes e pacientes recomendo a bela monografia que podem escrever estudando o conto do vigário pelos séculos atrás, as suas modificações segundo o tempo, a raça e o clima. A obra, para ser completa, deve ser imensa. É seguramente maior o número das tragédias, tanta é a gente que se tem estripado, esfaqueado, degolado, queimado, enforcado, debaixo deste belo sol, desde as batalhas de Josué até aos combates das ruas de Lima, onde as autoridades sanitárias, segundo telegramas de ontem, esforçam-se grandemente por sanear a cidade "empestada pelos cadáveres que ficaram apodrecidos ao ar livre".[4] Lembrai-vos que eram mais de mil, e imaginai que o detestável fedor de gente morta não custa a vitória de um princípio. O conto é menos numeroso, e, seguramente, menos sublime; mas ainda assim ocupa lugar eminente nas obras de ficção. Nem é o tamanho que dá primazia à obra, é a feitura dela. O conto do vigário não é propriamente o de Voltaire, Boccaccio ou Ander-

---

4 O livro de Josué, na Bíblia, conta a vida desse herói do povo israelita e a conquista de Canaã.

sen,⁵ mas é conto, um conto especial, tão célebre como os outros, e mais lucrativo que nenhum.

Pela minha parte não escrevo nada, limito-me a esta breve história da semana, em que tanta vez perco o fio, como agora, sem saber como passe do conto aos bichos. A proposta municipal para transformar o Jardim Jocológico em Jardim Zoológico, apresentada anteontem, até certo ponto ata-me as mãos; aguardo a votação do Conselho.⁶ Quando muito, visto que a proposta ainda não é lei, e ainda os bichos guardarão dinheiro, podia escrever uma petição em verso. Vi que esta semana a borboleta ganhou um dia. Juro-vos que não sabia da presença dela na coleção dos bichos recreativos, e não descrevo a pena que me ficou, porque a língua humana não tem palavras para tais lástimas.

Deus meu! a borboleta na mesma caixa do porco! O lindo inseto tão prezado de todos, e particularmente dos vitoriosos japoneses,⁷ agitando as asas naquele espaço em que costuma grunhir o animal detestado de Abraão, de Isaac e de Jacó! Onde nos levareis, anarquia da ética e da estética? Poetas moços, juntai-vos e componde a melhor das polianteias, um soneto único, mas um soneto-legião, em que se peça aos poderes da terra e do céu

---

5 Grandes contistas: Voltaire (1694-1778), autor de *Candide* e *Zadig*; Giovanni Boccaccio (1313-75), do *Decameron*; e Hans Christian Andersen (1806-75), autor de numerosos contos de fada.

6 Machado se refere a uma tentativa do Conselho Municipal do Rio de Janeiro de controlar o jogo, alegando que os donos do Jardim Zoológico tinham quebrado o contrato original. Havia muitas queixas contra "as desgraças ocorridas nesse lugar", tal a afluência de gente.

7 Como já vimos na crônica anterior, de 28 de outubro de 1894, o Japão acabara de ganhar a (primeira) guerra sino-japonesa (1894-5), em que se impôs como poder dominante no oeste do Pacífico.

a exclusão da borboleta de semelhante orgia. Ganhe o pato, o porco, o peru, o diabo, que é também animal de lucro, mas fique a borboleta entre as flores, suas primas.

16 de junho de 1895

Esta crônica foi publicada por Mário de Alencar em 1910 como "O autor de si mesmo", título pelo qual ainda se conhece. Ele também mudou o texto um pouco, omitindo, por exemplo, o parágrafo sobre *Hamlet*.

Não encontrei a notícia que deu origem à crônica. Como diz Machado, é uma "simples notícia de gazetilha", e apareceria (como muitas outras do gênero) com um título genérico: "Que fera!", "Pais perversos!" etc. Nesta categoria havia histórias até mais chocantes do que esta, na *Gazeta* e noutros jornais. Eram o pasto diário dos leitores.

O ataque a Schopenhauer, que, como diz Machado, é o verdadeiro motivo da crônica, talvez seja duro, sem ser injusto. Como se sabe, ele foi muito influenciado pelo "filósofo de Dantzig", como aliás é o caso de muitos escritores. Pode ser que o profundo sarcasmo seja a reação de um admirador desapontado. Acima de tudo, Machado acreditava na necessidade da liberdade do indivíduo, "o melhor de tudo, acrescento eu, é possuir-se a gente a si mesmo", como diz no final da crônica da *Imprensa Fluminense* (ver p. 105). Como pessoa, e na escrita, Schopenhauer tinha a reputação de ser agressivo e irascível. Uma das suas *bêtes noires* era o filósofo G. W. F. Hegel, cujo historicismo, segundo ele, era uma traição da herança de Kant.

A SEMANA

Guimarães chama-se ele; ela Cristina. Tinham um filho, a quem puseram o nome de Abílio. Cansados de lhe dar maus-tratos, pegaram do filho, meteram-no dentro de um caixão e foram pô-lo em uma estrebaria, onde o pequeno passou três dias, sem comer nem beber, coberto de chagas, recebendo bicadas de galinhas, até que veio a falecer. Contava dois anos de idade. Sucedeu este caso em Porto Alegre, segundo as últimas folhas, que acrescentam terem sido os pais recolhidos à cadeia, e aberto o inquérito.

A dor do pequeno foi naturalmente grandíssima, não só pela tenra idade, como porque bicada de galinha dói muito, mormente em cima de chaga aberta. Tudo isto, com fome e sede, fê-lo passar "um mau quarto de hora", como dizem os franceses, mas um quarto de hora de três dias; donde se pode inferir que o organismo do menino Abílio era apropriado aos tormentos. Se chegasse a homem, dava um lutador resistente; mas a prova de que não iria até lá, é que morreu.

Se não fosse Schopenhauer, é provável que eu não tratasse deste caso diminuto, simples notícia de gazetilha. Mas há na principal das obras daquele filósofo um capítulo destinado a explicar as causas transcendentes do amor. Ele, que não era modesto, afirma que esse estudo é uma pérola. A explicação é que dois namorados não se escolhem um ao outro pelas causas individuais que presumem, mas porque um ser, que só pode vir deles, os incita e conjuga. Apliquemos esta teoria ao caso Abílio.

Um dia Guimarães viu Cristina, e Cristina viu Guimarães. Os olhos de um e de outro trocaram-se, e o coração de ambos bateu fortemente. Guimarães achou em Cristina uma graça particular, alguma coisa que nenhuma outra mulher possuía. Cristina gostou da figura de Guimarães, reconhecendo que entre todos os homens era um homem único. E cada um disse consigo: "Bom consorte para mim!". O resto foi o namoro mais ou menos longo, o pedido da mão da moça, as formalidades, as bodas. Se havia sol ou chuva, quando eles casaram, não sei; mas, supondo um céu escuro e o vento minuano, valeram tanto como a mais fresca das brisas debaixo de um céu claro. Bem-aventurados os que se possuem, porque eles possuirão a terra.

Assim pensaram eles. Mas o autor de tudo, segundo o nosso filósofo, foi unicamente Abílio. O menino, que ainda não era menino nem nada, disse consigo, logo que os dois se encontraram: "Guimarães há de ser meu pai, e Cristina há de ser minha mãe; não quero outro pai nem outra mãe; é preciso que nasça deles, levando comigo, em resumo, as qualidades que estão separadas nos dois". As entrevistas dos namorados era o futuro Abílio que as preparava; se eram difíceis, ele dava coragem a Guimarães para afrontar os riscos, e paciência a Cristina para esperá-lo. As cartas eram ditadas por ele. Abílio andava no pensamento de ambos, mascarado com o rosto dela, quando estava no dele, e com o dele, se era no pensamento dela. E fazia isso a um tempo, como pessoa que, não tendo figura própria, não sendo mais que uma ideia específica, podia viver inteiro em dois lugares, sem quebra da identidade nem da integridade. Falava nos sonhos de Cristina com a voz de Guimarães, e nos de Guimarães com a de Cristina, e ambos sentiam que nenhuma outra voz era tão doce, tão pura, tão deleitosa.

Naturalmente, houve alguma vez arrufos. Como explicá-los? Explico-os a meu modo; creio que Abílio teve momentos de Hamlet. Uma ou outra vez haverá hesitado e meditado como o outro: "Ser ou não ser, eis a questão. Valerá a pena sair da espécie para o indivíduo, passar deste mar infinito a uma simples gota d'água apenas visível, ou não será melhor ficar aqui, como outros tantos que se não deram ao trabalho de nascer? Nascer, viver, não mais. Viver? Lutar, quem sabe?". *It is the rub*, continuou ele em inglês, nos termos do poeta, tão universal é Shakespeare, que os próprios seres futuros já o trazem de cor.[1]

---

[1] Machado cita o famoso solilóquio, *"To be or not to be"*, de Hamlet, no terceiro ato, primeira cena, da peça de Shakespeare. A segunda frase é de Abílio; já em "Nascer, viver, não mais", volta a Shakespeare, mudando a frase, que em inglês é *"To die,*

Enfim, nasceu Abílio. Não contam as folhas coisa alguma acerca dos primeiros dias daquele menino. Podiam ser bons. Há dias bons debaixo do sol. Também não se sabe quando começaram os castigos — refiro-me aos castigos duros, os que abriram as primeiras chagas, não as pancadinhas do princípio, visto que todas as coisas têm um princípio, e muito provável é que nos primeiros tempos da criança os golpes fossem aplicados diminutivamente. Se chorava, é porque a lágrima é o suco da dor. Demais, é livre — mais livre ainda nas crianças que mamam, que nos homens que não mamam.

Chagado, encaixotado, foi levado à estrebaria, onde, por um desconcerto das coisas humanas, em vez de burros, havia galinhas. Sabeis já que estas, mariscando, comiam ou arrancavam somente pedaços da carne de Abílio. Aí, nesses três dias, podemos imaginar que Abílio, inclinado aos monólogos, recitasse este outro de sua invenção: "Quem mandou aqueles dois casarem-se para me trazerem a este mundo? Estava tão sossegado, tão fora dele, que bem podiam fazer-me o pequeno favor de me deixarem lá. Que mal lhes fiz eu antes, se não era nascido? Que banquete é este em que a primeira coisa que negam ao convidado é pão e água?".

Nesse ponto do discurso é que o filósofo de Dantzig, se fosse vivo e estivesse em Porto Alegre, bradaria com a sua velha irritação: "Cala a boca, Abílio. Tu não só ignoras a verdade, mas até esqueces o passado. Que culpa podem ter essas duas criaturas humanas, se tu mesmo é que os ligaste? Não te lembras que, quando Guimarães passava e olhava para Cristina, e Cristina para ele, cada um

---

to sleep, *no more*"; " Viver? Lutar, quem sabe?" é eco das palavras precedentes: "*To take arms against a sea of troubles, and by opposing, end them*" — "Armar-se contra um mar de obstáculos, e, lutando, dar cabo deles". "*It is the rub*" (na verdade, "*ay, there's the rub*") significa "ah, aí está o problema".

cuidando de si, tu é que os fizeste atraídos e namorados? Foi a tua ânsia de vir a este mundo que os ligou sob a forma de paixão e de escolha pessoal. Eles cuidaram fazer o seu negócio, e fizeram o teu. Se te saiu mal o negócio, a culpa não é deles, mas tua, e não sei se tua somente... Sobre isto, é melhor que aproveites o tempo que ainda te sobrar das galinhas, para ler o trecho da minha grande obra, em que explico as coisas pelo miúdo. É uma pérola. Está no tomo II, livro IV, capítulo XLIV... Anda, Abílio, a verdade é verdade ainda à hora da morte. Não creias nos professores de filosofia, nem na peste de Hegel...".

E Abílio, entre duas bicadas:

— Será verdade o que dizes, Artur; mas é também verdade que, antes de cá vir, não me doía nada, e se eu soubesse que teria de acabar assim, às mãos dos meus próprios autores, não teria vindo cá. Ui! ai!

1º de setembro de 1895

O estímulo imediato desta crônica é a de Ferreira de Araújo, dono da *Gazeta de Notícias* e bom amigo de Machado, que tinha uma coluna chamada "Às Quintas", assinada Lulu Sênior. No início da crônica dele, cita o telegrama sobre o missionário antropófago inglês mencionado também no início da de Machado. De fato, é divertida. Em nota cito um pouco do que diz.

A reação de Machado é bem diferente, também humorística até certo ponto, mas no meio da crônica, inesperadamente, parte para umas lembranças bem tétricas (e brasileiras): o que choca tanto quanto a história que conta é o evidente interesse de Machado nesses acontecimentos. Ele deve ter guardado recortes do jornal de novembro de 1890 — senão, como se lembraria de todos os nomes, e do dia exato (até o dia da semana, que com efeito foi um sábado)? Mas, do começo ao fim, não é tanto a selvageria dos criminosos que interessa: é a civilização que pode abrigá-los no seu seio. A Lynch Law do Sul dos Estados Unidos é outro exemplo, ou, noutro nível, os desmandos do Encilhamento, "o ano terrível (1890-1) em que se perdeu e ganhou tanto dinheiro que não pude ler mais nada". Assistimos não ao progresso inevitável ("a nobre missão do progresso e da cultura"), mas aos "primeiros sinais de um terrível e próximo retrocesso"?

A SEMANA

Aquilo que Lulu Sênior disse anteontem a respeito do professor inglês que enforcaram em Guiné trouxe naturalmente a cor alegre que ele empresta a todos os assuntos.[1]

[1] A história do missionário inglês ocupa a primeira parte da crônica da coluna "Às Quintas", de Lulu Sênior (Ferrei-

As pessoas que não leem telegramas não viram a notícia; ele, que os lê, fez da execução do inglês e dos autores do ato uma bonita caçoada. Nada há, entretanto, mais temeroso nem mais lúgubre.

Não falo do enforcamento, ordenado pelas autoridades indígenas. Eu, se fosse autoridade de Guiné, também condenaria o professor inglês, não por ser inglês, mas por ser professor. Enforcaram o homem, e não há de ser a simples notícia de um enforcado que faça perder o sono nem o apetite. A descrição do ato faria arrepiar as carnes, mas os telegramas não descrevem nada, e o professor foi pendurado fora da nossa vista. Nem mais teremos aqui tal espetáculo; o desuso e por fim a lei acabaram com a forca para sempre, salvo se a lei de Lynch[2] entrar nos nossos costumes; mas não me parece que entre.

Quanto ao crime que levou o professor inglês ao cadafalso africano, não é ainda o que mais me entristece e abate. Dizem que comeu algumas crianças. Compreendo que o matassem por isso. É um crime hediondo, naturalmente; mas há outros crimes tão hediondos, que, ainda afligindo a minh'alma, não me deixam prostrado

---

ra de Araújo), publicada em 29 de agosto. A substância do que diz é um ataque ao imperialismo britânico: "[os britânicos] vão é vender miçanga e peças de chita, e apanhar ouro e brilhantes, obrigando ainda o negro a trabalhar por eles. O missionário, não, esse é um desinteressado, que vai ensinar o preto a ir para o céu. No caso deste missionário inglês, não se lhe pode gabar a escolha do caminho, mas como todos vão ter a Roma, no fim dá certo". Mas conclui: "E daí, pode ser que seja história de telégrafo, a do missionário que come crianças. Vão ver que houve erro de interpretação, e que os pequenos que o padre comeu estão todos vivos e sãos".

2 A Lynch Law, que surgiu no Sul dos Estados Unidos após a Guerra Civil, foi extrajudicial — os brancos enforcavam e às vezes queimavam negros, para manter o estado de subjugação dos ex-escravos.

e quase sem vida. Demais, pode ser que o professor quisesse explicar aos ouvintes o que era canibalismo, cientificamente falando. Pegou de um pequeno e comeu-o. Os ouvintes, sem saber onde ficava a diferença entre o canibalismo científico e o vulgar, pediram explicações; o professor comeu outro pequeno. Não sendo provável que os espíritos de Guiné tenham a compreensão fácil de um Aristóteles, continuaram a não entender, e o professor continuou a devorar meninos. É o que em pedagogia se chama "lição das coisas".[3]

Se assim fosse, deveríamos antes lastimar o sacrifício que fez tal homem, comendo o semelhante, para o fim de ensinar e civilizar gentes incultas. Mas seria isso? Foi o amor ao ensino, a dedicação à ciência, a nobre missão do progresso e da cultura? Ou estaremos vendo os primeiros sinais de um terrível e próximo retrocesso? Vou explicar-me.

Em 1890, foi descoberto e processado em Minas Gerais um antropófago. Um só já era demais; mas o processo revelou outros, sendo o maior de todos o réu Clemente, apresentado ao juiz municipal de Grão-Mogol, dr. Belisário da Cunha e Melo, ao qual estava sujeito o termo de Salinas, onde se deu o caso.[4]

Não era este Clemente nenhum vadio, que preferisse comer um homem a pedir-lhe dez tostões para comer outra coisa. Era lavrador, tinha vinte e dois anos de idade. Confessou perante o subdelegado haver matado e comido seis pessoas, dois homens, duas mulheres e duas crianças. Não tenham pena de todos os comidos. Um deles, a moça Francisca, antes de ser comida por ele, com

---

[3] O ensino "pelas coisas e não pelas palavras", muito difundido no fim do século xix — em 1886 Rui Barbosa traduziu um dos manuais mais populares, as *Primeiras lições de coisas*, do americano Norman Allison Calkins.
[4] Cidades do interior de Minas, na região de Montes Claros.

quem vivia maritalmente, ajudou-o a matar e a comer outra moça, de nome Maria. Outro comido, um tal Basílio, foi com ele à casa de Fuão Simplício, onde pernoitaram; e estando o dono a dormir, os dois hóspedes com uma mão de pilão o mataram, assaram e comeram. Mas tempos depois, um sábado, 29 de novembro de 1890, levado de saudades, matou o companheiro Basílio, e estava a comer-lhe as coxas, tendo já dado cabo da parte superior do corpo, quando foi preso. Os dois meninos, comidos antes, chamavam-se Vicente e Elesbão, e eram irmãos de Francisca, filhos de Manuela. Por que escapou Manuela? Talvez por não ser moça. Oh! mocidade! Oh! flor das flores! A mesma antropofagia te prefere e busca. Aos velhos basta que os desgostos os comam.

Importa notar que o inventor da antropofagia, no termo de Salinas, não foi Clemente, mas um tal Leandro, filho de Sabininha, e mais a mulher por nome Emiliana. Propriamente foram estes os que mataram um menino, e o levaram para casa, e o esfolaram e assaram; mas, quando se tratou de comê-lo, convidaram amigos, entre eles Clemente, que confessou ter recebido uma parte do defunto. A informação consta do interrogatório. Não tive outras notícias nem sei como acabou o processo. Hão de lembrar-se que esse foi o ano terrível (1890-1) em que se perdeu e ganhou tanto dinheiro que não pude ler mais nada. Comiam-se aqui também uns aos outros, sem ofensa do código — ao menos no capítulo do assassinato.

A conclusão que tiro do caso de Salinas e do caso de Guiné é que estamos talvez prestes a tornar atrás, cumprindo assim o que diz um filósofo — não sei se Montaigne —, que nós não fazemos mais que andar à roda. Há de custar a crer, mas eu quisera que me explicassem os dois casos, a não ser dizendo que tal costume de comer gente é repugnante e bárbaro, além de contrário à religião; palavra de civilizado, que outro civilizado desmentiu agora mesmo em Guiné. Não esqueçam a proposta de Swift, para tornar as crianças irlandesas, que são infinitas, úteis ao bem público. "Afirmou-me um americano, disse ele, meu conhecido de Londres e pessoa capaz, que uma criança de boa saúde e bem nutrida, tendo um ano de idade, é um alimento delicioso, nutritivo e são, quer cozido, quer assado, de forno ou de fogão."[5] É escusado replicar-me que Swift quis ser apenas irônico. Os ingleses é que atribuíram essa intenção ao escrito pelo sentimento de repulsa; mas os próprios ingleses acabaram de provar na África a veracidade e (com as restrições devidas à humanidade e à religião) o patriotismo de Swift.

Talvez o deão e o americano se hajam enganado em limitar às crianças de um ano as qualidades de sabor e nutrição. Se tornarmos à antropofagia, é evidente que o uso irá das crianças aos adultos, e pode já fixar-se a idade em que a gente ainda deva ser comida: quarenta a quarenta e cinco anos. Acima desta idade, não creio que as qualidades primitivas se conservem. Como é provável que a atual civilização subsista em grande parte, é naturalíssimo que se façam instituições próprias de criação humana, ou por conta do Estado, ou de acordo com a lei das sociedades anônimas. Penso também que acabará o crime de homicídio, pois que o modo certo de defesa do criminoso será, logo que estripe o seu inimigo ou um rival, ceá-lo com pessoas de polícia.

Horrível, concordo; mas nós não fazemos mais que andar à roda, como dizia o outro... Que me não posso lembrar se foi realmente Montaigne, pois iria daqui

---

5 Citação de *Uma proposta modesta para impedir que as crianças dos pobres da Irlanda sejam um fardo para os pais ou para o país, e para fazer com que sejam um benefício ao público*, do grande satírico anglo-irlandês Jonathan Swift (1667-1745), também conhecido como Dean Swift, pois tornou-se deão da catedral (anglicana) de São Patrício, Dublin.

pesquisar o livro, para dar o texto na própria e deliciosa língua dele! Os franceses têm um estribilho que se poderá aplicar à vida humana, dado que o seu filósofo tenha razão:

> *Si cette histoire vous embête,*
> *Nous allons la recommencer.*[6]

Os portugueses têm este outro, para facilitar a marcha, quando são dois ou mais que vão andando:

> *Um, dois, três;*
> *Acerta o passo, Inês,*
> *Outra vez!*

Estribilhos são muletas que a gente forte deve dispensar. Quando voltar o costume da antropofagia, não há mais que trocar o "amai-vos uns aos outros", do Evangelho, por esta doutrina: "Comei-vos uns aos outros". Bem pensado, são os dois estribilhos da civilização.

---

6 Estribilho da canção francesa "Il était un petit navire", que Machado cita em várias ocasiões.

20 de outubro de 1895

Louise Michel (1830-1905) foi anarquista célebre, sobretudo pela sua atuação na Comuna de Paris (1871), regime revolucionário que, na esteira da derrota da França na guerra franco-prussiana, se estabeleceu em Paris, sendo reprimido com grande brutalidade. Conhecida como a "virgem vermelha", ela foi deportada à Nova Caledônia, no Pacífico, por sete anos. Na volta, continuou a pregar ideias revolucionárias, e por fim exilou-se em Londres. Claro, nunca pôs os pés no Brasil. Com humor, Machado a trata de diva, como se fosse estrela de ópera.

A crônica, contudo, tem um substrato sério, evidente no final. O seu estímulo foi, verossimilmente, não a anarquista, mas a União dos Proprietários — talvez Machado tenha visto as placas mencionadas no começo da conversa dos donos de imóveis com Louise Michel. No Brasil, insinua, estamos tão longe da anarquia ou de qualquer utopia social, que quem se liga para defender os seus interesses são os proprietários. É possível que o empresário americano seja invenção também.

A SEMANA

Vamos ter, no ano próximo, uma visita de grande importância. Não é Leão XIII, nem Bismarck, nem Crispi, nem a rainha de Madagascar, nem o imperador da Alemanha, nem Verdi, nem o marquês Ito, nem o marechal Iamagata.[1] Não é terremoto nem peste. Não é golpe de

---

[1] Uma lista interessante: o papa Leão XIII, famoso sobretudo pela encíclica *De Rerum Novarum*, que abordou as relações entre o capital e o trabalho; o ex-chanceler do Império Alemão (destituído pelo imperador Guilherme II em 1890), conhecido como "o chanceler de ferro"; Francesco Crispi,

Estado nem câmbio a 27.² Para que mais delongas? É Luísa Michel.

Li que um empresário americano contratou a diva da anarquia para fazer conferências nos Estados Unidos e na América do Sul. Há ideias que só podem nascer na cabeça de um norte-americano. Só a alma ianque é capaz de avaliar o que lhe renderá uma viagem de discursos daquela famosa mulher, que Paris rejeita e a quem Londres dá a hospedagem que distribui a todos, desde os Bourbons até os Barbès.³ De momento, não posso afirmar que Barbès estivesse em Londres; mas ponho-lhe aqui o nome, por se parecer com Bourbons e contrastar com eles nos princípios sociais e políticos. Assim se explicam muitos erros de data e de biografia: necessidades de estilo, equilíbrios de oração.

Desde que li a notícia da vinda de Luísa Michel ao Rio de Janeiro tenho estado a pensar no efeito do acontecimento. A primeira coisa que Luísa Michel verá, depois da nossa bela baía, é o cais Pharoux atulhado de

---

homem forte da política italiana, e primeiro-ministro nesse momento; a rainha Ranavalona III, que lutou para manter Madagascar livre contra a colonização francesa, e que nesse momento estava a ponto de perder o trono, sendo exilada para a ilha de Réunion; Guiseppe Verdi, a figura máxima da ópera italiana, que apoiou a unificação italiana; e duas figuras máximas da expansão e do militarismo japoneses.

2 A taxa de câmbio do mil-réis contra a libra esterlina, mais ou menos estável durante a monarquia. Agora (1895) estava a um terço dessa quantia.

3 A família real francesa, que teve alguns de seus membros exilados em Londres depois da Revolução de 1789; e Armand Barbès (1809-70), figura típica dos revolucionários da primeira metade do século XIX, corajoso, encarcerado várias vezes, idealista, mas "homem de ação sem programa". De fato, até onde pude saber, não esteve em Londres — exilou-se na Holanda durante o Segundo Império de Napoleão III.

gente curiosa, muda, espantada. A multidão far-lhe-á alas, com dificuldade, porque todos quererão vê-la de perto, a cor dos olhos, o modo de andar, a mala. Metida na caleça com o empresário e o intérprete, irá para o Hotel dos Estrangeiros, onde terá aposentos cômodos e vastos. Os outros hóspedes, em vez de fugirem à companhia, quererão viver com ela, respirar o mesmo ar, ouvi-la falar de política, pedir-lhe notícias da comuna e outras instituições.

Dez minutos depois de alojada, receberá ela um cartão de pessoa que lhe deseja falar: é o nosso Luís de Castro que vai fazer a sua reportagem fluminense.[4] Luísa Michel ficará admirada da correção com que o representante da *Gazeta de Notícias* fala francês. Perguntar-lhe-á se nasceu em França.

— Não, minha senhora, mas estive lá algum tempo; gosto de Paris, amo a língua francesa. Venho da parte da *Gazeta de Notícias* para ouvi-la sobre alguns pontos; a entrevista sairá impressa amanhã, com o seu retrato. Pelo meu cartão, terá visto que somos xarás: a senhora é Luísa, eu sou Luís. Vamos, porém, ao que importa...

Acabada a entrevista, chegará um empresário de teatro, que vem oferecer a Luísa Michel um camarote para a noite seguinte. Um poeta irá apresentar-lhe o último livro de versos: *Dilúvios sociais*. Três moças pedirão à diva o favor de lhe declarar se vencerá o carneiro ou o leão.

— O carneiro, minhas senhoras; o carneiro é o povo, há de vencer, e o leão será esmagado.

— Então não devemos comprar no leão?

— Não comprem nem vendam. Que é comprar? Que é vender? Tudo é de todos. Oh! esqueçam essas locuções, que só exprimem ideias tirânicas.

---

4 Luís de Castro (1863-1920), que escrevia uma coluna na *Gazeta de Notícias* sob o pseudônimo de Lulu Júnior, na qual se ocupava principalmente da vida cultural do Rio.

Logo depois virá uma comissão do Instituto Histórico, dizendo-lhe francamente que não aceita os princípios que ela defende, mas, desejando recolher documentos e depoimentos para a história pátria, precisa saber até que ponto o anarquismo e o comunismo estão relacionados com esta parte da América. A diva responderá que por ora, além do caso Amapá,[5] não há nada que se possa dizer verdadeiro comunismo aqui. Traz, porém, ideias destinadas a destruir e reconstituir a sociedade, e espera que o povo as recolha para o grande dia. A comissão diz que nada tem com a vitória futura, e retira-se.

É noite: a diva quer jantar; está a cair de fome; mas anuncia-se outra comissão, e por mais que o empresário lhe diga que fica para outro dia ou volte depois de jantar, a comissão insiste em falar com Luísa Michel. Não vem só felicitá-la, vem tratar de altos interesses da revolução; pede-lhe apenas quinze minutos. Luísa Michel manda que a comissão entre.

— Madama, dirá um dos cinco membros, o principal motivo que nos traz aqui é o mais grave para nós. Vimos pedir que V. Exa. nos ampare e proteja com a palavra que Deus lhe deu. Sabemos que V. Exa. vem fazer a revolução, e nós a queremos, nós a pedimos...

— Perdão, venho só pregar ideias.

— Ideias bastam. Desde que pregue as boas ideias revolucionárias podemos considerar tudo feito. Madama, nós vimos pedir-lhe socorro contra os opressores que nos governam, que nos logram, que nos dominam, que nos empobrecem: os locatários. Somos

---

[5] Uma alusão ao processo que levou ao estabelecimento do atual estado do Amapá. Naquela época, após a descoberta de ouro na região, havia conflito entre os franceses de Caiena e a população brasileira local, o que levara a um massacre no dia 15 de maio de 1895.

representantes da União dos Proprietários. V. Exa. há de ter visto algumas casas, ainda que poucas, com uma placa em que está o nome da associação que nos manda aqui.

Luísa Michel, com os olhos acesos, cheia de comoção, dirá que, tendo chegado agora mesmo, não teve tempo de olhar para as casas; pede à comissão que lhe conte tudo. Com que então os locatários?...

— São os senhores deste país, madama. Nós somos os servos; daí a nossa União.

— Na Europa é o contrário, observa; os locatários, os proletários, os refratários...

— Que diferença! Aqui somos nós que nos ligamos, e ainda assim poucos, porque a maior parte tem medo e retrai-se. O inquilino é tudo. O menor defeito do inquilino, madama, é não pagar em dia; há os que não pagam nunca, outros que mofam do dono da casa. Isto é novo, data de poucos anos. Nós vivemos há muito, e não vimos coisa assim. Imagine V. Exa....

— Então os locatários são tudo?

— Tudo e mais alguma coisa.

Luísa Michel, dando um salto:

— Mas então a anarquia está feita, o comunismo está feito.

— Justamente, madama, é a anarquia...

— Santa anarquia, *caballero* — interromperá a diva, dando este tratamento espanhol ao chefe da comissão —, santa, três vezes santa anarquia! Que me vindes pedir, vós outros, proprietários? que vos defenda os aluguéis? Mas que são aluguéis? Uma convenção precária, um instrumento de opressão, um abuso da força. Tolerado como a tortura, a fogueira e as prisões, os aluguéis têm de acabar como os demais suplícios. Vós estais quase no fim. Se vos ligais contra os locatários, é que a vossa perda é certa. O governo é dos inquilinos. Não são já os aristocratas que têm de ser enforcados: sereis vós:

Çà ira, çà ira, çà ira,
Les propriétaires à la lanterne![6]

Não entendendo mais que a última palavra, a comissão nem espera que o intérprete traduza todos os conceitos da grande anarquista; e, sem suspeitar que faz impudicamente um trocadilho ou coisa que o valha, jura que é falso, que os proprietários não põem lanternas nas casas, mas encanamentos de gás. Se o gás está caro, não é culpa deles, mas das contas belgas ou do gasto excessivo dos inquilinos. Há de ser engraçado se, além de perderem os aluguéis, tiverem de pagar o gás. E as penas d'água? as décimas? os consertos?

Luísa Michel aproveita uma pausa da comissão para soltar três vivas à anarquia e declarar ao empresário americano que embarcará no dia seguinte para ir pregar a outra parte. Não há que propagar neste país, onde os proprietários se acham em tão miserável e justa condição que já se unem contra os inquilinos; a obra aqui não precisava discursos. O empresário, indignado, saca do bolso o contrato e mostra-lho. Luísa Michel fuzila impropérios. Que são contratos? pergunta. O mesmo que aluguéis — uma espoliação. Irrita-se o empresário e ameaça. A comissão procura aquietá-lo com palavras inglesas: *Time is money, five o'clock...* O intérprete perde-se nas traduções. Eu, mais feliz que todos, acabo a semana.

---

6 Famosa canção da Revolução Francesa de 1789. No original: *"Les aristocrates à la lanterne"*.

17 de novembro de 1895

Esta crônica é a melhor medida de como, e até que ponto, as opiniões de Machado acerca da República evoluíram desde o Quinze de Novembro de 1889. Agora, em 1895, havia presidente civil, Prudente de Morais, e a Revolta da Armada e a Guerra Federalista no Sul já passaram. Essa paz em si mesma era certamente o que mais lhe importava: "este mundo é um campo de batalha", diz, perto do começo, mas na verdade, por mais que caçoasse, a guerra para ele era um desastre, talvez o maior. Agora que os conflitos (e a censura) acabaram, ousa olhar diretamente para os primeiros anos do novo regime, e para os dois protagonistas contrastantes, Deodoro da Fonseca, o presidente do Governo Provisório, e seu vice-presidente, Floriano Peixoto, que o sucedeu por meio de um golpe de Estado no fim de 1891. Ambos já faleceram — Deodoro em agosto de 1892 e Floriano em junho de 1895 —, o que sem dúvida facilitou a tarefa do cronista.

Não há razão para pensar que a insistência, no começo da crônica, na sua doença não seja verdade — mas é também um pretexto para não ter assistido às festas patrióticas. Machado tinha estado presente, porém, num momento bem mais significativo. Em 1890, no primeiro aniversário do Quinze de Novembro, o governo foi ao Palácio de São Cristóvão (ex-residência do imperador) para a instalação da Assembleia Constituinte. Se há, talvez, certa simpatia no retrato de Deodoro, um *gentleman* galante (se bem que talvez um pouco ingênuo), não há nenhuma no retrato de Floriano, visto, como era comum aliás, como esfinge sem carisma, pouco atrativo, rodeado pelos exaltados do novo regime, os chamados "jacobinos" (o que explica as "palmas", "cálidas e numerosas").

No fundo, porém, o que interessa a Machado é menos o regime que a nação. Se as festas são genuinamente "nacionais e populares" (porque "o povo ama as coisas que o alegram"), as lutas dos últimos anos serão esquecidas. Pergunto-me se, no último parágrafo, há um eco das palavras de seu admirado Renan, no ensaio "O que é uma nação?": "A essência de uma nação é que todos os indivíduos tenham muitas coisas em comum e também que todos tenham esquecido muitas coisas".

A SEMANA

Tal é o meu estado, que não sei se acabarei isto. A cabeça dói-me, os olhos doem-me, todo este corpo dói-me. Sei que não tens nada com as minhas mazelas, nem eu as conto aqui para interessar-te; conto-as, porque há certo alívio em dizer a gente o que padece. O interesse é meu; tu podes ir almoçar ou passear.

Vai passear, e observa o que são línguas. Se eu escrevesse em francês, ter-te-ia feito tal injúria, que tu, se fosses brioso, e não és outra coisa, lavarias com sangue.[1] Como escrevo em português, dei-te apenas um conselho, uma sugestão; irás passear deveras para aproveitar a manhã. Reflete como os homens divergem, como as línguas se opõem umas às outras, como este mundo é um campo de batalha. Reflete, mas não deixes de ir passear; se não amanhecer chovendo, e a neblina cobrir os morros e as torres, terás belo espetáculo, quando o sol romper de todo e der ao terceiro dia das festas da República o necessário esplendor.

Não tendo podido ver as outras, vi todavia que estiveram magníficas; a grande parada militar, os cumprimentos ao sr. presidente da República, a abertura da exposição, os espetáculos de gala, as evoluções da esquadra, foram cerimônias bem escolhidas e bem dispostas para celebrar o sexto aniversário do advento republi-

---

[1] *"Allez vous promener!"*

cano. Ainda bem que se organizam estas comemorações e se convida o povo a divertir-se. Cada instituição precisa honrar-se a si mesma e fazer-se querida, e para esta segunda parte não basta exercer pontualmente a justiça e a equidade. O povo ama as coisas que o alegram.

Agora começam as festas. Deodoro estava perto do Quinze de Novembro, e tratava-se de organizar a nova forma de governo. Era natural que as festas fossem escassas e menos várias que as deste ano. Certamente, o chefe do Estado era amigo das graças e da alegria. Não foi ainda esquecido o grande baile dado em Itamarati para festejar o aniversário natalício do marechal. Encheram-se os salões de fardas, casacas e vestidos. Gambetta advertiu um dia que *la République manquait de femmes*.[2] Compreendia que, numa sociedade polida como a francesa, as mulheres dão o tom ao governo. As de lá tinham-se retraído; depois apareceram outras, suponho. Cá houve o mesmo retraimento; nomes distintos e belas elegantes eliminaram-se inteiramente. Mas nem foram todas, nem cá se vive tanto de salão.

De resto, como disse acima, Deodoro era amigo das graças; acabaria por chamar as senhoras em torno do governo. Um dia, por ocasião da promessa de cumprir a Constituição, tive ocasião de observar uma ação que merece ser contada. Foi a primeira e única vez que vi o palácio de S. Cristóvão transformado em parlamento, e mal transformado, porque os congressistas, acabada a constituinte, mudaram-se para as antigas casas da cidade. Pouca gente; mais nas tribunas que no recinto, e no recinto mais cadeiras que ocupantes. Anunciou-se que o presidente chegara, uma comissão foi recebê-lo à porta,

---

2 "Faltavam mulheres à República": Léon Gambetta (1838-82), um dos políticos mais importantes dos primeiros anos da Terceira República francesa. Não identifiquei a origem exata dessa frase, de fato muito associada a ele.

enquanto o presidente do Congresso — atual presidente da República — descia gravemente os degraus do estrado em que estava a mesa para recebê-lo. Assomou Deodoro, cumprimentou em geral e guiou para a mesa; em caminho, porém, viu na tribuna das senhoras algumas que conhecia — ou conhecia-as todas — e, levando os dedos à boca, fez um gesto cheio de galanteria, acentuado pelo sorriso que o acompanhou. Comparai o gesto, a pessoa, a solenidade, o momento político, e concluí.

Eu comparei tudo — e comparei ainda o presidente e o vice-presidente. Aquele proferia as palavras do compromisso com a voz clara e vibrante, que reboou na vasta sala. Desceu depois com o mesmo aprumo, e saiu. A entrada do vice-presidente teve igual cerimonial, mas diferiu logo nas palmas das tribunas, que foram cálidas e numerosas, ao contrário das que saudaram a chegada do primeiro magistrado. O marechal Floriano caminhou para a mesa, cabeça baixa, passo curto e vagaroso, e quando teve de proferir as palavras do compromisso, fê--lo em voz surda e mal ouvida.

Tal era o contraste das duas naturezas. Quando o poder veio às mãos de Floriano, pelas razões que todos vós sabeis melhor que eu, pois todos sois políticos, vieram os sucessos do princípio do ano, que se prolongaram e desdobraram até à revolta de setembro e toda a mais guerra civil, que só agora achou termo, neste primeiro ano do governo do sr. dr. Prudente de Morais.

O corpo diplomático acentuou anteontem esta circunstância, por boca do sr. ministro dos Estados Unidos, no discurso com que apresentou ao honrado presidente da República as suas felicitações e de seus colegas. O governo que terminou há um ano, só pôde cuidar da guerra; o que então começou, devolvendo a paz aos homens, pôde iniciar de vez as festas novembrinas... *Novembrinas* saiu-me da pena, por imitação das festas *maias* dos argentinos, que são a 25 de maio, data da independência; mas não há mister nomes para fazer festas brilhantes; a questão é fazê-las nacionais e populares.

São obras de paz. Obra de paz é a exposição industrial que se inaugurou sexta-feira, e vai ficar aberta por muitos dias, mostrando ao povo desta cidade o resultado do esforço e do trabalho nacional, desde o alfinete até à locomotiva. Depressa esquecemos os males, ainda bem. Isto que pode ser um perigo em certos casos, é um grande benefício quando se trata de restaurar a nação.

9 de fevereiro de 1896

Esta crônica é um exemplo brilhante de um quase método machadiano. Liga dois itens fisgados nos jornais, e usa o primeiro (o anúncio do suposto "ex-secreta") para aproximar-se do segundo. Infelizmente não localizei nenhum dos dois nos jornais, mas é quase certo que Machado não os inventou. A história de Ambrosina Cananeia surge inesperadamente no último terço da crônica, e no meio de um parágrafo onde ainda surpreende. Mas nesse ponto toda a especulação sobre os mistérios da natureza humana ganha um novo foco, justamente o que Machado queria. O que impressiona é que, no final da crônica, Machado não dá fé a nenhuma teoria para "explicar" o amor de uma mulher por uma moça, nem de médico nem de romancista, nem talvez do ex-secreta. Quem vai passear "na alma da gente, como tu por tua casa"?

A SEMANA

Pessoa que já serviu na polícia secreta de Londres e de New York tem anunciado nos nossos diários que oferece os seus préstimos para descobrir coisas furtadas ou perdidas. Não publica o nome; prova de que é realmente um ex-secreta inglês ou americano. A primeira ideia do ex-secreta local seria imprimir o nome, com indicação da residência. Não há ofício que não traga louros, e os louros fizeram-se para os olhos dos homens. Não tenho perdido nada, nem por furto, nem por outra via; deixo de recorrer aos préstimos do anunciante, mas aproveito esta coluna para recomendá-lo aos meus amigos e leitores.

Não é oferecer pouco. Toda a gente tem visto a dificuldade em que se anda para descobrir uns autos que desapareceram, não se sabe se por ação de Pedro, se por descuido de Paulo. Para tais casos é que o ex-funcionário de New York e de Londres servia perfeitamente. A prática dos homens, o conhecimento direto dos réus, o estudo detido dos espíritos, quando são deveras culpados, e torcem-se, e fogem, e mergulham, para surdir além, supondo que o secreta está longe, e dão com ele ao pé de si, são elementos seguros e necessários para descobrir as coisas furtadas ou perdidas, e, na primeira hipótese, para trazer o autor da subtração à luz pública. Os corações pios não quereriam tanto; amando a coisa furtada, contentar-se-iam em reavê-la, não indo ao ponto de exigir que prendessem e castigassem o triste do pecador.

Há três figuras impalpáveis na história, sem contar o Máscara de Ferro: são o homem dos autos, o homem do chapéu de Chile e o homem da capa preta. O do chapéu de Chile, que ainda ninguém atinou quem fosse, bem podia ser que já estivesse fotografado e exposto à venda na casa Natté, se o negócio fosse incumbido ao anunciante.[1] Não juro, mas podia ser. O mesmo digo acerca do homem dos autos, menos o retrato e a Natté, que só

---

1 O homem da máscara de ferro foi prisioneiro na França e morreu em 1703. A identidade dele era um mistério, pois ninguém tinha visto seu rosto. Especulava-se que era irmão ilegítimo de Luís XIV. A história foi aproveitada por Alexandre Dumas pai no último romance da série dos Três Mosqueteiros. O "homem do chapéu de Chile" parece referir-se a um acontecimento de dezembro de 1889, quando houve uma tentativa de levante no Rio de Janeiro, contra a República, pelo Segundo Regimento de Artilharia. De acordo com a *Revista Ilustrada* de 15 de março de 1890, esse sujeito misterioso, "sebastianista" (isto é, monarquista), "distribuía dinheiro para seduzir os pobres soldados" — mas o cronista da *Revista* duvida da sua existência. O "homem da capa preta" é certamente uma figura fantástica, inventada para meter medo em crianças. A Casa Natté era uma casa de modas da rua do Ouvidor, também mencionada na pecinha de teatro de Machado, de 1878, *O bote de rapé*.

aceita pessoas políticas. Quanto ao homem da capa preta, perde-se na noite dos tempos, e não sei se o ex-secreta chegaria a ponto de descobri-lo. Desde criança, ouço este final de toda narração obscura ou desesperada: *e vão agora pegar no homem da capa preta.* A princípio, ficava com medo. Um dia, pedi a explicação a alguém, que acabava justamente de concluir uma história com tal desfecho. A pessoa interrogada (com verdade ou sem ela) disse-me que era um homem que furtara uma capa escura e andava depressa.

Se assim é — e supondo que esteja vivo —, é natural que apenas deixe a capa nas mãos do ex-agente de Londres e de New York; o corpo continuará a fugir, e com ele o problema histórico. A polícia, se quiser o retrato do homem, terá de se contentar com a simples reprodução *astral* ou como quer que se chame aquela parte da gente que não é corpo nem espírito. Um ocultista do meu conhecimento disse-me o nome da coisa, que só pode ser fotografada às escuras. Eu é que perco os nomes com grande facilidade; mas é *astral* ou acaba por aí.[2] Será o único modo de possuir algum trecho do homem da capa preta; ainda assim, é duvidoso que o alcance, porque ele corre tanto que seguramente corre mais que a ciência.

Pois que a fortuna trouxe às nossas plagas um perfeito conhecedor do ofício, erro é não aproveitá-lo. Não se perdem somente objetos: perdem-se também vidas, e nem sempre se sabe quem é que as leva. Ora, conquanto não se achem as vidas perdidas, importa conhecer as causas da perda, quando escapam à ação da lei ou da autoridade. Não foi assassínio, mas suicídio, o dessa Ambrosina Cananeia, que deixou a vida esta semana.

---

[2] O "corpo astral" de uma pessoa é, para o ocultismo (doutrina pela qual Machado não tinha respeito nenhum, aliás), "um segundo corpo que acompanha cada indivíduo durante sua vida, e que sobrevive após a sua morte".

Era uma pobre mulher trabalhadeira, com dois filhos adolescentes e mãe valetudinária; morava nos fundos de uma estalagem da rua da Providência. O filho era empregado, a filha aprendia a fazer flores... Não sei se te lembras do acontecimento: tais são os casos de sangue destes dias que é natural vir o fastio e ir-se a memória. Pois fica lembrado.

A causa do suicídio não foi a pobreza, ainda que a pessoa era pobre. Nem desprezo de homem, nem ciúmes. A carta deixada dizia em começo: "Vou dar-te a última prova de amizade... É impossível mais tolerar a vida por tua causa; deixando eu de existir, você deixa de sofrer". *Você* é uma mocinha de dezesseis anos, vizinha, dizem que bonita, amiga da morta. Segundo a carta, a mocinha era castigada por motivo daquela afeição, tudo de mistura com um casamento que lhe queriam impor; mas o casamento não vem ao caso, nem quero saber dele. Pode ser até que nem exista; mas se existe, fique onde está. Não faltam casamentos neste mundo, bons nem maus, e até execráveis, e até excelentes.

O que é único, é esta amiga que se mata para que a outra não padeça. A outra era diariamente espancada, quase todos os vizinhos o sabiam pelos gritos e pelo pranto da vítima — "tudo por causa da nova amizade". Não podendo atalhar o mal da amiga, Ambrosina buscou um veneno, meteu no seio as cartas da amiga e acabou com a vida em cinco minutos. "Adeus, Matilde; recebe o meu último suspiro."

Os tempos, desde a Antiguidade, têm ouvido suspiros desses, mas não são últimos. Que a morte de uma trouxesse a da outra, voluntária e terrível, não seria comum, mas confirmará a amizade. As afeições grandes podem não suportar a viuvez. O que é único é este caso da rua da Providência — com a agravante de que a lembrança da mãe e dos filhos formam o pós-escrito da carta. Acaso seriam o pós-escrito na vida? Ao médico não custará dizer que é um caso patológico, ao romancista que é um problema psicológico. Quem eu quisera ouvir sobre isto era o ex-secreta de Londres e de New York, onde a polícia pode ser que penetre além do delito e suas provas, e passeie na alma da gente, como tu por tua casa.

31 de maio de 1896

A maior parte desta crônica é uma variante engraçada sobre o assunto das fronteiras movediças entre a loucura e seu oposto, que já fora tratado em "O alienista", por exemplo. Parece que Machado exagera um pouco, para os seus fins. Segundo as reportagens da *Gazeta* dos dias 28 e 29 de maio, só fugiu *um* "doido" do Hospital dos Alienados de Praia Vermelha, o Custódio Serrão mencionado. Só convidou outro, Elias, para fugir com ele à última hora, porque tinha medo que "ele começasse a gritar e assim frustrasse os meus planos de fuga", conforme o depoimento do próprio Custódio — e o coitado do Elias não fugiu, sendo capturado na hora, "por ser burro", segundo Serrão. O que sim é verdade é que outro alienado que fugira antes disse "que a fuga do Serrão fora combinada com outros companheiros". O que também pode ter atraído a atenção de Machado foi que, para apresentar-se à polícia, Custódio vestiu "o seu melhor fato preto, chapéu de palha, gravata preta e botins de cordovão".

O fim da crônica aborda primeiro um tema que subjaz às preocupações de Machado acerca do Brasil — o receio da separação dos estados, já presente no federalismo da República. Os três casos que cita — Manhuaçu, a comarca de São Francisco, e o estado de Loreto, no Peru — envolvem brigas locais, ou sobre fronteiras, ou de independência estatal mesmo.

O anúncio que faz dos concertos populares também junta duas preocupações constantes, a música em si, e as iniciativas em favor das artes num país onde sua sobrevivência é precária. Os bondes superlotados, com despachos *para inglês ver*, limitando o número de pessoas por banco, eram frequente motivo de piada. As últimas palavras da crônica (*"Não pode! não pode!"*) se referem a um hábito que Machado acredita profundamente típico do carioca —

o de defender espontaneamente qualquer pessoa, criminosa ou não, acossada pela polícia. Outro exemplo encontra-se também na crônica anterior, de 24 de maio.

A SEMANA

A fuga dos doidos do Hospício é mais grave do que pode parecer à primeira vista. Não me envergonho de confessar que aprendi algo com ela, assim como que perdi uma das escoras da minha alma. Este resto de frase é obscuro, mas eu não estou agora para emendar frases nem palavras. O que for saindo saiu, e tanto melhor se entrar na cabeça do leitor.

Ou confiança nas leis, ou confiança nos homens, era convicção minha de que se podia viver tranquilo fora do Hospício dos Alienados. No bonde, na sala, na rua, onde quer que se me deparasse pessoa disposta a dizer histórias extravagantes e opiniões extraordinárias, era meu costume ouvi-la quieto. Uma ou outra vez sucedia-me arregalar os olhos, involuntariamente, e o interlocutor, supondo que era admiração, arregalava também os seus, e aumentava o desconcerto do discurso. Nunca me passou pela cabeça que fosse um demente. Todas as histórias são possíveis, todas as opiniões respeitáveis. Quando o interlocutor, para melhor incutir uma ideia ou um fato, me apertava muito o braço ou me puxava com força pela gola, longe de atribuir o gesto a simples loucura transitória, acreditava que era um modo particular de orar ou expor. O mais que fazia, era persuadir-me depressa dos fatos e das opiniões, não só por ter os braços mui sensíveis, como porque não é com dois vinténs que um homem se veste neste tempo.

Assim vivia, e não vivia mal. A prova de que andava certo, é que não me sucedia o menor desastre, salvo a perda da paciência, mas a paciência elabora-se com facilidade — perde-se de manhã, já de noite se pode sair com dose nova. O mais corria naturalmente. Agora porém, que fugiram doidos do hospício e que outros tentaram fazê-lo (e sabe Deus se a esta hora já o terão conseguido), perdi aquela antiga confiança que me fazia ouvir tranquilamente discursos e notícias. É o que acima chamei uma das escoras da minha alma. Caiu por terra o forte apoio. Uma vez que se foge do hospício dos alienados (e não acuso por isso a administração) onde acharei método para distinguir um louco de um homem de juízo? De ora avante, quando alguém vier dizer-me as coisas mais simples do mundo, ainda que me não arranque os botões, fico incerto se é pessoa que se governa, ou se apenas está num daqueles intervalos lúcidos, que permitem ligar as pontas da demência às da razão. Não posso deixar de desconfiar de todos.

A própria pessoa — ou para dar mais claro exemplo —, o próprio leitor deve desconfiar de si. Certo que o tenho em boa conta, sei que é ilustrado, benévolo e paciente, mas depois dos sucessos desta semana, quem lhe afirma que não saiu ontem do Hospício? A consciência de lá não haver entrado não prova nada; menos ainda a de ter vivido desde muitos anos, com sua mulher e seus filhos, como diz Lulu Sênior.[1] É sabido que a demência dá ao enfermo a visão de um estado estranho e contrário à realidade. Que saiu esta madrugada de um baile? Mas os outros convidados, os próprios noivos que saberão de si? Podem ser seus companheiros da Praia Vermelha. Este é o meu terror. O juízo passou a ser uma probabilidade, uma eventualidade, uma hipótese.

Isto, quanto à segunda parte da minha confissão. Quanto à primeira, o que aprendi com a fuga dos infelizes do Hospício, é ainda mais grave que a outra. O cál-

---

[1] Pseudônimo de Ferreira de Araújo, dono da *Gazeta de Notícias*.

culo, o raciocínio, a arte com que procederam os conspiradores da fuga, foram de tal ordem, que diminuiu em grande parte a vantagem de ter juízo. O ajuste foi perfeito. A manha de dar pontapés nas portas para abafar o rumor que fazia Serrão arrombando a janela do seu cubículo, é uma obra-prima; não apresenta só a combinação de ações para o fim comum, revela a consciência de que, estando ali por doidos, os guardas os deixariam bater à vontade, e a obra da fuga iria ao cabo, sem a menor suspeita. Francamente, tenho lido, ouvido e suportado coisas muito menos lúcidas.

Outro episódio interessante foi a insistência de Serrão em ser submetido ao tribunal do júri, provando assim tal amor da absolvição e consequente liberdade, que faz entrar em dúvida se se trata de um doido ou de um simples réu. Não repito o mais, que está no domínio público e terá produzido sensações iguais às minhas. Deixo vacilante a alma do leitor. Homens tais não parecem artífices de primeira qualidade, espíritos capazes de levar a cabo as questões mais complicadas deste mundo?

Não quero tocar no caso de Paradeda Júnior, que lá vai mar em fora, por achá-lo tardio.[2] Meio século antes, era um bom assunto de poema romântico. Quando, alto-mar, o infeliz revelasse, por impulsão repentina, o seu verdadeiro estado mental, a cena seria terrível e a inspiração germânica, mais que qualquer outra, acharia aí uma bela página. O poema devia chamar-se *Der närrische Schiff*.[3] Descrição do mar, do navio e do céu; a bordo, alegria e confiança. Uma noite, estando a lua em todo o

---

2 Não encontrei referência a este Paradeda Júnior.
3 *Das Narrenschiff* [O barco dos tolos], que conta a história de um barco cheio de tolos e guiado por tolos, que vai ao paraíso dos tolos, é um livro satírico de Sebastian Brand (1457-1521), publicado em 1494. É assunto de um quadro famoso de Hieronymus Bosch.

esplendor, um dos passageiros contava a batalha de Leipzig ou recitava uns versos de Uhland.⁴ De repente, um salto, um grito, tumulto, sangue: o resto seria o que Deus inspirasse ao poeta. Mas, repito, o assunto é tardio.

De resto, toda esta semana foi de sangue — ou por política, ou por desastre, ou por desforço pessoal. O acaso luta com o homem para fazer sangrar a gente pacata e temente a Deus. No caso de Santa Teresa, o cocheiro evadiu-se e começou o inquérito. Como os feridos não pedem indenização à companhia, tudo irá pelo melhor no melhor dos mundos possíveis.⁵ No caso da Copacabana, deu-se a mesma fuga, com a diferença que o autor do crime não é cocheiro; mas a fuga não é privilégio de ofício, e, demais, o criminoso já está preso. Em Manhuaçu continua a chover sangue, tanto que marchou para lá um batalhão daqui.⁶ O comendador Ferreira

---

4 A batalha de Leipzig, também conhecida como a Batalha das Nações (1813), foi a maior batalha das guerras napoleônicas — Napoleão foi derrotado. Ludwig Ulhand (1787-1862), poeta romântico alemão.

5 No dia 29 de maio, houve um desastre na linha de bondes de Santa Teresa, a cujo estado "demasiado nos temos referido e pela preocupação da construção da linha elétrica mais se tem acentuado", segundo a *Gazeta*. As últimas palavras da frase são de extrema ironia. Os cocheiros frequentemente se evadiam depois de tais desastres, sendo protegidos pela Companhia (de fato, neste caso foi capturado pouco depois), e sempre havia um "inquérito", em geral "rigoroso", que não dava em nada. Não identifiquei "o caso de Copacabana".

6 Em 1892, Serafim Tibúrcio da Costa foi eleito prefeito de São Lourenço do Manhuaçu, Minas Gerais. Derrotado em 1894 pelo padre Odorico Dolabela, reuniu um contingente de oitocentos homens e invadiu Manhuaçu em 1896. Tomou o controle da região e proclamou a "república do Manhuaçu" no dia 15 de maio de 1896. Na crônica anterior a esta, de 24 de maio, Machado trata do assunto, citando um telegrama

Barbosa (a esta hora assassinado), em carta que escreveu ao diretor da *Gazeta* e foi ontem publicada, conta minuciosamente o estado daquelas paragens. Os combates têm sido medonhos. Chegou a haver barricadas. Um anônimo declarou pelo *Jornal do Commercio* que, se a comarca de S. Francisco tornar à antiga província de Pernambuco, segundo propôs o sr. senador João Barbalho, não irá sem sangue.[7] Sangue não tarda a escorrer do jovem Estado (peruano) do Loreto...[8]

Enxuguemos a alma. Ouçamos, em vez de gemidos, notas de música. Um grupo de homens de boa vontade vai dar-nos música velha e nova, em concertos populares, a preço cômodo. Venham eles, venham continuar a obra do Clube Beethoven, que foi por tanto tempo o centro das harmonias clássicas e modernas. Tinha de acabar, acabou. Os *Concertos populares* também acabarão um dia, mas será tarde, muito tarde, se considerarmos a resolução dos fundadores, e mais a necessidade que há de arrancar a alma ao tumulto vulgar para a região serena e divina... Um abraço ao Dr. Luís de Castro.[9]

---

que fala do "terrível combate" que está sendo travado, dia e noite, entre os partidários de Costa Matos e Serafim.

7 Naquele momento, ressurgia um velho problema. Essa comarca pernambucana fora dada à Bahia pelo imperador Pedro I, em represália pela revolta da Confederação do Equador, de 1824.

8 Loreto: o estado peruano queria colonizar a região da selva amazônica, mas sem lhe dar uma independência que correspondesse à sua importância. Em 1896, Loreto, o estado de maior extensão da Amazônia, no Norte do país, foi centro de uma rebelião que pedia a autonomia da região.

9 O Clube Beethoven, que durou de 1882 a 1889, promovia concertos de música clássica muito concorridos. Machado foi, durante algum tempo, seu bibliotecário. Ver o verbete no *Dicionário de Machado de Assis*, de Ubiratan Machado, pp. 79-80, e a crônica de 5 de julho de 1896, em que Machado

Pela minha parte, proponho que, nos dias de concerto, a Companhia do Jardim Botânico, excepcionalmente, meta dez pessoas por banco nos bondes elétricos, em vez das cinco atuais. Creio que não haverá representação à Prefeitura, pois todos nós amamos a música; mas dado que haja, o mais que pode suceder, é que a Prefeitura mande reduzir a lotação às quatro pessoas do contrato; em tal hipótese, a companhia pedirá como agora, segundo acabo de ler, que a Prefeitura reconsidere o despacho — e as dez pessoas continuarão, como estão continuando as cinco. Há sempre erro em cumprir e requerer depois; o mais seguro é não cumprir e requerer. Quanto ao método, é muito melhor que tudo se passe assim, no silêncio do gabinete, que tumultuosamente na rua: *Não pode! não pode!*

---

volta a tratar dos concertos populares. Para Luís de Castro, ver a crônica de 20 de outubro de 1895, nota 4.

2 de agosto de 1896

Vê-se por esta crônica que as consequências do Encilhamento — o *mal financeiro* — não acabaram, e que entraram no corpo da sociedade. Na verdade, Machado não parece se interessar muito pela sorte dos dois jovens, Alfredo e Laura. O caso triste, de um jovem desprezado que tentou suicidar-se diante da amada, com um tiro no ouvido, fora contado na *Gazeta* de 31 de julho, e na verdade não justifica o título pretensioso que Machado implicitamente critica. Para ele, é só mais um sinal de que "os tempos se avizinham".

Aqui há outro ataque aos espíritas, que Machado odiava mais do que tudo pelo seu otimismo ingênuo — vai haver amor livre ("nem consórcio nem divórcio"), e vai acabar o dinheiro. A ironia do comentário sobre as eleições americanas é evidente — a descrição do processo eleitoral brasileiro como "simples pedidos de rua..." torna claro que não existe o necessário âmbito público, e recorre-se a chantagens e ameaças. Isso, sem que Machado necessariamente aprove nem os "ouristas" nem os "pratistas".

A SEMANA

Avizinham-se os tempos. Este século, principiado com Paulo e Virgínia,[1] termina com Alfredo e Laura. Não é já o amor ingênuo de Port-Louis, mas um *idílio trágico*, como lhe chamou a *Gazeta* de anteontem, sem dúvida para empregar o título do último romance de Bourget.[2]

---

[1] *Paul et Virginie* (1787), de Bernardin de Saint-Pierre (1739--1814), romance romântico, idílio tropical passado na ilha Maurício (da qual Port-Louis é a capital), que acaba em tragédia quando Virgínia é levada para a França e a (falsa) civilização.
[2] Paul Bourget (1852-1935), autor de romances "psicológi-

Em verdade, esse adolescente de catorze anos, que procurou a morte por não poder vencer os desdéns da vizinha de treze anos, faz temer a geração que aí vem inaugurar o século xx. Que os dois se amassem vá.

Tem-se visto dessas aprendizagens temporãs, ensaios para voos mais altos. Que ela não gostasse dele, também é possível. Nem todas elas gostam logo dos primeiros olhos que as procuram; em tais casos, eles devem ir bater à porta de outro coração, que se abre ou não abre, e tudo é passar o tempo à espera do amor definitivo. Mas aquela aurora de sangue, aquela tentativa de fazer estourar a vida, na idade em que tudo manda guardá-la e fazê-la crescer, eis aí um problema obscuro — ou demasiado claro, pois tudo se reduz a um madrugar de paixões violentas. E o amor de Alfredo era ainda mais temporão do que parece; vinha desde meses, muito antes dos catorze anos, quando ela teria pouco mais de doze.

Repito, os tempos se avizinham. Agora o amor precoce; vai chegar o amor livre, se é verdade o que me anunciou, há dias, um espírita. O amor livre não é precisamente o que supões — um amor a *carnet* e lápis como nos bailes se marcam as valsas e quadrilhas, até acabar no cotilhão.[3] Esse será o amor libérrimo: durará três compassos. O amor livre acompanha os estados da alma; pode durar cinco anos, pode não passar de seis meses, três semanas ou duas. Aos valsistas plena liberdade. O divórcio, que o Senado fez cair agora,[4] será remédio desnecessário. Nem divórcio nem consórcio.

Mas a maior prova de que os tempos se avizinham é

---

cos" de tendência conservadora, bastante popular na época. *Une Idylle tragique* é de 1896.
3 Dança que normalmente encerrava um baile.
4 A 26 de julho, o Senado forçou a rejeição da proposta de divórcio implícita na Constituição republicana: segundo a *Gazeta*, tinha cedido "à cabala clerical".

a que me deu o espírita de que trato. Estamos na véspera da felicidade humana. Vai acabar o dinheiro. À primeira vista, parece absurdo que a ausência do dinheiro traga a prosperidade da terra; mas, ouvida a explicação (que eu nunca li os livros desta escola), compreende-se logo; o dinheiro acaba por ser inútil. Tudo se fará troca por troca; os alfaiates darão as calças de graça e receberão de graça os sapatos e os chapéus. O resto da vida e do mundo irá pelo mesmo processo. O dinheiro fica abolido. A própria ideia do dinheiro perecerá em duas gerações.

Assim que, o *mal financeiro e seu remédio*, tema de tantas cogitações e palestras, acabará por si mesmo, não ficando remédio nem mal. Não haverá finanças, naturalmente, não haverá tesouro, nem impostos, nem alfândegas secas ou molhadas. Extinguem-se os desfalques. Este último efeito diminui os inquéritos — falo dos inquéritos rigorosos, nem conheço outros. A virtude, ainda obrigada, é sublime. Os desfalques andam tão a rodo que a gente de ânimo frouxo já inquire de si mesma se isto de levar dinheiro das gavetas do Estado ou do patrão é verdadeiramente delito ou reivindicação necessária. Tudo vai do modo de considerar o dinheiro público ou alheio. Se se entender que é deveras público e não alheio, mete-se no bolso a moral, a lei e o dinheiro, e brilha-se por algumas semanas. É sabido que dinheiro de desfalque nunca chega a comprar um pão para a velhice. Vai-se em folgares, e a pessoa que se dê por muito feliz, se não perde o emprego.

Acabado o dinheiro, os anglo-americanos não assistirão à luta do ouro e da prata, como esta que se trava agora, para eleger o candidato à presidência da República.[5] Nunca amei o espírito prático daquela na-

---

5 Machado refere-se à eleição norte-americana de 1896, que opôs os "ouristas", os republicanos liderados por William McKinley, que defendiam o padrão-ouro, e os bimetalistas, democratas liderados por William Jennings Bryan, que num

ção. Partidos que se podiam distinguir sonoramente, por meio de teorias bonitas, e, em falta delas, por algumas daquelas palavras grandes e doces, que entram pela alma do eleitor e a embebedam, preferem escrever umas plataformas de negociantes. Dou de barato que não haja teorias nem palavras, mas simples pedidos de rua, distribuição de cartões pelo correio, um ou outro recrutamento para não fazer da Constituição uma peça rígida, mas flexível, alguma ameaça e o resto; tudo isso é melhor que discutir ouro e prata em casarões, diante de centenas de delegados, e votar por um ou outro desses metais. E qual vencerá em dezembro próximo? Parece-me que o ouro, se é certo o que dizem os *ouristas*; mas afirmando os *pratistas* que é a prata, melhor é esperar as eleições. Ouro ou prata, há de ser difícil que o rei Dólar abdique, como quer o espiritismo. Uma folha, em que vem gravada a apoteose de McKinley, candidato do partido republicano, anuncia um casamento que se deve ter efetuado a 7 do mês passado. A noiva conta vinte anos e possui quatro milhões de dólares. Não é muito em terra onde os milhões chovem; mas esta qualidade parece ser tão principal que duas vezes o noticiarista fala nela. "*Miss Hobart, a despeito dos seus quatro milhões de dólares...*" E mais abaixo: "*Os bens da noiva são calculados em quatro milhões de dólares*".[6] Como é que numa região destas se há de

---

famoso discurso de julho de 1896 argumentou que a humanidade tinha sido "crucificada numa cruz de ouro". Os partidários de Bryan argumentavam que dar curso à prata inflaria o estoque de dinheiro, e assim traria a prosperidade — argumento que tinha ecos diretos no Brasil, onde a inflação foi uma das consequências desastrosas do Encilhamento. McKinley ganhou a eleição, e Machado comenta a vitória na crônica de 8 de novembro de 1896.
6 No texto, tanto na *Gazeta* quanto na transcrição de Au-

abolir o dinheiro e restringir o casamento a uma troca de calças e vestidos?

Pelo lado psicológico e poético, perderemos muito com a abolição do dinheiro. Ninguém entenderá, daqui a meio século, o bom conselho de Iago a Roderigo, quando lhe diz e torna a dizer, três e quatro vezes, que meta o dinheiro na bolsa.[7] Desde então, já antes, e até agora é com ele que se alcançam grandes e pequenas coisas, públicas e secretas. Mete dinheiro na bolsa — ou no bolso, diremos hoje, e anda, vai para diante, firme, confiança na alma, ainda que tenhas feito algum negócio escuro. Não há escuridão quando há fósforos. Mete dinheiro no bolso. Vende-te bem, não compres mal os outros, corrompe e sê corrompido, mas não te esqueças do dinheiro, que é com que se compram os melões. Mete dinheiro no bolso.

Os conselhos de Iago, note-se bem, serviriam antes ao adolescente Alfredo, que tentou morrer por Laura. Também Roderigo queria matar-se por Desdêmona, que o não ama e desposou Otelo; não era com revólver, que ainda não havia, mas por um mergulho na água. O honesto Iago é que lhe tira a ideia da cabeça e promete ajudá-lo a vencer, uma vez que meta dinheiro na bolsa. Assim po-

---

rélio Buarque de Holanda, vem "Uobarts", nome inexistente em inglês. A moça original deve ter sido Hobart, ou Hobarts, ou até Roberts. Não encontrei herdeira rica com esses nomes; havia muitas moças ricas americanas na época que se casavam com a aristocracia e a realeza europeia: na crônica de 10 de novembro de 1895, Machado comenta o caso famoso do duque de Marlborough e Consuelo Vanderbilt.

7 No ato 1, cena 3 de *Otelo*, de Shakespeare, o vilão Iago insiste com Roderigo, desesperado pelo seu amor por Desdêmona, casada com Otelo, que não se afogue, mas ponha dinheiro no bolso e espere que Desdêmona se enfastie, o que segundo ele é inevitável. Três vezes repete a frase: *"Put money in thy purse"*.

demos falar ao jovem Alfredo. Não te mates, namorado; mete dinheiro no bolso, e caminha. A vida é larga e há muitas flores na estrada. Pode ser até que essa mesma flor em botão, agora esquiva, quando vier a desabrochar, peça um lugar na tua botoeira, lado do coração. *Make money.* E depressa, depressa, antes que o dinheiro acabe como quer o espiritismo, a não ser que o espírita Torterolli[8] acabe primeiro que ele, o que é quase certo.

---

8 Angelo Torterolli foi um dos líderes da Federação Espírita Brasileira.

13 de setembro de 1896

Machado defende um preceito liberal, o da liberdade de expressão, contra a intolerância "civilizada" das autoridades. Sem dúvida, esta crônica foi motivada tanto pela linguagem supostamente jocosa do telegrama acerca de Manuel da Benta Hora (que não localizei) quanto por seu conteúdo. No fundo, há a presença de Antônio Conselheiro (que Machado já mencionara em 1893), que começava a apontar na consciência pública, embora ainda estivesse longe de adquirir o destaque posterior.

A SEMANA

Dizem da Bahia que Jesus Cristo enviou um emissário à terra, à própria terra da Bahia, lugar denominado Gameleira, termo de Obrobó Grande. Chama-se este emissário Manuel da Benta Hora, e tem já um séquito superior a cem pessoas.

Não serei eu que chame a isto verdade ou mentira. Podem ser as duas coisas, uma vez que a verdade confine na ilusão, e a mentira na boa-fé. Não tendo lido nem ouvido o Evangelho de Benta Hora, acho prudente conservar-me à espera dos acontecimentos. Certamente, não me parece que Jesus Cristo haja pensado em mandar emissários novos para espalhar algum preceito novíssimo. Não; eu creio que tudo está dito e explicado. Entretanto, pode ser que Benta Hora, estando de boa-fé, ouvisse alguma voz em sonho ou acordado, e até visse com os próprios olhos a figura de Jesus. Os fenômenos cerebrais complicam-se. As descobertas últimas são estupendas; tiram-se retratos de ossos e de fetos.[1] Há

---

[1] O físico alemão Wilhelm Röntgen foi o primeiro a estudar sistematicamente os raios X, em 1895.

muito que os espíritas afirmam que os mortos escrevem pelos dedos dos vivos. Tudo é possível neste mundo e neste final de um grande século.

Daí a minha admiração ao ler que a imprensa da Bahia aconselha ao governo faça recolher Benta Hora à cadeia. Note-se de passagem: a notícia, posto que telegráfica, exprime-se deste modo: "a imprensa pede ao governo mandar quanto antes que faça Benta Hora *apresentar as divinas credenciais* na cadeia...". Este gosto de fazer estilo, embora pelo fio telegráfico, é talvez mais extraordinário que a própria missão do regente apóstolo. O telégrafo é uma invenção econômica, deve ser conciso e até obscuro. O estilo faz-se por extenso em livros e papéis públicos, e às vezes nem aí. Mas nós amamos os ricos vestuários do pensamento, e o telegrama vulgar é como a tanga, mais parece despir que vestir. Assim explico aquele modo faceto de noticiar que querem meter o homem na cadeia.

Isto dito, tornemos à minha admiração. Não conhecendo Benta Hora, não crendo muito na missão que o traz (salvo as restrições acima postas), não é preciso lembrar que não defendo um amigo, como se pode alegar dos que estão aqui acusando o padre Dantas, vice-governador de Sergipe, por perseguir os padres da oposição.[2] Em Sergipe, onde o governo é quase eclesiástico, não há necessidade de novos emissários do céu; as leis divinas estão perpetuamente estabelecidas, e o que houver de ser, não inventado, mas definido, virá de Roma. Assim o devem crer todos os padres do estado, sejam

---

[2] Três sacerdotes envolvidos na política turbulenta do Sergipe: padre Antônio Leonardo da Silva Dantas foi governador do estado até 4 de setembro de 1896, quando foi deposto, para ser reposto em 6 de outubro; monsenhor Olímpio Campos foi presidente do estado de 1899 a 1902, vindo a ser assassinado no Rio de Janeiro em 1906.

da oposição, ou do governo, Olímpios, Dantas ou Jônatas. Portanto, se alguns forem ali presos, não é porque se inculquem portadores de novas regras de Cristo, mas porque, unidos no espiritual, não o estão no temporal. A cadeia fez-se para os corpos. Todos eles têm amigos seus, que os acompanham no infortúnio, como na prosperidade; mas tais amigos não vão atrás de uma nova doutrina de Jesus, vão atrás dos seus padres.

É o contrário dos cento e tantos amigos de Benta Hora; esses, com certeza, vão atrás de algum Evangelho. Ora, pergunto eu: a liberdade de profetar não é igual à de escrever, imprimir, orar, gravar? Ninguém contesta à imprensa o direito de pregar uma nova doutrina política ou econômica. Quando os homens públicos falam em nome da opinião, não há quem os mande apresentar as credenciais na cadeia. E desses, por três que digam verdade, haverá outros três que digam outra coisa, não sendo natural que todos deem o mesmo recado com ideias e palavras opostas. Donde vem então que o triste do Benta Hora deva ir confiar às tábuas de um soalho as doutrinas que traz para um povo inteiro, dado que a cadeia de Obrobó Grande seja assoalhada?

Lá porque o profeta é pequeno e obscuro, não é razão para recolhê-lo à enxovia. Os pequenos crescem, e a obscuridade é inferior à fama unicamente em contar menor número de pessoas que saibam da profecia e do profeta. Talvez esta explicação esteja em La Palisse,[3] mas esse nobre autor tem já direito a ser citado sem se lhe pôr o nome adiante. Os obscuros surgirão à luz, e algum dia aquele pobre homem da Gameleira poderá ser ilustre. Se, porém, o motivo da prisão é andar na rua, pregando, onde fica o direito de locomoção e de comunicação? E se esse homem pode andar calado, por que não andará falando? Que fale em voz baixa ou média, para

---

3 Uma verdade de La Palisse é uma verdade óbvia.

não atordoar os outros, sim, senhor, mas isso é negócio de admoestação, não de captura.

Agora se a alegação para a captura é a falsidade do mandato, cumpre advertir que, antes de tudo, é mister prová-lo. Em segundo lugar, nem todos os mandatos são verdadeiros, ou, por outra, muitos deles são arguidos de falsos, e nem por isso deixam de ser cumpridos; porquanto a falsidade de um mandato deduz-se da opinião dos homens, e estes tanto são veículos da verdade como da mentira. Tudo está em esperar. Quantos falsos profetas por um verdadeiro! Mas a escolha cabe ao tempo, não à polícia. A regra é que as doutrinas e as cadeias se não conheçam; se muitas delas se conhecem, e a algumas sucede apodrecerem juntas, o preceito legal é que nada saibam umas das outras.

Quanto à doutrina em si mesma, não diz o telegrama qual seja; limita-se a lembrar outro profeta por nome Antônio Conselheiro. Sim, creio recordar-me que andou por ali um oráculo de tal nome; mas não me ocorre mais nada. Ocupado em aprender a minha vida, não tenho tempo de estudar a dos outros; mas, ainda que esse Antônio Conselheiro fosse um salteador, por que se há de atribuir igual vocação a Benta Hora? E, dado que seja a mesma, quem nos diz que praticado com um fim moral e metafísico, saltear e roubar não é uma simples doutrina? Se a propriedade é um roubo, como queria um publicista célebre,[4] por que é que o roubo não há de ser uma propriedade? E que melhor método de propagar uma ideia que pô-la em execução? Há, em não me lembra já que livro de Dickens,[5] um mestre-escola que ensina a ler praticamente; faz com que os pequenos soletrem uma oração, e, em vez da seca análise gramatical, manda pra-

---

4 "A propriedade é um roubo", frase famosa de Pierre-Joseph Proudhon (1809-65).

5 O livro é *Hard Times* (1854); o mestre-escola, Mr. Gradgrind.

ticar a ideia contida na oração; por exemplo, *eu lavo as vidraças*, o aluno soletra, pega da bacia com água e vai lavar as vidraças da escola; *eu varro o chão,* diz outro, e pega da vassoura etc. etc. Esse método de pedagogia pode ser aplicado à divulgação das ideias.

Fantasia, dirás tu. Pois fiquemos na realidade, que é o aparecimento do profeta de Obrobó Grande, e o clamor contra ele. Defendamos a liberdade e o direito. Enquanto esse homem não constituir partido político com os seus discípulos, e não vier pleitear uma eleição, devemos deixá-lo na rua e no campo, livre de andar, falar, alistar crentes ou crédulos, não devemos encarcerá-lo nem depô-lo. O caboclo da Praia Grande viu respeitar em si a liberdade.[6] Se Benta Hora, porém, trocando um mandato por outro, quiser passar do espiritual ao temporal e...

---

6 Não encontrei este caboclo, que deve ter sido uma figura parecida com a cabocla do Castelo, no capítulo de abertura de *Esaú e Jacó*. Praia Grande é o nome antigo da atual Niterói.

29 de novembro de 1896

Este poema satírico-cômico é calcado no poema "Guitare", de *Les Rayons et les ombres* (1840), de Victor Hugo: como epígrafe, estão citados os dois versos iniciais desse poema, "cantado" por um velho pedinte espanhol, Gastibelza. Ele perdeu a sua amada, Doña Sabine, fugida com o conde de Saldanha, e vai enlouquecendo. O poema é famoso hoje em dia sobretudo numa versão cantada de Georges Brassens, intitulado "Gastibelza", que se encontra facilmente no YouTube.

Ambos os poemas têm o mesmo esquema de rimas, deliberadamente difícil: os versos finais de cada estrofe de Hugo terminam em -agne e -ou (*"Le vent que vient à travers la montagne/ Me rendra fou"* [O vento que vem através da montanha/ me fará enlouquecer]); os de Machado, em -ente e -im. Ambos usam nomes de lugares (Allemagne, Saldagne, Cerdagne; Dublim, Berlim, Tonkim) para lidar com a dificuldade (comicamente) autoimposta. Vale a pena mencionar que o poema francês tem onze estrofes — o de Machado, vinte! Quem fala é Abdul Hamid II, o último sultão ("padixá") do Império Otomano. Ao longo do século XIX, este império decaía, e estava ameaçado por sérias rebeliões dos seus súditos cristãos nos Bálcãs, que tentou suprimir em vão; ao longo do século, perdeu muitos territórios na Europa. Era universalmente conhecido como "o doente europeu" (*"the sick man of Europe"*) — por isso "verei morrer este eterno doente?" — e era uma das causas da tensão diplomática no continente; as Grandes Potências manobravam para aproveitar-se desse processo de desintegração.

Também havia tensões nos seus imensos territórios asiáticos. O motivo imediato do discurso de Gladstone, proferido no fim de setembro, e referido na quarta estrofe, foi o massacre de milhares de armênios cristãos, conhecido como os massacres hamidianos, em 1895. Gladstone, que nesse momento tinha 87 anos, era velho inimigo dos otomanos. Era cristão fervoroso, e já denunciara os massacres búlgaros em 1876. É bem provável que a inspiração inicial para este poema-crônica fosse esse discurso recente; o que significaria que Machado levou um mês para a composição.

Será útil elucidar alguns momentos — eu queria deixar o poema com um mínimo de notas, para a melhor apreciação do seu humor e virtuosismo. A atitude de Machado perante o sultão, conhecido como tirano brutal, pode parecer surpreendente. Explica-se, em parte, porque adora aproveitar do Oriente mítico, luxurioso, romântico — e brutal —, dos seus haréns, eunucos etc., para fins cômicos. Também é bem possível que sentisse certa simpatia inspirada pela posição do Império, vítima das Grandes Potências industriais. Essa atitude (temperada com algum cinismo) reaparece em *Dom Casmurro*, no episódio de Manduca (capítulos 84 e 85), em que o leproso moribundo se identifica com o "eterno doente".

A atitude machadiana perante os britânicos é bem menos simpática. Gladstone pode ter tentado dar certa independência ("Home Rule") à Irlanda ("quis rebelar toda a gente/ Da verde Erim"), mas se o coitado do sultão fosse à Câmara dos Comuns seria tratado como "chim" (isto é, como escravo ou "coolie"). Na oitava estrofe, Abdul Hamid se lembra da guerra da Crimeia (a de Manduca, de 1853-5), quando a Grã-Bretanha e a França se aliaram com os otomanos contra a Rússia. Agora, porém, o Império está à mercê das Grandes Potências, e só lhe cabe esperar que estas se destruam mutuamente antes de lançar mão do que é dele.

A SEMANA
GUITARRA FIM DE SÉCULO

> *Gastibelza, l'homme à la carabine,*
> *Chantait ainsi.*
> v. HUGO

Abdul-Hamid, padixá da Turquia,
    Servo de Alá,
Ao relembrar como outrora gemia
    Gastibelzá,
Soltou a voz solitária e plangente
    Cantando assim: —
"Verei morrer este eterno doente?
    Penso que sim.

"Ó meu harém! ó sagradas mesquitas
    Meu céu azul!
Terra de tantas mulheres bonitas,
    Minha Istambul!
Ó Dardanelos! ó Bósforo! ó gente
    Síria, alepim! —
Verei morrer este eterno doente?
    Penso que sim.

"Ouço de um lado bradar o Evangelho,
    De outro o Corão,
Ambos à força daquele ódio velho,
    Velha paixão,
E sinto em risco o meu trono luzente,
    Todo cetim. —
Verei morrer este eterno doente?
    Penso que sim.

"Gladstone, certo feroz paladino,
    Cristão e inglês,

Em discurso chamou-me assassino,
 Há mais de um mês;
Ninguém puniu esse dito insolente
 De tal mastim. —
Verei morrer este eterno doente?
 Penso que sim.

"Chamou-me ainda não sei se maluco,
 Ele que já
Vai pela idade de mole e caduco,
 Velho paxá,
Ele que quis rebelar toda a gente
 Da verde Erim. —
Verei morrer este eterno doente?
 Penso que sim.

"Ah! se eu, em vez de gostar da sultana
 E outras hanuns,
Trocar quisesse esta Porta Otomana
 Pelos Comuns,
Dar-me-iam, dizem, o trato excelente
 Que dão ao chim. —
Verei morrer este eterno doente?
 Penso que sim.

"Querem que faça reformas no império,
 Voto, eleição,
Que inda mais alto que o nosso mistério
 Ponha o cristão,
Que dê à cruz o papel do crescente,
 Como em Dublim. —
Verei morrer este eterno doente?
 Penso que sim.

"Que tempo aquele em que bons aliados
 Bretão, francês,

Defender vinham dos golpes danados
    O nosso fez!
Então a velha questão do Oriente
    Tinha outro fim. —
Verei morrer este eterno doente?
    Penso que sim.

"Então a gente da ruiva Moscóvia,
    Imperiais
Da Bessarábia, Sibéria, Varsóvia,
    Odessa e o mais,
Não conseguiam meter o seu dente
    No meu capim. —
Verei morrer este eterno doente?
    Penso que sim.

"Hoje meditam levar-me aos pedaços
    Tudo o que sou,
Cabeça, pernas, costelas e braços,
    Paris, Moscou,
A rica Londres, Viena a potente,
    Roma e Berlim. —
Verei morrer este eterno doente?
    Penso que sim.

"Oh! desculpai-me se nesta lamúria,
    Se neste andar,
Preciso às vezes entrar na Ligúria
    Para rimar.
Para rimar um mandão do Ocidente
    Com mandarim. —
Verei morrer este eterno doente?
    Penso que sim.

"Constantinopla rimar com manopla,
    Bem, sim, senhor;

Porém que a dura exigência da copla
    Torne uma flor
Igual à erva mofina e cadente
    De um mau jardim... —
Verei morrer este eterno doente?
    Penso que sim.

"Pois eu rimei *Maomé* com *verdade*,
    Mas hoje, ao ver
Que nem me fica esta velha cidade,
    Sinto perder
A fé que tinha de príncipe e crente
    Até o fim. —
Verei morrer este eterno doente?
    Penso que sim.

"Donzelas frescas, matronas gorduchas
    Com *feredjehs*,
Moças calçadas de lindas babuchas
    Nos finos pés,
Mastigam doces com gesto indolente
    No meu festim. —
Verei morrer este eterno doente?
    Penso que sim.

"Onde irão elas comer os confeitos
    Que ora aqui têm?
Quem lhes dará desses sonos perfeitos
    Do meu harém?
Onde acharão o sabor excelente
    De um alfenim? —
Verei morrer este eterno doente?
    Penso que sim.

"E eu, onde irei, se me deitam abaixo?
    Onde irei eu

Servo de Alá, sem bastão nem penacho?
    Tal o judeu
Errante, irei, sem parar, tristemente,
    De Ohio a Pequim. —
Verei morrer este eterno doente?
    Penso que sim.

"Ver-me-ão à noite, com lua ou sem lua,
    Seguir atrás
Da costureira que passa na rua,
    Honesta, em paz,
Pedir-lhe um beijo de amor por um pente
    De ouro ou marfim. —
Verei morrer este eterno doente?
    Penso que sim.

"Comerei só, sem eunucos escuros,
    Em *restaurant*,
Talvez bebendo dos vinhos impuros
    Que veda Islã;
Esposo de uma senhora somente
    Assim, assim. —
Verei morrer este eterno doente?
    Penso que sim.

"Penso que sim. Virão logo rasgá-lo,
    Como urubus
Sobre o cadáver de um pobre cavalo,
    Nações de truz.
Farão de cada pedaço jacente
    Uma Tonquim. —
Verei morrer este eterno doente?
    Penso que sim.

"Penso que sim; mas, pensando mais fundo,
    Bem pode ser

Que ele inda fique algum tempo no mundo;
   Tudo é fazer
Com que elas briguem na festa esplendente
   Antes do fim. —
Verei viver este eterno doente?
   Talvez que sim."

6 de dezembro de 1896

Esta é a primeira de quatro crônicas que falam de Antônio Conselheiro e Canudos, das quais escolhi duas. É importante lembrar quando, exatamente, foram escritas. Já na crônica de 13 de setembro desse ano, 1896, vê-se que o Conselheiro é assunto de boatos e notícias. Antes desta, no dia 24 de novembro, houve a primeira expedição contra Canudos, em que um destacamento policial de cem praças fora debelado pelos conselheiristas. Mais tarde, a segunda expedição, novamente limitada a forças do estado da Bahia, foi derrotada no dia 18 de janeiro. Foi essa derrota, sobretudo, que fez com que o escândalo se tornasse nacional, e que levou à terceira expedição, desastrosa, liderada por Moreira César, em março de 1897. A última crônica de Machado de "A Semana" é de 28 de fevereiro: antes, portanto, da histeria provocada pela derrota.

A SEMANA

Antônio Conselheiro é o homem do dia; faz-me lembrar o beribéri. Eu acompanhei o beribéri durante muitos anos, pelas folhas do Norte, principalmente do Maranhão e do Ceará. Via citadas as pessoas que adoeciam do mal, que eu não conhecia e cujo nome lia errado, carregando no *i*: lia *beriberí*. Confesso este pecado de prosódia, esperando que os meus contemporâneos façam a mesma coisa, ainda que, como eu, não tenham outros merecimentos. Quem tem outros merecimentos, pode claudicar uma vez ou duas. Ao duque de Caxias ouvi eu dizer — *míster*; mas o duque tinha uma grande vida militar atrás de si. Que feitos militares ou civis têm um senhor que eu conheço para dizer *eleições*?

Mas, tornando ao meu propósito, eu li os casos de beribéri por muitos e dilatados anos. Acompanhei a moléstia; vi que se espalhava pouco a pouco, mas segura. Foi assim que chegou à Bahia, e anos depois estava no Rio de Janeiro, de onde passou ao Sul. Hoje é doença nacional. Quando deram por ela, tinha abrangido tudo. Ninguém advertiu na conveniência de sufocá-la nos primeiros focos.

O mesmo sucedeu com Antônio Conselheiro. Este chefe de bando há muito tempo que anda pelo sertão da Bahia espalhando uma boa-nova sua, e arrebanhando gente que a aceita e o segue. Eram vinte, foram cinquenta, cem, quinhentos, mil, dois mil; as últimas notícias dão já três mil. Antes de tudo, tiremos o chapéu. Um homem que, só com uma palavra de fé, e a quietação das autoridades, congrega em torno de si três mil homens armados, é alguém. Certamente, não é digno de imitação; chego a achá-lo detestável; mas que é alguém, não há dúvida. Não me repliquem com algarismos eleitorais; nas eleições pode-se muito bem reunir duas e três mil pessoas, mas são pessoas que votam e se retiram, e não se reúnem todas no mesmo lugar, mas em seções. Casos há em que nem vão às urnas; é o que elegantemente se chama *bico de pena*. Uns dizem que este processo é imoral; outros que imoral é ficar de fora. Eu digo, como Bossuet: "Só Deus é grande, meus irmãos!".[1]

Como e de que vivem os sectários de Antônio Conselheiro? Não acho notícia exata deste ponto, ou não me lembro. Se não têm rendas, vivem naturalmente das do mato, caça e fruta, ou das dos outros, como os salteadores. A verdade é que vivem. A crença no chefe é grande; Antônio Conselheiro tem tal poder sobre os seus amigos que fará deles o que quiser. Agora mesmo, no primei-

---

[1] Na verdade, parece que quem pronunciou essas palavras, na oração fúnebre de Luís XIV, foi Jean-Baptiste Massillon (1663-1742), e não Bossuet.

ro ataque da força pública, sabe-se que eles, baleados, vinham às fileiras dos soldados para cortá-los a facão, e morrer. Entretanto, eles têm amigos estabelecidos à sombra das leis. Um telegrama diz que da cidade de Alagoinhas mandaram pólvora e chumbo ao chefe. Apreenderam-se caixões com armas que iam para ele. Os sectários batem-se com armas Comblaim e Chuchu.[2] Dizem as notícias que não se pode destruir tal gente com menos de seis mil homens de tropa. Talvez mais; um fanático, certo de ressuscitar daí a quinze dias, como ele assegura, vale por três homens.

Há um ponto novo nesta aventura baiana; está nos telegramas publicados anteontem. Dizem estes que Antônio Conselheiro bate-se para destruir as instituições republicanas. Neste caso, estamos diante de um general Boulanger, adaptado ao meio, isto é, operando no sertão, em vez de o fazer na capital da República e na Câmara dos Deputados, com eleições sucessivas e simultâneas.[3] É muita coisa para tal homem; profeta de Deus, enviado de Jesus e cabo político, são muitos papéis juntos, conquanto não seja impossível reuni-los e desempenhá-los. Cromwell derribou Carlos I com a Bíblia no bolso, e não ganhou batalha que não atribuísse a vitória a Deus. "Senhor — escrevia ele ao presidente da câmara dos comuns —, senhor, isto é nada menos que Deus; a

---

2 Dois tipos de espingarda, ambos introduzidos no Brasil nos anos 1880 e 1890. O segundo (uma variante do Comblain) recebeu o nome do seu inventor, Atanásio Chuchu.
3 O general Georges Boulanger (1836-91), militar com ambições políticas, de tendências conservadoras e monarquistas — que se chamavam de "cesaristas", isto é, ditatoriais — durante a Terceira República francesa. Foi eleito simultaneamente em várias circunscrições, e por pouco não subiu ao poder num golpe de Estado nos primeiros meses de 1889. Machado se refere a ele mais de uma vez nas crônicas de "Bons Dias!".

ele cabe toda a glória."[4] Mas, ou eu me engano, ou vai muita distância de Cromwell a Antônio Conselheiro.

Entretanto, como a alma passa por estados diferentes, não é absurdo que o atual estado do nosso patrício seja a ambição política. Pode ser que ele, desde que se viu com três mil homens armados e subordinados, tenha sentido brotar do espírito profético o espírito político, e pense em substituir-se a todas as Constituições. Imaginará que, possuindo a Bahia, possui Sergipe, logo depois Alagoas, mais tarde Pernambuco e o resto para o norte e para o sul. Dizem que ele declarou que há de vir ao Rio de Janeiro. Não é fácil, mas todos os projetos são verossímeis, e, dada a ambição política, o resto é lógico. Ele pode pensar que chega, vê e vence. Suponhamos nós que é assim mesmo; que as calamidades do tempo e o espírito da rebelião se dão as mãos para entregar a vitória ao chefe da seita dos Canudos. Canudos é, como sabeis, o lugar onde ele e o seu exército estão agora entrincheirados. Isto suposto, que será o dia de amanhã?

Lealmente, não sei. Eu não sou profeta. Se fosse, talvez estivesse agora no sertão, com outros três mil sequazes, e uma seita fundada. E faria o contrário daquele fundador. Não viria aos centros povoados, onde a corrupção dos homens torna difícil qualquer organização sólida, e o espírito de rebelião vive latente, à espera de oportunidade. Não, meus amigos, era lá mesmo no sertão, onde os bichos ainda não jogam nem são jogados; era no mais fechado, áspero e deserto que eu levantaria a minha cidade e a minha igreja.

Antônio Conselheiro não compreende essa vantagem de fazer obra nova em sítio devoluto. Quer vir aqui, quer

---

4 Não encontrei essas palavras, que muito provavelmente estão na edição que Machado possuía das cartas de Oliver Cromwell, em quatro volumes, editados pelo seu biógrafo, Thomas Carlyle.

governar perto da rua do Ouvidor. Naturalmente, não nos dará uma Constituição liberal, no sentido anárquico deste termo. Talvez nem nos dê cópia ou imitação de nenhuma outra, mas alguma coisa inédita e inesperada. O governo será decerto pessoal; ninguém gasta paciência e anos no mato para conquistar um poder e entregá-lo aos que ficaram em suas casas. O exemplo de Orélie-Antoine I (e único), rei dos araucânios, não o seduzirá a pôr uma coroa na cabeça.[5] Cônsul e Protetor são títulos usados. Palpita-me que ele se fará intitular simplesmente Conselheiro, e, sem alterar o nome, dividi-lo-á por uma vírgula: "Antônio, Conselheiro, por ordem de Deus e obediência do povo...". Terá um conselho, câmara única e pequena, não incumbida de votar as leis, mas de as examinar somente, pelo lado ortográfico e sintáxico, pelo número de letras consoantes em relação às vogais, idade das palavras, energia dos verbos, harmonia dos períodos etc., tudo exposto em relatórios longos, minuciosos, ilegíveis e inéditos.

Venerado como profeta, obedecido como chefe de Estado, investido de ambos os gládios, com as chaves do céu e da terra na gaveta, Antônio Conselheiro verá o seu poder definitivamente posto? Como tudo isto é sonho, sonhemos que sim; mas Oliveiro terá um Ricardo por sucessor,[6] e a obra do primeiro perecerá nas mãos do segundo, sem outro resultado mais que haver o profeta governado perto da rua do Ouvidor. Ora, esta rua é o al-

5 Orélie-Antoine de Tournens (1825-78), que se autodenominou Orélie-Antoine I, aventureiro francês que por duas vezes tentou estabelecer um reino nas terras do sul do Chile, entre os índios mapuches. Foi mandado para um manicômio e depois repatriado à França, onde morreu.
6 Oliver Cromwell foi sucedido como lorde Protector pelo filho, Richard, em 1658. O protetorado ruiu em dois anos, e a monarquia foi restaurada, com o rei Carlos II.

çapão dos governos. Pela sua estreiteza, é a murmuração condensada, é o viveiro dos boatos, e mais mal faz um boato que dez artigos de fundo. Os artigos não se leem, principalmente se o contribuinte percebe que tratam de orçamento e de imposto, matérias já de si aborrecíveis. O boato é leve, rápido, transparente, pouco menos que invisível. Eu, se tivesse voz no Conselho Municipal, antes de cuidar do saneamento da cidade, propunha o alargamento da rua do Ouvidor. Quando este beco for uma avenida larga em que as pessoas mal se conheçam de um lado para outro, terão cessado mil dificuldades políticas. Talvez então se popularizem os artigos sobre finanças, impostos e outras rudes necessidades do século.

31 de janeiro de 1897

Nesse momento, as forças da legalidade já sofreram uma segunda derrota nas mãos dos conselheiristas, em 18 de janeiro, o que levou à agitação que fez com que o governo mandasse a terceira expedição, comandada por Moreira César, e que, em 2 de março, seria derrotada por sua vez, levando o país à histeria.

Machado mantém uma posição cética perante os acontecimentos, e, como noutras ocasiões, lança mão da "imaginação e da poesia" para esse fim. Irrita-se sobretudo com os preconceitos e as distorções da imprensa. Discretamente, critica até o correspondente da própria *Gazeta*, que não pôs os pés fora da capital do estado. Já se entrava na época dos repórteres ousados, quase aventureiros eles mesmos, que se arriscavam para trazer as notícias ao vivo. O primeiro e mais famoso deles foi o americano Henry Morton Stanley, que se aventurou na África para encontrar o missionário David Livingstone, em 1872 — por isso, sem dúvida, é que Machado se refere à "proeza *americana*" que seria ir até Canudos.

A SEMANA

Os direitos da imaginação e da poesia hão de sempre achar inimiga uma sociedade industrial e burguesa. Em nome deles protesto contra a perseguição que se está fazendo à gente de Antônio Conselheiro. Este homem fundou uma seita a que se não sabe o nome nem a doutrina. Já este mistério é poesia. Contam-se muitas anedotas, diz-se que o chefe manda matar gente, e ainda agora fez assassinar famílias numerosas porque o não queriam acompanhar. É uma repetição do *crê ou morre*; mas a vocação de Maomé era conhecida. De Antônio Conselheiro ignoramos se teve alguma entrevista com o anjo

Gabriel, se escreveu algum livro, nem sequer se sabe escrever.[1] Não se lhe conhecem discursos. Diz-se que tem consigo milhares de fanáticos. Também eu o disse aqui, há dois ou três anos, quando eles não passavam de mil ou mil e tantos.[2] Se na última batalha é certo haverem morrido novecentos deles e o resto não se despega de tal apóstolo, é que algum vínculo moral e fortíssimo os prende até à morte. Que vínculo é esse?

No tempo em que falei aqui destes fanáticos, existia no mesmo sertão da Bahia o bando dos clavinoteiros. O nome de clavinoteiros dá antes ideia de salteadores que de religiosos; mas se no *Koran* está escrito que "o alfanje é a chave do céu e do inferno",[3] bem pode ser que o clavinote seja a gazua, e para entrar no céu tanto importará uma como outra; a questão é entrar. Não obs-

---

[1] "Crê ou morre" é a ameaça supostamente usada pelos muçulmanos para "converter" seus inimigos. Segundo o islã, o anjo Gabriel ditou ao profeta Maomé as palavras do Alcorão (mantive aqui a forma *"Koran"* do texto da *Gazeta de Notícias*).

[2] Com efeito, Machado já mencionara o Conselheiro mais de uma vez em "A Semana". A primeira foi já no fim da crônica de 4 de junho de 1893, em que não o nomeia, mas chama-o "um fanático de Entre-Rios" (ver minha edição dos primeiros dois anos da série, p. 251). A segunda, à qual se refere aqui, foi de 22 de julho de 1894, e foi reproduzida em *Páginas recolhidas* (1899) com o título "Canção de piratas". Aí diz que "o Conselheiro está em Canudos com 2000 homens (dois mil homens) perfeitamente armados". Dá um tratamento deliberadamente literário ao assunto, comparando o líder sertanejo, junto com "os célebres clavinoteiros de Belmonte" (outro grupo, que operava na região de Ilhéus), com os célebres piratas do romantismo, de Hugo, Byron e Gonçalves Dias.

[3] Parece que estas palavras não estão no Alcorão. A sua origem parece estar no capítulo 50 do *Declínio e queda do Império Romano*, do historiador inglês Edward Gibbon, em que descreve a religião islâmica e atribui estas palavras ao profeta.

tante, tenho para mim que esse bando desapareceu de todo; parte estará dando origem a desfalques em cofres públicos ou particulares, parte à volta das urnas eleitorais. O certo é que ninguém mais falou dele. De Antônio Conselheiro e seus fanáticos nunca se fez silêncio absoluto. Poucos acreditavam, muitos riam, quase todos passavam adiante, porque os jornais são numerosos e a viagem dos bondes é curta; casos há, como os de Santa Teresa, em que é curtíssima.[4] Mas, em suma, falava-se deles. Eram matéria de crônicas sem motivo.

Entre as anedotas que se contam de Antônio Conselheiro, figura a de se dar ele por uma encarnação de Cristo, acudir ao nome de Bom Jesus e haver eleito doze confidentes principais, número igual ao dos apóstolos. O correspondente da *Gazeta de Notícias* mandou ontem notícias telegráficas, cheias de interesse, que toda gente leu, e por isso não as ponho aqui; mas, em primeiro lugar, escreve da capital da Bahia, e, depois, não se funda em testemunhas de vista, mas de outiva; deu-se honesta pressa em mandar as novas para cá, tão minuciosas e graves, que chamaram naturalmente a atenção pública. Outras folhas também as deram; mas serão todas verdadeiras? Eis a questão. O número dos sequazes do Conselheiro sobe já a dez mil, não contando os lavradores e comerciantes que o ajudam com gêneros e dinheiros.

Dado que tudo seja exato, não basta para conhecer uma doutrina. Diz-se que é um místico, mas é tão fácil supô-lo que não adianta nada dizê-lo. Nenhum jornal mandou ninguém aos Canudos. Um repórter paciente e sagaz, meio fotógrafo ou desenhista, para trazer as feições do Conselheiro e dos principais subchefes, podia ir ao centro da seita nova e colher a verdade inteira sobre ela. Seria uma proeza americana. Seria uma empresa quase igual à remoção do

---

4 Esta linha era notória pelos acidentes frequentes. Ver a crônica de 31 de maio de 1896, nota 5.

Bendegó, que devemos ao esforço e direção de um patrício tenaz.⁵ Uma comissão não poderia ir; as comissões geralmente divergem logo na data da primeira conferência, e é duvidoso que esta desembarcasse na Bahia sem três opiniões (pelo menos) acerca do Juazeiro.⁶

Não se sabendo a verdadeira doutrina da seita, resta-nos a imaginação para descobri-la e a poesia para floreá-la. Estas têm direitos anteriores a toda organização civil e política. A imaginação de Eva fê-la escutar sem nojo um animal tão imundo como a cobra, e a poesia de Adão é que o levou a amar aquela tonta que lhe fez perder o paraíso terrestre.

Que vínculo é esse, repito, que prende tão fortemente os fanáticos ao Conselheiro? Imaginação, cavalo de asas, sacode as crinas e dispara por aí fora; o espaço é infinito. Tu, poesia, trepa-lhe aos flancos, que o espaço, além de infinito, é azul. Ide, voai, em busca da estrela de ouro que se esconde além, e mostrai-nos em que é que consiste a doutrina deste homem. Não vos fieis no telegrama da *Gazeta*, que diz estarem com ele quatro classes de fanáticos, e só uma delas sincera. Primeiro que tudo, quase não há grupo a que se não agregue certo número de homens interessados e empulhadores; e, se vos contentais com uma velha chapa, a perfeição não é deste mundo. Depois, se há crentes verdadeiros, é que acreditam em alguma coisa. Essa coisa é que é o mistério. Tão atrativa é ela que um homem, não suspeito de conselheirista, foi com a senhora visitar o apóstolo, deixando-lhe de esmola quinhentos mil-réis, e ela quatrocentos mil. Esta notícia é sintomática. Se um pai de família, capitalista ou fazendeiro, pega em si e na esposa e vai dar pelas próprias mãos algum

---

5 Machado se refere a José Carlos de Carvalho, chefe da expedição que trouxe o meteorólito de Bendegó para o Rio de Janeiro. Ver a crônica de "Bons Dias!" de 27 de maio de 1888.
6 Juazeiro é a cidade mais próxima de Canudos.

auxílio pecuniário ao Conselheiro, que já possui uns cem contos de réis, é que a palavra deste passa além das fileiras de combate.

Não trato, porém, de conselheiristas ou não conselheiristas; trato do *conselheirismo*, e por causa dele é que protesto e torno a protestar contra a perseguição que se está fazendo à seita. Vamos perder um assunto vago, remoto, fecundo e pavoroso. Aquele homem que reforça as trincheiras envenenando os rios, é um Maomé forrado de um Bórgia. Vede que acaba de despir o burel e o bastão pelas armas; a imagem do bastão e do burel dá-lhe um caráter hierático. Enfim, deve exercer uma fascinação grande para incutir a sua doutrina em uns e a esperança da riqueza em outros. Chego a imaginar que o elegem para a Câmara dos Deputados, e que ele aí chega, como aquele francês muçulmano, que ora figura na câmara de Paris, com turbante e burnu.[7] Estou a ver entrar o Conselheiro, deixando o bastão onde outros deixam o guarda-chuva e sentando o burel onde outros pousam as calças. Estou a vê-lo erguer-se e propor indenização para os seus dez mil homens dos Canudos...

A perseguição faz-nos perder isto; acabará por derribar o apóstolo, destruir a seita e matar os fanáticos. A paz tornará ao sertão, e com ela a monotonia. A monotonia virá também à nossa alma. Que nos ficará depois

---

7 Essa figura interessante é Philippe Grenier (1865-1944), médico francês de Pontarlier, perto da fronteira suíça, que visitou a Argélia, então colônia francesa, em 1890, e ficou chocado com o tratamento da população local. Ele acabou se convertendo ao islã, e foi eleito deputado pela cidade natal em 1896 — via-se como "o deputado dos muçulmanos da França". O mandato durou dois anos, durante os quais, em parte porque se vestia como os argelinos, de turbante e burnu como diz Machado, foi objeto de muitos insultos e piadas na imprensa francesa.

da vitória da lei? A nossa memória, flor de quarenta e oito horas, não terá para regalo a água fresca da poesia e da imaginação, pois seria profaná-las com desastres elétricos de Santa Teresa, roubos, contrabandos e outras anedotas sucedidas nas quintas-feiras para se esquecerem nos sábados.

Crônica

4 de novembro de 1900

Esta é a primeira de duas crônicas, escritas em novembro de 1900, quando o cronista habitual, Olavo Bilac, que sucedera Machado em 1897, se ausentara para representar a *Gazeta de Notícias* na Argentina. Apareceram num momento significativo para Machado e para o Brasil: o colapso, em setembro de 1900, do Banco da República do Brasil, criado em dezembro de 1892 pela união de dois bancos quase falidos, numa tentativa de mitigar os efeitos do Encilhamento. Esse colapso final foi visto por muitos como a "liquidação do Encilhamento". Como acontece tantas vezes, Machado situa este evento imediato não só numa perspectiva histórica ampla (através do sineiro da Glória), mas, além disso, na de uma tragédia natural, um terremoto na Venezuela. Ouvem-se ainda, nesta crônica, ecos do desgosto de Machado pela República.

Machado em muitos momentos zombara da figura do acionista, interessado só nos dividendos e alheio à gestão da companhia ou do banco de que supostamente é dono. Para ele, essa irresponsabilidade, como a relutância das pessoas a cumprir seus deveres de cidadão no júri, é um aspecto do individualismo e da falta de espírito público do brasileiro, o qual deplora.

CRÔNICA

Entre tais e tão tristes casos da semana, como o terremoto de Venezuela, a queda do Banco Rural e a morte do sineiro da Glória, o que mais me comoveu foi o do sineiro.[1]

[1] Um terremoto em Macuto, Venezuela, no dia 29 de outubro, causara muitas mortes. Em 12 de setembro, o Banco da República do Brasil fora vítima de uma corrida aos bancos, e

Conheci dois sineiros na minha infância, aliás três, — o *Sineiro de S. Paulo*,[2] drama que se representava no Teatro S. Pedro —, o sineiro da *Notre Dame de Paris*,[3] aquele que fazia um só corpo, ele e o sino, e voavam juntos em plena Idade Média, e um terceiro, que não digo, por ser caso particular. A este, quando tornei a vê-lo, era caduco. Ora, o da Glória, parece ter lançado a barra adiante de todos.

Ouvi muita vez repicarem, ouvi dobrarem os sinos da Glória, mas estava longe absolutamente de saber quem era o autor de ambas as falas. Um dia cheguei a crer que andasse nisso eletricidade. Esta força misteriosa há de acabar por entrar na igreja e já entrou, creio eu, em forma de luz. O gás também já ali se estabeleceu. A igreja é que vai abrindo a porta às novidades, desde que a abriu à cantora de sociedade ou de teatro, para dar aos solos a voz de soprano, quando nós a tínhamos trazida por d. João VI, sem despir-lhe as calças. Conheci uma dessas vozes, pessoa velha, pálida e desbarbada; cantando, parecia moça.[4]

O sineiro da Glória é que não era moço. Era um escravo, doado em 1853 àquela igreja, com a condição de a servir dois anos. Os dois anos acabaram em 1855, e o escravo ficou livre, mas continuou o ofício. Contem bem

---

o governo acabou estatizando o banco: seus débitos foram saldados com títulos do governo. Nessas condições, um regime de liquidação foi criado para os outros bancos, entre os quais o Banco Rural e Hipotecário, o mencionado aqui, fundado muitos anos antes, em 1854.

2 *Le Sonneur de Saint Paul* (1838), de Joseph Bouchardy, autor de melodramas de enredo complicado. Foi traduzido pelo português João Baptista Ferreira em 1839 e mais tarde representado no Brasil.

3 Romance famoso e muito popular de Victor Hugo, de 1831. O sineiro é Quasímodo.

4 Machado se refere aqui a um *castrato*, homem sem barba e com voz de moça, trazido de Portugal por d. João.

os anos, quarenta e cinco, quase meio século, durante os quais este homem governou uma torre. A torre era dele, dali regia a paróquia e contemplava o mundo.

Em vão passavam as gerações, ele não passava. Chamava-se João. Noivos casavam, ele repicava as bodas; crianças nasciam, ele repicava ao batizado; pais e mães morriam, ele dobrava aos funerais. Acompanhou a história da cidade. Veio a febre amarela, o cólera-morbo, e João dobrando. Os partidos subiam ou caíam, João dobrava ou repicava, sem saber deles. Um dia começou a Guerra do Paraguai, e durou cinco anos; João repicava e dobrava, dobrava e repicava pelos mortos e pelas vitórias. Quando se decretou o ventre livre das escravas, João é que repicou. Quando se fez a Abolição completa, quem repicou foi João. Um dia proclamou-se a República, João repicou por ela, e repicaria pelo Império, se o Império tornasse.

Não lhe atribuas inconsistência de opiniões; era o ofício. João não sabia de mortos nem de vivos; a sua obrigação de 1853 era servir à Glória, tocando os sinos, e tocar os sinos, para servir à Glória, alegremente ou tristemente, conforme a ordem. Pode ser até que, na maioria dos casos, só viesse a saber do acontecimento depois do dobre ou do repique.

Pois foi esse homem que morreu esta semana, com oitenta anos de idade. O menos que lhe podiam dar era um dobre de finados, mas deram-lhe mais; a Irmandade do Sacramento foi buscá-lo à casa do vigário Molina para a igreja, rezou-se-lhe um responso e levaram-no para o cemitério, onde nunca jamais tocará sino de nenhuma espécie; ao menos, que se ouça deste mundo.

Repito, foi o que mais me comoveu dos três casos. Porque a queda do Banco Rural, em si mesma, não vale mais que a de outro qualquer banco. E depois não há bancos eternos. Todo banco nasce virtualmente quebrado; é o seu destino, mais ano, menos ano. O que nos deu a ilusão do contrário foi o finado Banco do Brasil, uma espécie de sineiro da Glória, que repicou por todos os vivos, desde Itaboraí até Dias de Carvalho, e sobreviveu ao Lima, ao "Lima do Banco".[5] Isto é que fez crer a muitos que o Banco do Brasil era eterno. Vimos que não foi. O da República já não trazia o mesmo aspecto; por isso mesmo durou menos.[6]

Ao Rural também eu conheci moço; e, pela cara, parecia sadio e robusto. Posso até contar uma anedota, que ali se deu há trinta anos e responde ao discurso do sr. Júlio Ottoni. Ninguém me contou; eu mesmo vi com estes olhos que a terra há de comer, eu vi o que ali se passou há tanto tempo. Não digo que fosse novo, mas para mim era novíssimo.

Estava eu ali, ao balcão do fundo, conversando. Não tratava de dinheiro, como podem supor, posto fosse de letras, mas não há só letras bancárias; também as há literárias, e era destas que eu tratava. Que o lugar não fosse propício, creio; mas, aos vinte anos, quem é que escolhe lugar para dizer bem de Camões?

Era dia de assembleia geral de acionistas, para se lhes dar conta da gestão do ano ou do semestre, não me lembra. A assembleia era no sobrado. A pessoa com quem eu falava tinha de assistir à sessão, mas, não havendo ainda número, bastava esperar cá embaixo. De resto, a

---

[5] Joaquim José Rodrigues Torres, visconde de Itaboraí (1802- -72), político conservador e presidente do Conselho no "golpe" de 1868. É considerado o fundador do atual Banco do Brasil; José Pedro Dias de Carvalho (1808-81), político liberal, foi diretor do banco entre 1854 e 1857. O "Lima do Banco" fica por identificar.

[6] De fato, o Banco do Brasil foi fundido com o Banco da República para formar o Banco da República do Brasil em dezembro de 1892, à instância do marechal Floriano. Foi esse que quebrara em setembro de 1900.

hora estava a pingar. E nós falávamos de letras e de artes, da última comédia e da ópera recente. Ninguém entrava de fora, a não ser para trazer ou levar algum papel, cá de baixo. De repente, enquanto eu e o outro conversávamos, entra um homem lento, aborrecido ou zangado, e sobe as escadas como se fossem as do patíbulo. Era um acionista. Subiu, desapareceu. Íamos continuar, quando o porteiro desceu apressadamente.
— Sr. secretário! Sr. secretário!
— Já há maioria?
— Agora mesmo. Metade e mais um. Venha depressa, antes que algum saia, e não possa haver sessão.

O secretário correu aos papéis, pegou deles, tornou, voou, subiu, chegou, abriu-se a sessão. Tratava-se de prestar contas aos acionistas sobre o modo por que tinham sido geridos os seus dinheiros, e era preciso espreitá-los, agarrá-los, fechar a porta para que não saíssem e ler-lhes à viva força o que se havia passado. Imaginei logo que não eram acionistas de verdade; e, falando nisto a alguém, à porta da rua, ouvi-lhe esta explicação, que nunca me esqueceu:

— O acionista, disse-me um amigo que passava, é um substantivo masculino que exprime "possuidor de ações" e, por extensão, credor dos dividendos. Quem diz ações diz dividendos. Que a diretoria administre, vá, mas que lhe tome o tempo em prestar-lhe contas, é demais. Preste dividendos; são as contas vivas. Não há banco mau se dá dividendos. Aqui onde me vê, sou também acionista de vários bancos, e faço com eles o que faço com o júri, não vou lá, não me amolo.

— Mas, se os dividendos falharem?
— É outra coisa, então cuida-se de saber o que há.

Pessoa de hoje, a quem contei este caso antigo, afirmou-me que a pessoa que me falou, há trinta anos, à porta do Rural, não fez mais que afirmar um princípio, e que os princípios são eternos. A prova é que aquele ain-

da agora o seria, se não fosse o incidente da corrida dos cheques há dois meses.[7]
— Então, parece-lhe...?
— Parece-me.

Quanto ao terceiro caso triste da semana, o terremoto de Venezuela, quando eu penso que podia ter acontecido aqui, e, se aqui acontecesse, é provável que eu não tivesse agora a pena na mão, confesso que lastimo aquelas pobres vítimas. Antes uma revolução. Venezuela tem vertido sangue nas revoluções, mas sai-se com glória para um ou outro lado, e alguém vence, que é o principal; mas este morrer certo, fugindo-lhes o chão debaixo dos pés, ou engolindo-os a todos ah!... Antes uma, antes dez revoluções, com trezentos mil diabos! As revoluções servem sempre aos vencedores, mas um terremoto não serve a ninguém. Ninguém vai ser presidente de ruínas. É só trapalhada, confusão e morte inglória. Não, meus amigos. Nem terremotos nem bancos quebrados. Vivam os sineiros de oitenta anos, e um só, perpétuo e único badalo!

---

7 O "incidente" a que o cronista se refere lembra que, na corrida aos bancos do dia 12 de setembro, os depositantes foram pagos, não em dinheiro, mas com cheques visados. Ver Gustavo Franco, *A economia em Machado de Assis*, p. 244.

11 de novembro de 1900

Esta, a última crônica que Machado escreveu, começa por uma profissão de fé do cronista, catador de coisas mínimas, muito citado pela crítica. Entretanto, a crônica que se segue é curiosa: não sei se sou o único a sentir que o cronista está à procura de assunto, mas que acaba não achando. A escritura tem a graça de sempre, mas a tensão que também caracteriza as melhores crônicas aqui existe pouco, o que se sente sobretudo no final. Essa espada não tem explicação, ou pelo menos explicação que justifique a anedota, e o cronista parece que escreve mais ou menos a esmo, ansioso para acabar seu dever (como quase confessa no fim). Se é verdade, em parte se explicará, sem dúvida, pelo fato de esta ser uma crônica ocasional, isolada, que não faz parte de uma série; talvez também pelas transformações na sociedade brasileira, trazidas (entre outras coisas) pela massa de imigrantes europeus, "pessoas desembarcadas em Santos ou idas daqui pela Estrada de Ferro Central".

CRÔNICA

Eu gosto de catar o mínimo e o escondido. Onde ninguém mete o nariz, aí entra o meu, com a curiosidade estreita e aguda que descobre o encoberto. Daí vem que, enquanto o telégrafo nos dava notícias tão graves como a taxa francesa sobre a falta de filhos e o suicídio do chefe de polícia paraguaio, coisas que entram pelos olhos, eu apertei os meus para ver coisas miúdas, coisas que escapam ao maior número, coisas de míopes.[1] A

---

[1] A taxa francesa tinha suas origens no alarme sobre a queda da população, que levava a crer que a França degenerava e se tornava mais vulnerável aos seus inimigos (principalmente a Alemanha).

vantagem dos míopes é enxergar onde as grandes vistas não pegam.

Não nego que o imposto sobre a falta de filhos e o celibato podia dar de si uma página luminosa, sem aliás tocar na estatística. Só a parte cívica. Só a parte moral. Dava para elogio e para descompostura. A grandeza da pátria, da indústria e dos exércitos faria o elogio. O regímen de opressão inspirava a descompostura, visto que obriga casar para não pagar a taxa; casado, obriga a fazer filhos, para não pagar a taxa; feitos os filhos, obriga a criá-los e educá-los, com o que afinal se paga uma grande taxa. Tudo taxas. Quanto ao suicídio do chefe de polícia, são palavras tão contrárias umas às outras que não há crer nelas. Um chefe de polícia exerce funções essencialmente vitais e alheias à melancolia e ao desespero. Antes de se demitir da vida, era natural demitir-se do cargo, e o segundo decreto bastaria acaso para evitar o primeiro.

Deixei taxas e mortes e fui à casa de um leiloeiro, que ia vender objetos empenhados e não resgatados. Permitam-me um trocadilho. Fui ver o martelo bater no prego. Não é lá muito engraçado, mas é natural, exato e evangélico. Está autorizado por Jesus Cristo: *Tu es Petrus*, etc. Mal comparando, o meu ainda é melhor. O da Escritura está um pouco forçado, ao passo que o meu — o martelo batendo no prego — é tão natural que nem se concebe dizer de outro modo. Portanto, edificarei a crônica sobre aquele prego, no som daquele martelo.

Havia lá broches, relógios, pulseiras, anéis, botões, o repertório do costume. Havia também um livro de missa, elegante e escrupulosamente dito *para* missa, a fim de evitar confusão de sentido. Valha-me Deus! até nos leilões persegue-nos a gramática. Era de tartaruga, guarnecido de prata. Quer dizer que, além do valor espiritual, tinha aquele que propriamente o levou ao prego. Foi uma mulher que recorreu a esse modo de obter dinheiro. Abriu mão da salvação da alma, para salvar o corpo, a menos que não tivesse decorado as orações antes de vender o manual delas. Pobre desconhecida! Mas também (e é aqui que eu vejo o dedo de Deus), mas também quem é que lhe mandou comprar um livro de tartaruga com ornamentações de prata? Deus não pede tanto; bastava uma encadernação simples e forte, que durasse, e feia para não tentar a ninguém. Deus veria a beleza dela.

Mas vamos ao que me põe a pena na mão; deixemos o livro e os artigos do costume. Os leilões desta espécie são de uma monotonia desesperadora. Não saem de cinco ou seis artigos. Raro virá um binóculo. Neste apareceu um, e um despertador também, que servia a acordar o dono para o trabalho. Houve mais uns cinco ou seis chapéus-de-sol, sem indicação do cabo... Deus meu! Quanto teriam recebido os donos por eles, além de algum magro tostão? Ríamos da miséria. É um derivativo e uma compensação. Eu, se fosse ela, preferia fazer rir a fazer chorar.

O lote inesperado, o lote escondido, um dos últimos do catálogo, perto dos chapéus-de-sol, que vieram no fim, foi uma espada. Uma espada, senhores, sem outra indicação; não fala dos copos, nem se eram de ouro. É que era uma espada pobre. Não obstante, quem diabo a teria ido pendurar do prego? Que se pendurem chapéus-de-sol, um despertador, um binóculo, um livro *de* missa ou *para* missa, vá. O sol mata os micróbios, a gente acorda sem máquina, não é urgente chamar à vista as pessoas dos outros camarotes, e afinal o coração também é livro de missa. Mas uma espada!

Há dois tempos na vida de uma espada, o presente e o passado. Em nenhum deles se compreende que ela fosse parar ao prego. Como iria lá ter uma espada que pode ser a cada instante intimada a comparecer ao serviço? Não é mister que haja guerra; uma parada, uma revista, um passeio, um exercício, uma comissão, a simples apresentação ao ministro da Guerra basta para que a espada se ponha à cinta e se desnude, se for caso disso. Eventualmente, pode ser útil em defender a vida ao dono. Também pode servir para que este se mate, como Bruto.[2]

Quanto ao passado, posto que em tal hipótese a espada não tenha já préstimos, é certo que tem valor histórico. Pode ter sido empregada na destruição do despotismo Rosas ou López,[3] ou na repressão da revolta, ou na guerra de Canudos, ou talvez na fundação da República, em que não houve sangue, é verdade, mas a sua presença terá bastado para evitar conflitos.

As crônicas antigas contam de barões e cavaleiros já velhos, alguns cegos, que mandavam vir a espada para mirá-la, ou só apalpá-la, quando queriam recordar as ações de glória, e guardá-la outra vez. Não ignoro que tais heróis tinham castelo e cozinha, e o triste reformado que levou esta outra espada ao prego pode não ter cozinha nem teto. Perfeitamente. Mas ainda assim é impossível que a alma dele não padecesse ao separar-se da espada.

Antes de a empenhar, devia ir ter a alguém que lhe desse um prato de sopa. "Cidadão, estou sem comer há dois dias e tenho de pagar a conta da botica, que não quisera desfazer-me desta espada, que batalhou pela glória e pela liberdade..." É impossível que acabasse o discurso. O boticário perdoaria a conta, e duas ou três mãos se lhe meteriam pelas algibeiras dentro, com fins honestos. E o triste reformado iria alegremente pendurar a espada de outro prego, o prego da memória e da saudade.

2 Marcus Junius Brutus (85-42 a.C.), político romano que assassinou Júlio César e se suicidou depois da batalha de Filipos.
3 Juan Manuel de Rosas (1793-1877), ditador da Argentina entre 1835 e 1852, que foi derrotado na batalha de Monte Caseros, em que lutaram tropas brasileiras; Francisco Solano López (1827-70), ditador paraguaio que estava no poder durante a Guerra do Paraguai. "A revolta" é a revolta naval de 1893-4.

Catei, catei, catei, sem dar por explicação que bastasse. Mas eu já disse que é faculdade minha entrar por explicações miúdas. Vi casualmente uma estatística de S. Paulo, os imigrantes do ano passado, e achei milhares de pessoas desembarcadas em Santos ou idas daqui pela Estrada de Ferro Central. A gente italiana era a mais numerosa. Vinha depois a espanhola, a inglesa, a francesa, a portuguesa, a alemã, a própria turca, uns quarenta e cinco turcos. Enfim, um grego. Bateu-me o coração, e eu disse comigo; o grego é que levou a espada ao prego.

E aqui vão as razões da suspeita ou descoberta. Antes de mais nada, sendo o grego não era nenhum brasileiro — ou *nacional*, como dizem as notícias da polícia. Já me ficava essa dor de menos. Depois, o grego era um, e eu corria menor risco do que supondo algum das outras colônias, que podiam vir acima de mim, em desforço do patrício. Em terceiro lugar, o grego é o mais pobre dos imigrantes. Lá mesmo na terra é paupérrimo. Em quarto lugar, talvez fosse também poeta, e podia ficar-lhe assim uma canção pronta, com estribilho:

> *Eu cá sou grego.*
> *Levei a minha espada ao prego.*

Finalmente, não lhe custaria empenhar a espada, que talvez fosse turca. About refere-se a um general, Hadji-Petros, governador de Lamia, que se deixou levar dos encantos de uma moça fácil de Atenas, e foi demitido do cargo.[4] Logo requereu à rainha pedindo a reintegração: "Digo a Vossa Majestade pela minha honra de soldado que, se eu sou amante dessa mulher, não é por paixão, é por interesse; ela é rica, eu sou pobre, e tenho filhos,

---

4 Do livro de Edmond About, *La Grèce contemporaine*, também citado na crônica de 26 de novembro de 1893.

tenho uma posição na sociedade etc.". Vê-se que empenhar a espada é costume grego e velho.

Agora que vou acabar a crônica, ocorre-me se a espada do leilão não será acaso alguma espada de teatro, empenhada pelo contrarregra, a quem a empresa não tivesse pago os ordenados. O pobre-diabo recorreu a esse meio para almoçar um dia. Se tal foi, façam de conta que não escrevi nada, e vão almoçar também, que é tempo.

A história das edições das crônicas machadianas

A publicação das crônicas machadianas tem uma história própria que reflete, à sua maneira, as mudanças na apreciação e na recepção da sua obra, e o papel das obras "menores" nessa apreciação.

Esta "história" é também um guia para o leitor que quiser ler mais, ou quiser conhecer a totalidade das crônicas. Está dividida em quatro seções ou projetos: primeiro, as seleções publicadas ou em vida do autor, ou pouco depois de sua morte; segundo, a história da tentativa de publicar as crônicas completas no contexto de uma obra realmente completa, que começou com a edição Jackson, em 1937, e cuja última fase, por enquanto, é a nova *Obra completa* da editora Nova Aguilar; terceiro, a publicação de edições críticas, com notas explicativas, de séries individuais de crônicas. O quarto projeto é representado por um único livro, a edição temática de 39 crônicas unificadas pelo tema das finanças e da economia, *A economia em Machado de Assis*.

Devemos mencionar que, na base de todos os trabalhos feitos desde 1955, há a monumental *Bibliografia de Machado de Assis*, de José Galante de Sousa.

I. AS PRIMEIRAS EDIÇÕES

Páginas recolhidas
O próprio Machado publicou seis crônicas de "A Semana" em *Páginas recolhidas* (1899), sob o título "Entre 1892 e 1894". Para removê-las um pouco do seu contexto imediato (sempre o maior empecilho à republicação), o autor mudou os textos, cortando referências ao que considerava supérfluo, e deu títulos, que não havia no jornal. (Incluímos quatro dessas seis crônicas neste volume, mas nosso texto é o original, da *Gazeta de Notícias*.)

A Semana, de Mário de Alencar
Em 1914, seis anos depois da morte de Machado, Mário de Alencar (filho de José de Alencar e muito amigo de Machado) publicou *A Semana*, antologia de 108 crônicas da última série, sempre reconhecida como a mais importante. Na sua modesta introdução, Alencar diz que Machado não era avesso à republicação dessas crônicas, mas que outros projetos se interpuseram, e ele nunca tomou a decisão final. Em alguns casos, Alencar também fez cortes e pequenas mudanças, e deu títulos a algumas das crônicas mais célebres: "O punhal de Martinha", "O autor de si mesmo" etc.

II. AS "OBRAS COMPLETAS"

As Obras completas *da edição Jackson (1937 e 1957)*
Só em 1937 voltaram a ser publicadas algumas crônicas, quando a Editora Jackson publicou as *Obras completas*, em 31 volumes. Sete desses volumes, os números 22 a 28, foram dedicados às crônicas. Como diz Galante de Sousa, essas edições são muito incompletas, caóticas e falhas. Por exemplo, só 27 das 125 "Balas de Estalo" foram publicadas, e "A+B" foi omitida. Também são in-

cluídas algumas crônicas da primeira metade da década de 1860, que com toda probabilidade não são de Machado. É importante assinalar, contudo, que em 1957 os três volumes dedicados à "Semana" foram reeditados pelo grande filólogo Aurélio Buarque de Holanda Ferreira, que voltou aos textos dos jornais. Até há pouco, porém, alguns dos textos desta edição da Jackson, reconhecidamente falha, eram os únicos de que dispúnhamos — por exemplo, das crônicas rimadas da "Gazeta de Holanda".

As edições de Magalhães Júnior (1956-1958)
Nos anos 1950, o crítico e historiador Raymundo Magalhães Júnior publicou, pela Civilização Brasileira, três volumes de crônicas, além de cinco de contos não republicados por Machado em forma de livro. Sua intenção era preencher as lacunas da edição Jackson, e nessa medida os volumes não têm pretensões à completude.

No primeiro deles, *Contos e crônicas*, Magalhães publicou três crônicas omitidas da edição Jackson de "Ao Acaso": também incluiu 32 crônicas publicadas na *Semana Ilustrada*, entre 1867 e 1873, que ele tinha certeza que eram de Machado. Como foram assinadas por um pseudônimo coletivo (Dr. Semana), é impossível saber se essas atribuições são corretas.

O segundo volume, *Diálogos e reflexões de um relojoeiro*, contém a totalidade de "A+B" e "Bons Dias!" (excetuando uma única crônica, incluída nesta antologia, que não foi publicada na *Gazeta de Notícias*). A autoria machadiana desta última série só viera à luz nos anos 1950.

O terceiro, *Crônicas de Lélio*, contém noventa crônicas das "Balas de Estalo" omitidas pela edição Jackson.

As edições de Magalhães Júnior têm as suas falhas — o texto não é sempre confiável —, mas marcaram um progresso considerável. Entre outras coisas, ele reconheceu a necessidade de notas explicativas: sem dúvida são insuficientes, mas ele dispunha de um extensíssimo conhecimento do período, e sempre interessam.

A Obra completa *da José Aguilar Editora* (1959 e 1962)
Em 1959 (e novamente em 1962) a José Aguilar publicou uma *Obra completa* em três volumes. Como é notório, no que concerne às crônicas, esta edição está bem longe de ser completa. Omite todas as séries anteriores às "Histórias de Quinze Dias", e daí em diante só seleciona algumas crônicas. Omite também "A+B" e "Gazeta de Holanda", e reproduz menos da metade de "A Semana". O texto, porém, aos cuidados de Galante de Sousa, é muito mais confiável que o da edição Jackson.

Os Dispersos de Machado de Assis, *de Jean-Michel Massa* (1965)
O objetivo deste volume, novamente, é preencher os vácuos das edições anteriores. Inclui quatro crônicas inéditas em livro de "Comentários da Semana", uma errata em verso da "Gazeta de Holanda" e a crônica de "Bons Dias!" omitida da edição de Magalhães Júnior.

A Obra completa *da Editora Nova Aguilar* (2008)
No centenário da morte de Machado, a Nova Aguilar publicou uma nova edição da obra completa em quatro volumes, o último dos quais, com mais de 1200 páginas, é dedicado às crônicas. Todas as séries que se sabe ser de Machado estão incluídas (a única omissão que notei é das duas crônicas publicadas em 1900). O texto, porém, está baseado não nos jornais, mas nas várias edições em livro: o que faz com que repita certos — em alguns casos, muitos — erros (ver, por exemplo, os comentários de João Roberto Faria na sua edição das crônicas publicada n'*O Espelho*, na p. 12). Embora sendo um avanço considerável, está longe de ser a última palavra.

III. EDIÇÕES CRÍTICAS E ANOTADAS DE SÉRIES INDIVIDUAIS

A primeira tentativa de fazer uma edição crítica e anotada de uma série de crônicas — excluindo as de Magalhães Júnior, que são também uma tentativa nesse sentido, mas sem critérios fixos e elaborados — é a minha edição de "Bons Dias!", publicada em 1989 pela editora Hucitec. A novidade desta edição foi uma pesquisa detalhada nos jornais, principalmente, é claro, na *Gazeta de Notícias*, sem a qual muitas referências ficam obscuras ou semiobscuras. Por sua vez, o acesso aos jornais foi muito facilitado — diria que possibilitado — pelo projeto Pró-Memória, na Biblioteca Nacional, de microfilmar os jornais do seu acervo.

Desde essa data, várias edições de séries individuais das crônicas machadianas têm sido publicadas. No que segue, tentei fazer uma lista completa delas e julgá-las do modo mais objetivo possível (o que infelizmente pressupõe em alguns casos "julgar" meu próprio trabalho). Mas o principal é que se tem produzido tantas e em ritmo bastante acelerado. A importância das crônicas, e de boas edições delas, está sendo reconhecida.

1. "O Espelho": há uma boa edição, com boas notas e introdução de João Roberto Faria, publicada pela Editora da Unicamp (2009). Em 2008 a Fundação Biblioteca Nacional publicou uma edição fac-similar da revista inteira, com introdução de Marco Lucchesi.
2. "Comentários da Semana": há uma boa edição, com boas notas e introdução de Lúcia Granja e Jefferson Cano, publicada pela Editora da Unicamp (2008).
3. "Crônicas" (n'*O Futuro*): até agora, não há edição completa e anotada desta série.
4. "Ao Acaso": até agora, não há edição completa e anotada desta série.

5. "Histórias de Quinze Dias" e "Histórias de Trinta Dias": há duas edições desta série, de Leonardo Affonso de Miranda Pereira (Editora da Unicamp, 2009) e de Sílvia Maria Azevedo (Editora da Unesp, 2010). Ambas são completas, mas nenhuma satisfaz — na primeira, houve uma leitura assídua dos jornais, mas a maioria das numerosas referências literárias fica sem explicação. Já na segunda, parece que a leitura cuidadosa da *Gazeta de Notícias* foi dispensada, e só se anotaram as referências literárias e históricas. Em teoria, as duas deveriam completar-se, mas cheguei à conclusão de que é indispensável que o editor saiba lidar com ambas as áreas, a jornalística-histórica e a literária.

6. "Notas Semanais": há uma edição rica em notas, organizada por mim e por Lúcia Granja, publicada pela Editora da Unicamp (2008).

7. "Balas de Estalo": há uma edição completa, de Heloísa Helena Paiva de Luca (Annablume, 1998), que publica inclusive uma crônica inédita. As notas, porém, são insuficientes e não se beneficiaram do contato com a *Gazeta de Notícias*. Também há demasiados erros na edição do texto, alguns importantes.

8. "A+B": há uma nova edição desta série, junto com a "Gazeta de Holanda", da autoria de Mauro Rosso (PUC-Rio e Loyola, 2011). Há notas explicativas: aqui também, porém, um contato mais íntimo com a *Gazeta de Notícias* teria iluminado mais os textos, que permanecem parcialmente incompreensíveis.

9. "Gazeta de Holanda": vale o mesmo comentário para a edição desta série, do mesmo livro de Mauro Rosso. Também a série foi organizada por Cláudio Murilo Leal, na sua edição de *Toda poesia de Machado de Assis* (Record, 2008), sem notas explicativas.

10. "Bons Dias!": ao refazer minha edição para publicação pela Editora da Unicamp (2008), fiz uma nova introdução e melhorei as notas.

11. "A Semana": em 1996, a Hucitec publicou a minha edição dos primeiros dois anos (1892-3) desta série, a mais importante de todas. Faz falta uma revisão, sobretudo para se beneficiar da ajuda do Google. Mas a tarefa mais urgente continua sendo uma edição completa dos últimos dois terços da série, de 1894 a 1897.

IV. ANTOLOGIA TEMÁTICA

O livro de Gustavo Franco *A economia em Machado de Assis: O olhar oblíquo do acionista* (Zahar, 2007) junta 39 crônicas de quatro séries ("Balas de Estalo", "Gazeta de Holanda", "Bons Dias!" e "A Semana"), unidas pelo tema da economia e das finanças. Franco mostra a consistência e a perspicácia de Machado em relação a esses tópicos, e sua centralidade, em particular, à compreensão dos anos 1890, na esteira do Encilhamento. Franco fez uso constante de edições anteriores, e das suas notas. Esta é uma "segunda etapa" na compreensão das crônicas, e mais uma prova da sua centralidade e do valor de boas edições.

Tabela das séries das crônicas

TÍTULO DA SÉRIE	COMEÇO	FIM
"Aquarelas" e "Revista de teatros"	11/09/1859	08/01/1860
"Comentários da Semana"	12/10/1861	05/05/1862
"Crônica"	15/09/1862	01/07/1863
"Ao Acaso"	05/06/1864	16/05/1865
"Pontos e Vírgulas", "Badaladas" etc.	(1865?)	(1876?)
"Histórias de Quinze Dias"	01/07/1876	01/01/1878
"Histórias de Trinta Dias"	02/1878	04/1878
"Notas Semanais"	02/06/1878	01/09/1878
"Balas de Estalo"	02/07/1883	22/03/1886
"A+B"	12/08/1886	24/10/1886
"Gazeta de Holanda"	01/11/1886	24/02/1888
"Bons Dias!"	05/04/1888	29/08/1889
"A Semana"	24/04/1892	28/02/1897
"Crônica"	04/11/1900	11/11/1900

NÚMERO DE CRÔNICAS	JORNAL	ASSINATURA
22	O Espelho	M-AS
20	Diário do Rio de Janeiro	Gil e M.A.
16	O Futuro	Machado de Assis
42	Diário do Rio de Janeiro	M.A.
??	Semana Ilustrada	Dr. Semana
37	Ilustração Brasileira	Manassés
3	Ilustração Brasileira	Manassés
14	O Cruzeiro	Eleazar
126	Gazeta de Notícias	Lélio
7	Gazeta de Notícias	João das Regras
48	Gazeta de Notícias	Malvólio
49	Gazeta de Notícias	Boas Noites
248	Gazeta de Notícias	Sem assinatura
2	Gazeta de Notícias	Sem assinatura

Cronologia

1839   21 DE JUNHO Joaquim Maria Machado de Assis nasce no Morro do Livramento, Rio de Janeiro, filho de Maria Leopoldina Machado da Câmara e de Francisco José de Assis. Os pais, que se casaram em agosto de 1838, eram agregados da Quinta do Livramento, pertencente, àquela época, a d. Maria José de Mendonça Barroso, viúva de um senador do Império. A mãe de Machado de Assis nasceu na ilha de São Miguel, Açores; o pai, no Rio de Janeiro.

1845   4 DE JULHO Sua irmã, Maria Machado de Assis, morre de sarampo com apenas quatro anos.

1849   18 DE JANEIRO Morre sua mãe, Maria Leopoldina Machado de Assis.

1854   18 DE JUNHO O pai de Machado de Assis casa-se novamente, com Maria Inês da Silva.
OUTUBRO Publica no *Periódico dos Pobres* o soneto com a dedicatória "À Ilma. Sra. D. P. J. A.", primeira publicação sua de que se tem notícia.

1855   12 DE JANEIRO Publica na *Marmota Fluminense* a poesia "Ela", iniciando colaboração que se estende até 1861.

1856   Ingressa, como aprendiz de tipógrafo, na Tipografia Nacional, onde conhece o escritor Manuel Antônio de Almeida, autor de *Memórias de um sargento de milícias*.

1857   AGOSTO Inicia sua carreira de tradutor com *A ópera das janelas*. Até 1894, realizaria mais de quarenta traduções, a maioria do francês, de poemas, romances e peças teatrais.

1858 Deixa a Tipografia Nacional e se torna revisor de provas na casa de Paula Brito. Nesse ano, inicia colaboração em *O Parahyba*, de Petrópolis, e no *Correio Mercantil*, do Rio de Janeiro.

1859 SETEMBRO Começa a publicar em *O Espelho*, onde redige a crítica teatral chamada "Revista de Teatros".

1860 20 DE MARÇO Publica em *A Marmota* fragmento de *Hoje avental, amanhã luva*, comédia em um ato, imitada do francês.

29 DE MARÇO A convite de Quintino Bocaiuva, inicia colaboração no *Diário do Rio de Janeiro*. Nesse periódico, encarrega-se de seções como "Revista Dramática", "Comentários da Semana", "Conversas Hebdomadárias", "Ao Acaso", "Semana Literária" e "Cartas Fluminenses", publicando sob os pseudônimos Gil, Job e Platão.

16 DE DEZEMBRO Inicia colaboração na *Semana Ilustrada*, de Henrique Fleiuss, publicação que dura até 1876.

1861 Publica *Desencantos*, fantasia dramática, e *Queda que as mulheres têm para os tolos*.

1862 Trabalha como bibliotecário da Sociedade Arcádia Brasileira até pelo menos 1863. Nesse mesmo ano, é admitido como sócio do Conservatório Dramático Brasileiro.

12 DE SETEMBRO A comédia em um ato *O caminho da porta* é representada no Ateneu Dramático.

15 DE SETEMBRO Inicia colaboração em *O Futuro*, do poeta português Faustino Xavier de Novais; o periódico circula até julho de 1863.

1863 Publica o volume *Teatro de Machado de Assis*, com as comédias *O protocolo* e *O caminho da porta*.

JULHO Inicia colaboração no *Jornal das Famílias*, editado no Rio de Janeiro por B. L. Garnier; nesse periódico colabora até 1878, publicando dezenas de contos, assinados por pseudônimos como Job, Victor de Paula, Lara e Max.

1864 Publica o volume de versos *Crisálidas* e a comédia *Quase ministro*.

22 DE ABRIL Morre seu pai, Francisco José de Assis.

26 DE JULHO Firma contrato com B. L. Garnier para venda definitiva dos direitos autorais de *Crisálidas*.

11 DE AGOSTO A comédia *O caminho da porta* é representada em São Paulo.

1865 1º DE ABRIL No *Correio Mercantil*, inicia-se polêmica sobre a moralidade do conto "Confissões de uma viúva moça", que publicava então no *Jornal das Famílias*. A polêmica teria sido promovida por Machado e seus editores, para chamar a atenção dos leitores para o texto.

1866 Publica a comédia *Os deuses de casaca*.

12 DE MAIO O nome de Machado de Assis aparece como candidato a deputado, por Minas Gerais, para a legislatura 1867-8, mas a candidatura não vinga.

1867 Recebe o grau de Cavaleiro da Ordem da Rosa.

8 DE ABRIL É nomeado ajudante do diretor do *Diário Oficial*.

1868 FEVEREIRO José de Alencar escreve carta apresentando-lhe um novo poeta, Castro Alves. Em resposta, Machado escreve uma apreciação crítica ao drama *Gonzaga*, de Castro Alves.

18 DE JUNHO Chega ao Rio de Janeiro Carolina Augusta Xavier de Novais, que no ano seguinte se tornaria sua mulher.

1869 Firma contrato com B. L. Garnier para compra e venda definitiva da propriedade literária das obras *Contos fluminenses*, *Falenas*, *Ressurreição*, *Histórias da meia-noite* e *O manuscrito do licenciado Gaspar*; esta última jamais foi publicada.

12 DE NOVEMBRO Casa-se com Carolina Augusta Xavier de Novais; o casal passa a viver na rua dos Andradas.

1870 Publica *Contos fluminenses* e o volume de poemas *Falenas*.

Escreve introdução para as *Poesias póstumas*, de Faustino Xavier de Novais, que morrera no ano anterior.

1871 JANEIRO É nomeado membro do segundo Conservatório Dramático, no Rio de Janeiro.

1872 Publica *Ressurreição*, seu primeiro romance.

1873 Publica o volume de contos *Histórias da meia-noite*.

24 DE MARÇO Publica em *O Novo Mundo*, de Nova York, "Notícia da atual literatura brasileira — Instinto

de nacionalidade", um dos ensaios mais importantes sobre a literatura no Brasil.

31 DE DEZEMBRO É nomeado primeiro oficial da Secretaria de Estado do Ministério da Agricultura, Comércio e Obras Públicas.

1874 Publica *A mão e a luva*, romance que nesse mesmo ano já havia aparecido em folhetim no jornal *O Globo*, do Rio de Janeiro.
Machado e Carolina mudam-se para a rua da Lapa.

1875 Publica o volume de versos *Americanas*, com poemas indianistas.
Machado e Carolina mudam-se para a rua das Laranjeiras.

1876 29 DE ABRIL Firma contrato com B. L. Garnier para compra e venda dos direitos autorais da primeira edição do romance *Helena*, denominado então *Helena do Vale*, a ser impresso na tipografia do jornal *O Globo*, que já o havia publicado em folhetim nesse mesmo ano.
1º DE JULHO Inicia colaboração no periódico *Ilustração Brasileira*, no qual publica, sob o pseudônimo de Manassés, a série de crônicas "História de Quinze Dias", posteriormente rebatizada de "História de Trinta Dias".
7 DE DEZEMBRO É promovido a chefe de seção da Secretaria da Agricultura, por decreto da princesa Isabel.

1877 13 DE DEZEMBRO Comparece ao enterro de José de Alencar.

1878 1º DE JANEIRO O romance *Iaiá Garcia* começa a sair em folhetim no jornal *O Cruzeiro*, do Rio de Janeiro, e vira livro no mesmo ano. Nesse periódico aparecem também na mesma época os artigos em que Machado critica o romance *O primo Basílio* e a adesão de Eça de Queirós ao naturalismo.
Carolina e Machado mudam-se para a rua do Catete.
DEZEMBRO Doente, segue para Nova Friburgo, onde permanece até março do ano seguinte.

1879 JUNHO Inicia colaboração na *Revista Brasileira*.
15 DE JULHO Inicia colaboração na revista de modas *A Estação*, que publicou alguns de seus melhores contos, entre eles "O alienista" e "D. Benedita", recolhidos em

Papéis avulsos. A colaboração nesse periódico dura até 31 de março de 1898.

1º DE DEZEMBRO Machado de Assis publica, na *Revista Brasileira*, o ensaio "A nova geração", em que apresenta um panorama da produção literária recente, em especial da poesia. As críticas a Sílvio Romero, feitas nesse ensaio, rendem-lhe uma inimizade para a vida inteira.

1880 15 DE MARÇO Início da publicação de *Memórias póstumas de Brás Cubas*, na *Revista Brasileira*; a publicação, aos pedaços, se estende até dezembro.

28 DE MARÇO É nomeado oficial de gabinete do ministro da Agricultura.

10 DE JUNHO É representada, no Teatro D. Pedro II, a comédia em um ato *Tu só, tu, puro amor...*, escrita por Machado de Assis em comemoração ao tricentenário de Camões, festejado simultaneamente em Portugal e no Brasil.

1881 O romance *Memórias póstumas de Brás Cubas* é publicado em livro.

18 DE DEZEMBRO Começa longa colaboração na *Gazeta de Notícias*. Publica nesse jornal muitos dos seus melhores contos, entre eles alguns recolhidos em *Papéis avulsos*, como "Teoria do medalhão", "O segredo do Bonzo", "O anel de Polícrates", "O empréstimo", "A sereníssima república", "O espelho" e "Verba testamentária". Para esse periódico escreve também muitas crônicas, entre elas várias da seção "Balas de Estalo", sob o pseudônimo Lélio; a série "A+B", sob o pseudônimo João das Regras; a série "Gazeta de Holanda", sob o pseudônimo de Malvólio; a série "Bons Dias!", sob o pseudônimo de Boas Noites; e a série "A Semana", anônima.

1882 Publica o livro de contos *Papéis avulsos*.

Deixa o Rio de Janeiro por alguns meses, alegando necessidade de restaurar as forças perdidas no trabalho excessivo que tivera em 1880 e 1881.

1883 Recebe de Artur Azevedo lascas e folhas do salgueiro plantado na sepultura do poeta francês Alfred de Musset.

Começa a aprender alemão.

11 DE OUTUBRO É eleito membro da Associação dos Homens de Letras do Brasil.

1884 Publica o volume de contos *Histórias sem data*.
Machado e Carolina mudam-se para a rua Cosme Velho, nº 18, onde viveriam até o final de suas vidas.

1886 15 DE JUNHO Início da publicação do romance *Quincas Borba*, que se estende até 1891, em *A Estação*.

6 DE OUTUBRO Amigos oferecem-lhe um banquete em comemoração do 22º aniversário da publicação de *Crisálidas*, seu primeiro livro de poemas.

1887 Escreve o prefácio de uma edição de *O guarani*, de José de Alencar.

1888 18 DE ABRIL Por decreto imperial, é elevado à categoria de oficial da Ordem da Rosa.

20 DE MAIO Participa dos festejos da Abolição.

4 DE AGOSTO Colegas da Secretaria da Agricultura oferecem-lhe um banquete no Hotel do Globo.

1889 30 DE MARÇO É promovido a diretor da Diretoria do Comércio, no Ministério da Agricultura.

1891 Publica a primeira edição de *Quincas Borba* em livro.

1º DE JULHO Morre sua madrasta, Maria Inês.

12 DE DEZEMBRO Participa do lançamento da pedra fundamental da estátua de José de Alencar, fazendo um discurso em homenagem ao escritor.

1892 3 DE DEZEMBRO Assume o cargo de diretor-geral da Viação, com a transformação da antiga Secretaria da Agricultura em Secretaria da Indústria, Viação e Obras Públicas.

1894 ABRIL É acusado de ser inimigo do regime republicano e conspirador monarquista por Deocleciano Mártir, no jornal *O Tempo*.

1895 Inicia colaboração na *Revista Brasileira*, de José Veríssimo.

1896 Publica a coletânea de contos *Várias histórias* pela Laemmert & Cia.

18 DE NOVEMBRO A comédia em um ato *Não consultes médico* é representada no Cassino Fluminense.

15 DE DEZEMBRO Machado de Assis funda, com Lúcio de Mendonça e Joaquim Nabuco, entre outros, a Academia Brasileira de Letras, inaugurada solenemente em 20 de julho do ano seguinte.

1897 Sílvio Romero publica o livro *Machado de Assis: Estudo comparativo de literatura brasileira*, com críticas violentas ao homem e à obra.
4 DE JANEIRO É eleito presidente da Academia Brasileira de Letras.

1898 1º DE JANEIRO Sai publicada notícia de que Machado de Assis fora posto em disponibilidade pelo ministro Sebastião de Lacerda, em virtude da fusão das Diretorias de Viação e de Obras Públicas.
25 DE JANEIRO Lafayette Rodrigues Pereira defende Machado de Assis das críticas de Sílvio Romero numa série de artigos publicados pelo *Jornal do Commercio*. Esses artigos seriam reunidos em volume no ano seguinte, com o título *Vindiciae*.
JULHO Redige testamento, nomeando Carolina como sua única e universal herdeira.
16 DE NOVEMBRO É nomeado secretário de Severiano Vieira, que substituiu Sebastião de Lacerda na pasta da Viação.

1899 Publica o romance *Dom Casmurro* e a coletânea de contos *Páginas recolhidas*.
16 DE JANEIRO Firma escritura de venda da propriedade inteira e perfeita de sua obra para François Hippolyte Garnier, o que inclui os direitos sobre *Ressurreição*, *A mão e a luva*, *Helena*, *Iaiá Garcia*, *Memórias póstumas de Brás Cubas*, *Quincas Borba*, *Dom Casmurro*, *Contos fluminenses*, *Histórias da meia-noite*, *Papéis avulsos*, *Histórias sem data*, *Páginas recolhidas*, *Crisálidas*, *Falenas* e *Americanas*.
10 DE JUNHO Escreve carta pedindo a H. Garnier autorização para que obras suas sejam traduzidas para o alemão; o editor responde, condicionando a publicação das traduções ao pagamento de cem francos por volume. As traduções não se realizam.

1900 7 DE AGOSTO Firma contrato com H. Garnier para compra e venda dos direitos autorais da obra *Poesias completas*.

1901 Publica *Poesias completas*.
2 DE JUNHO Em sessão solene da Academia Brasileira de

Letras, agradece a sanção do projeto de Eduardo Ramos, que colocava a Academia sob a proteção do Estado.

1902 *Memórias póstumas de Brás Cubas* é traduzida por Júlio Piquet e publicada em Montevidéu, Uruguai. É a primeira tradução de um livro de Machado de Assis.

27 DE MAIO Firma contrato com H. Garnier para compra e venda dos direitos autorais do volume de contos *Várias histórias*.

18 DE NOVEMBRO Volta a ocupar o cargo de diretor da Secretaria de Indústria, do Ministério da Viação, por decreto assinado pelo presidente Rodrigues Alves e pelo ministro da Viação, Lauro Müller.

18 DE DEZEMBRO É nomeado diretor-geral de Contabilidade do Ministério da Indústria, Viação e Obras Públicas.

1903 18 DE JULHO Firma contrato com H. Garnier para compra e venda da propriedade inteira e perpétua do romance *Último*, que seria publicado no ano seguinte com o título *Esaú e Jacó*.

1904 Publica o romance *Esaú e Jacó*.

É nomeado para a Comissão Fiscal e Administrativa das Obras do Cais do Porto, acumulando essa função com a de diretor de contabilidade.

JANEIRO Segue para Nova Friburgo com a esposa doente.

20 DE OUTUBRO Morre Carolina, sua esposa, e é sepultada no Cemitério de São João Batista.

1905 É publicado em Buenos Aires o romance *Esaú y Jacob*.

9 DE MARÇO Firma contrato com H. Garnier para compra e venda da propriedade inteira e perpétua de *Relíquias de casa velha*.

10 DE AGOSTO Em sessão solene da Academia Brasileira de Letras, recebe um ramo do carvalho de Tasso, enviado da Europa por Joaquim Nabuco.

12 DE OUTUBRO Machado de Assis faz segundo testamento. Com a morte de Carolina, nomeia como sua principal herdeira a menina Laura, filha de sua sobrinha e comadre Sara Braga da Costa e de seu esposo e compadre, o major Bonifácio Gomes da Costa.

1906 Publica o volume *Relíquias de casa velha*.

14 DE NOVEMBRO Firma contrato com H. Garnier para

compra e venda da propriedade inteira e perpétua do romance *A mão e a luva*.

1907 31 DE OUTUBRO Discursa no banquete que a Academia Brasileira oferece ao historiador Guglielmo Ferrero.

1908 Publica *Memorial de Aires*, seu último romance.

29 DE SETEMBRO Morre às 3h20 em sua residência, na rua Cosme Velho, nº 18, aos 69 anos de idade. É sepultado no Cemitério de São João Batista, no Rio de Janeiro.

Bibliografia

Esta bibliografia se quer sobretudo útil. Incluí obras sobre as crônicas machadianas e alguns volumes mais gerais e de referência que são de grande utilidade no estudo delas. Excluí as introduções às várias edições das crônicas: embora muitas sejam proveitosas, encontram-se facilmente nas próprias edições, listadas na história da publicação das crônicas. Também excluí obras mais gerais sobre a crônica, embora às vezes mencionem as de Machado.

BETELLA, Gabriela Kvacek. *Bons Dias! O funcionamento preciso da inteligência em terra de relógios desconcertados: As crônicas de Machado de Assis*. Rio de Janeiro: Revan, 2006.
BOSI, Alfredo. "O teatro político nas crônicas de Machado de Assis". In: _____. *Brás Cubas em três versões*. São Paulo: Companhia das Letras, 2006. pp. 53-103.
CHALHOUB, Sidney. "A arte de alinhavar histórias: A série 'A+B' de Machado de Assis". In: _____. *História em cousas miúdas: Capítulos de história social da crônica no Brasil*. Campinas: Ed. da Unicamp, 2005. pp. 67-86.
CRUZ JÚNIOR, Dilson F. *Estratégias e máscaras de um fingidor: A crônica de Machado de Assis*. São Paulo: Nankin/ Humanitas FFLCH/USP, 2002.
DIMAS, Antonio. *Bilac, o jornalista*. São Paulo: Edusp/ Imprensa Oficial/ Ed. da Unicamp, 2002, 3 v.
FAORO, Raymundo. *Machado de Assis: A pirâmide e o trapézio*. São Paulo: Editora Nacional, 1976.

GALANTE DE SOUSA, José. *Bibliografia de Machado de Assis*. Rio de Janeiro: MEC/INL, 1955.
GLEDSON, John. "Bons Dias!". In: _____. *Por um novo Machado de Assis*. São Paulo: Companhia das Letras, 2006. pp. 134-87.
_____. "O patriotismo de Machado de Assis: Uma crônica de 1892". In: *Por um novo Machado de Assis*. São Paulo: Companhia das Letras, 2006. pp. 188-206.
_____. "'A Semana' 1892-1893: Uma introdução aos primeiros dois anos da série". In: *Por um novo Machado de Assis*. São Paulo: Companhia das Letras, 2006. pp. 207-35.
GRANJA, Lúcia. *Machado de Assis, escritor em formação (à roda dos jornais)*. São Paulo: Fapesp/Mercado de Letras, 2000.
LIMA, Luiz Costa. "Machado, mestre de capoeira". In: _____. *Intervenções*. São Paulo: Edusp, 2002. pp. 327-39.
MACHADO, Ubiratan. *Dicionário de Machado de Assis*. Rio de Janeiro: Academia Brasileira de Letras, 2008.
MAGALHÃES JÚNIOR, Raymundo. *Vida e obra de Machado de Assis*. Rio de Janeiro: Civilização Brasileira, 1981, 4 v.
MASSA, Jean-Michel. *A juventude de Machado de Assis*. 2. ed. São Paulo: Unesp, 2009.
MEYER, Marlyse. "Voláteis e versáteis: De variedades e folhetins se fez a chronica". In: _____. *As mil faces de um herói-canalha e outros ensaios*. Rio de Janeiro: Editora UFRJ. pp. 109-96.
MINÉ, Elza. *Páginas flutuantes: Eça de Queirós e o jornalismo no século XIX*. São Paulo: Ateliê, 2000.
RAMOS, Ana Flávia Cernic. *História e crônica: "Balas de Estalo" e as questões políticas do seu tempo (1883-1887)*. Campinas: IFCH-Unicamp, 2002. Tese (Doutorado em História Social da Cultura).
_____. "Política e humor nos últimos anos da monarquia: A série 'Balas de Estalo'". In: _____. *História em cousas miúdas: Capítulos de história social da crônica no Brasil*. Campinas: Ed. da Unicamp, 2005. pp. 67-86.
SCHWARZ, Roberto. "Leituras em competição". In: _____. *Martinha versus Lucrécia: Ensaios e entrevistas*. São Paulo: Companhia das Letras, 2012. pp. 9-43.

SEVCENKO, Nicolau. "A capital irradiante: Técnica, ritmos e ritos do Rio". In: _____ (Org.). *História da vida privada no Brasil*. São Paulo: Companhia das Letras, 1998. pp. 514-619.

SODRÉ, Nelson Werneck. *História da imprensa no Brasil*. 3. ed. São Paulo: Martins Fontes, 1983.

WISNIK, José Miguel. "Machado maxixe". In: _____. *Sem receita*. São Paulo: Publifolha, 2004. pp. 11-105.

LEIA MAIS PENGUIN-COMPANHIA
CLÁSSICOS

Machado de Assis

Papéis avulsos

Introdução de
JOHN GLEDSON
Notas de
HÉLIO GUIMARÃES

Papéis avulsos, primeiro livro de contos publicado por Joaquim Maria Machado de Assis após a revolução ocasionada por *Memórias póstumas de Brás Cubas*, é integralmente composto por momentos antológicos da ficção curta brasileira. O sumário do volume é por si só impressionante. De "O alienista" a "O espelho", cujo enredo psicológico tem fascinado sucessivas gerações de leitores e escritores, doze clássicos do conto nacional concentram alguns dos melhores personagens e situações do gênio irônico do autor de *Dom Casmurro*.

O livro, com erudita introdução de John Gledson e notas de Hélio Guimarães, oferece a sequência original de publicação dos contos, como indicada por Machado na primeira edição, de 1882. Segundo Gledson, embora a unidade das histórias não seja à primeira vista evidente, com peças tão dissimilares como "A chinela turca" e "A sereníssima república", a estrutura de *Papéis avulsos* permite entrever uma totalidade sutilmente baseada na lógica interna da composição dos enredos, bem como no contexto histórico compartilhado: o Rio de Janeiro escravista e quase bucólico de meados do século XIX, observado por um de seus cronistas mais ferinos e perspicazes.

WWW.PENGUINCOMPANHIA.COM.BR

LEIA MAIS PENGUIN-COMPANHIA
CLÁSSICOS

Joaquim Manuel de Macedo

Memórias do sobrinho de meu tio

Organização e notas de
FLORA SÜSSEKIND

Uma história de corrupção, troca de favores e politicagem ganha contornos folhetinescos nas mãos de Joaquim Manuel de Macedo. Nesta deliciosa crônica ambientada no Brasil imperial, um herdeiro esperto e sua ambiciosa esposa fazem o que for preciso por dinheiro e poder.

O Sr. F., narrador destas memórias, herda uma pequena fortuna, logo acrescida pelos outros tantos contos de réis de sua prima Chiquinha, com quem se casa. Juntos, os dois empreendem uma busca voraz por mais dinheiro e poder, este último representado pela eleição de F. a presidente de província. No meio do caminho, conchavos, amizades interesseiras e lances rocambolescos surgem em meio à prosa ligeira dessa sátira política, que parecem exemplificar a interpretação do crítico Antonio Candido sobre a obra de Macedo, que apresentaria duas tendências: o realismo e o tom folhetinesco.

Egoísta, anárquico e paradoxalmente um moralista, o protagonista parece antecipar as vestes do conto "Teoria do medalhão", de Machado de Assis, em que a busca de poder e prestígio no Brasil parece estar acima de tudo, inclusive, e principalmente, da honestidade.

WWW.PENGUINCOMPANHIA.COM.BR

1ª EDIÇÃO [2013] 2 reimpressões

Esta obra foi composta em Sabon por warrakloureiro e impressa em ofsete pela Lis Gráfica sobre papel Pólen da Suzano S.A. para a Editora Schwarcz em março de 2025

A marca FSC® é a garantia de que a madeira utilizada na fabricação do papel deste livro provém de florestas que foram gerenciadas de maneira ambientalmente correta, socialmente justa e economicamente viável, além de outras fontes de origem controlada.